Contents

곰곰곰 베어 8

저자 쿠마나노
일러스트 029
옮긴이 김보라

스킬

▶이세계 언어
이세계의 언어가 일본어로 들린다.
이야기를 하면 이세계의 언어로 상대방에게 전달된다.

▶이세계 문자
이세계의 문자를 읽을 수 있다.
글자를 쓰면 이세계 문자가 된다.

▶곰의 이차원 박스
흰 곰의 입은 무한으로 벌어지는 공간이다.
어떤 물건이라도 넣을(먹을) 수 있다.
단, 살아 있는 것을 넣는(먹는) 건 안 됨.
들어가 있는 동안에는 시간이 멈춘다.
이차원 박스에 넣은 물건은 언제든 꺼낼 수 있다.

▶곰 관찰경
흑백 곰 옷의 후드에 있는 곰의 눈을 통해 무기와 도구의 효과를 볼 수 있다.
후드를 쓰지 않으면 효과는 발동되지 않는다.

▶곰 탐지
곰의 야생의 힘으로 마물이나 사람을 탐지할 수 있다.

▶곰 지도 ver.2.0
곰의 눈이 본 장소를 지도로 만들 수 있다.

▶곰 소환수
곰 장갑에서 곰이 소환된다.
검은 곰 장갑에서는 검은 곰이 소환된다.
흰 곰 장갑에서는 흰 곰이 소환된다.
소환수 꼬맹이화 : 소환수인 곰을 꼬맹이화 할 수 있다.

▶곰 이동 문
문을 설치하여 서로의 문을 왔다 갔다 할 수 있게 된다.
3개 이상의 문을 설치할 경우는 행선지를 상상하는 것으로 이동할 곳을 정할 수 있다.
이 문은 곰 장갑을 사용하지 않으면 열리지 않는다.

▶곰 폰
먼 곳에 있는 사람과 대화할 수 있다.
곰 폰을 만든 후, 술자가 없앨 때까지 존재한다. 물리적으로 망가뜨릴 수 없다.
곰 폰을 건넨 상대를 상상하면 연결된다.
곰의 울음소리로 착신을 알린다. 소지자가 마력을 보내는 것으로 껐다 킬 수 있게 되어 통화가 가능하다.

마법

▶곰 라이트
곰 장갑에 모은 마력으로 곰 형태의 빛을 생성한다.

▶곰 신체 강화
곰 장비에 마력을 보내는 것으로 신체강화를 실시할 수 있다.

▶곰 불 속성 마법
곰 장갑에 모은 마력으로 불 속성의 마법을 사용할 수 있다.
위력은 마력, 상상에 비례한다.
곰을 상상하면 위력이 더욱 올라간다.

▶곰 물 속성 마법
곰 장갑에 모은 마력으로 물 속성의 마법을 사용할 수 있다.
위력은 마력, 상상에 비례한다.
곰을 상상하면 위력이 더욱 올라간다.

▶곰 바람 속성 마법
곰 장갑에 모은 마력으로 바람 속성의 마법을 사용할 수 있다.
위력은 마력, 상상에 비례한다.
곰을 상상하면 위력이 더욱 올라간다.

▶곰 땅 속성 마법
곰 장갑에 모은 마력으로 땅 속성의 마법을 사용할 수 있다.
위력은 마력, 상상에 비례한다.
곰을 상상하면 위력이 더욱 올라간다.

▶곰 전격 마법
곰 장갑에 모은 마력으로 전격 마법을 사용할 수 있게 된다.
위력은 마력, 상상에 비례한다.
곰을 상상하면 위력이 더욱 올라간다.

▶곰 치유마법
곰의 상냥한 마음에 의해 치료가 가능해진다.

장비

▶검은 곰 장갑(양도불가)
공격 장갑. 사용자의 레벨에 따라 위력 UP.

▶흰 곰 장갑(양도불가)
방어 장갑. 사용자의 레벨에 따라 방어력 UP.

▶검은 곰 신발(양도불가)
▶흰 곰 신발(양도불가)
사용자의 레벨에 따라 속도 UP.
사용자 레벨에 따라 장시간 걸어도 지치지 않는다.

▶흑백 곰 옷(양도불가)
겉모습은 인형 옷. 양면으로 입을 수 있음.
겉면: 검은 곰 옷
사용자의 레벨에 따라 물리, 마법 내성 UP.
내열, 내한 기능 있음.

안면: 흰 곰 옷
입으면 체력, 마력이 자동 회복된다.
회복량, 회복 속도는 사용자의 레벨에 따라 변한다.
내열, 내한 기능 있음.

▶곰 속옷(양도불가)
오랫동안 입어도 더러워지지 않는다.
땀, 냄새도 배지 않는 훌륭한 아이템.
장비자의 성장에 따라 크기도 변한다.

176 곰 씨, 인형을 부탁하다

왕도에서 돌아온 나는 아침부터 침대 위에서 곰돌이, 곰순이와 빈둥대고 있었다. 빈둥거리고 있다가 나도 모르는 사이에 다시 잠이 들어서 눈을 떴을 땐 오후가 되어 있었다.

언제까지고 침대 위에 있을 수는 없었기 때문에 흰 곰 옷에서 검은 곰 옷으로 갈아입고 간단하게 식사를 한 뒤 셰리가 일하는 재봉실로 향했다.

플로라 님을 위해 곰돌이와 곰순이 인형을 만들어 달라고 부탁하기 위해서였다. 많이 만들어 달라고 해서 고아원 아이들에게도 주고 방에 꾸며놔도 괜찮으리라.

크리모니아 마을 안을 곰 옷차림으로 걸었지만 왕도와는 달리 불쾌한 시선은 날아오지 않았다. 지긋이 쳐다보는 사람도 있었으나 왕도만큼의 수는 아니었다. 왕도는 걸으면 비웃음, 흥미, 놀람, 여러 가지의 시선들이 모인다. 하지만 크리모니아에서는 줄어들었다. 그만큼 이 마을에서는 내 곰 옷차림이 알려져 있다는 것일지도 모르겠다.

그런 생각을 하면서 걸으니 재봉실에 도착했다. 가게에서는 기성복과 옷감, 실 등을 판매하고 있었다.

가게 안으로 들어서자 여성이 있었다. 셰리가 신세를 지고 있는 나르 씨다.

접객을 마친 나르 씨가 내 쪽으로 다가왔다.

"유나, 어서와. 옷이라도 사러 온 거니?"

"그것도 좋지만, 오늘은 다른 일로 왔어요. 셰리는 있나요?"

"셰리? 아마 안에서 그이하고 같이 옷을 만들고 있을 거야."

"혹시, 바쁜 건가요?"

"급한 일은 안 들어왔으니 괜찮을걸. 불러올 테니까 기다리렴."

나르 씨는 방 안쪽으로 가더니 셰리를 불렀다. 그러자 안쪽에서 셰리가 어깨까지 기른 머리를 찰랑거리며 종종 걸음으로 나왔다.

"유나 언니?!"

"일하는 중에 미안."

셰리는 고개를 가로로 저었다.

"아니야, 괜찮아. 그런데 무슨 일이야? 나한테 볼 일이 있다고 하던데."

"재봉을 잘하는 셰리가 만들어 줬으면 하는 게 있어서 말이야. 일이 바쁘다면 이건 다음에 해도 되는데."

"아까도 말했지만 괜찮단다. 셰리, 쉬어도 되니까 안쪽 방에서 유나의 이야기를 들어주렴."

셰리의 뒤에서 나르 씨가 거들어줬다.

나는 나르 씨의 배려에 감사하며 안쪽 방을 쓰기로 했다.

안쪽에는 작은 방이 있었고 쉴 수 있도록 되어 있었다. 그곳에 들어간 우리는 의자에 앉았다.

"그래서, 뭘 만들어 달라는 거야?"

"곰돌이와 곰순이의 인형을 만들어 줬으면 좋겠어."

이 세계에도 인형이나 봉제 인형은 존재한다. 마을을 걷고 있을 때 어린 아이가 가지고 있는 것을 먼 발치에서 본 적이 있다.

"곰돌이랑 곰순이의 인형을?"

"응, 만들 수 있겠니?"

내 질문에 셰리는 조금 생각에 잠겼다. 표정이 이리저리 변하더니 작게 고개를 끄덕였다.

"…으음, 알겠어, 만들 수 있을 것 같아. 하지만 그 전에 한 번, 곰돌이랑 곰순이를 자세히 봐도 될까? 그런데 여기서는 좁겠지……."

셰리가 방을 둘러본다. 결코 넓은 방은 아니었다. 방에는 테이블과 의자, 그 외에도 여러 가지의 물건들이 놓아져 있어 곰돌이와 곰순이를 소환할 공간은 없었다. 뭐, 그건 일반적인 사이즈의 곰돌이와 곰순이이고 꼬맹이화 된 곰돌이와 곰순이라면 아무런 문제 없었다.

"괜찮아."

나는 그렇게 말하곤 오른손의 검은 곰 장갑을 앞으로 꺼내서 꼬맹이화 된 곰돌이를 테이블 위에 소환했다.

"우와……."

셰리는 꼬맹이화 된 곰돌이를 보더니 놀란 소리를 냈다.

"유나 언니! 뭐야, 이 작은 곰은?"

"곰돌이야. 소환수라서 작게도 만들 수 있어."

거대화는 안 되지만…….

"귀여워."

곰돌이에 대해 설명을 하자 셰리는 곰돌이의 양 손을 잡았다.

"이 사이즈의 인형을 만들어 줬으면 좋겠는데, 괜찮을까?"

"으, 응. 괜찮아. 아, 잠깐만."

셰리는 그렇게 말하더니 뒤에 있던 서랍에서 무언가를 찾기 시작했다. 그리고 찾고 있던 것을 찾아들곤 돌아왔다.

"유나 언니. 곰돌이의 치수를 재도 될까?"

셰리는 슉, 하고 줄자를 늘어뜨렸다.

"괜찮아. 곰돌이, 괜찮지?"

곰돌이는 「크~응」 하고 작게 운 뒤 테이블 위에 앉았다.

"그럼, 일단은 팔을 재도록 할게."

셰리는 곰돌이에게 다가가더니 곰돌이의 팔에 줄자를 갖다 대고 메모를 했다.

"팔의 크기는……. 이번엔 다리를 잴게. 그리고 발바닥도 괜찮을까?"

곰돌이는 앉아서 발바닥을 들어 올렸다. 셰리는 줄자로 그것을

쟀다.

"이번엔 몸 둘레를 잴 테니까 움직이면 안 돼."

곰돌이는 셰리에게 들은 대로 움직이지 않았다.

"다음은 꼬리야."

곰돌이는 빙글, 하고 반회전을 해서 셰리에게 등을 보이며 귀여운 꼬리를 보여줬다. 셰리는 꼼지락거리는 꼬리에 줄자를 가져다 댔다.

"머리도 잴게."

곰돌이는 고개를 끄덕였다.

셰리는 줄자를 곰돌이의 머리에 가져다 대더니 나아가 귀 등도 세세하게 치수를 쟀다.

만약 이걸 내가 당하게 된다면, 이라고 생각하니 무서웠다. 신체의 모든 사이즈가 발각될 때의 공포…….

몸이 부르르 떨린다.

"유나 언니, 왜 그래?"

"아, 아무것도 아니야. 그것보다, 끝난 거야?"

"응, 곰돌이의 사이즈는 전부 쟀어."

셰리의 손에 들린 메모장에는 곰돌이의 데이터가 아주 세세하게 적혀 있었다. 이게 나의 데이터였다면 틀림없이 찢어서 불태워 버리고 재로 만들었을 거다.

"인형은 곰돌이만이 아니라 곰순이도 만들어줘야 돼."

"사이즈는 곰돌이랑 같은 거지?"

"곰순이의 사이즈도 잴래?"

"응!"

내가 곰순이를 소환하자 곰돌이와 같은 방식으로 사이즈를 잿다. 뭐, 곰돌이와 곰순이는 쌍둥이 같은 존재라서 크기에 차이는 없으리라. 색깔과 표정이 약간 다른 정도지.

"그래서, 얼마나 걸릴 것 같아?"

"으음, 일도 있으니까, 밤 시간을 활용하면……."

"셰리, 무슨 고민을 하고 있는 거니?"

옆방에서 30살 전후의 마른 남자가 나타났다.

"테모카 아저씨."

나타난 건 나르 씨의 남편인 테모카 씨였다. 셰리에게 옷을 만드는 법, 자수를 놓는 법을 알려주고 있는 분이다.

"유나구나, 안녕."

"바쁜데 죄송하지만, 잠깐 셰리와 이야기를 하고 있었어요."

"괜찮아. 그렇게 바쁜 가게가 아니니까. 그래서, 셰리는 무슨 고민을 하고 있었던 거니?"

테모카 씨는 상냥하게 셰리에게 물었다.

"유나 언니에게 곰돌이와 곰순이의 인형을 만들어 달라는 부탁을 받았거든요."

"곰돌이, 곰순이라는 게 이 아이들을 말하는 거니?"

테이블 위에 앉아 있는 곰돌이와 곰순이를 바라봤다.

"네, 곰돌이와 곰순이에요."

"이게 말로만 듣던 유나의 곰이구나. 귀엽네."

"네, 엄청 귀엽죠?"

테모카 씨는 곰돌이와 곰순이와 셰리를 바라보더니 잠시 생각에 빠졌다.

"음, 그런 거라면 일은 당분간 쉬어도 좋아."

"그렇지만……."

갑작스런 말에 셰리는 당황했다. 그도 그럴 게 갑자기 쉬어도 된다는 말을 들으면 누구나 당황할 것이다.

"아까 말한 것처럼, 바쁜 가게도 아니니까 말이야. 이제껏 나르와 둘이서 해왔으니 괜찮아. 게다가 이건 공부가 될 거야. 만들어 봐도 좋아."

"정말 괜찮은 건가요?"

"모르는 게 있다면 가르쳐 줄 테니까 열심히 해야 된다?"

"가, 감사합니다. 저 열심히 해 볼게요."

기뻐하며 대답하는 셰리. 셰리는 좋은 사람에게 배움을 얻고 있는 것 같았다.

테모카 씨 부부에게는 아이가 없었다. 그래서 셰리를 딸처럼 귀여워하는 것이다. 원장 선생님의 말로는 입양 이야기도 나오고 있다고 한다.

지금은 상황을 살펴보고 있는 상태였다. 갑자기 말하면 셰리가 거절할 가능성이 있기 때문에 조금 더 딸처럼 사이가 좋아진 뒤에 말하기로 했다는 모양이다.

"가게에 있는 건 자유롭게 써도 된단다."

"괜찮나요?"

"인형을 만드는 것도 공부니까."

부드럽게 셰리의 머리를 쓰다듬는 테모카 씨. 그렇지만 셰리의 도움을 받는데 재료까지 그냥 받을 수는 없었다.

"재료값은 확실히 지불할 테니까 만드는 데 드는 재료값은 모두 제게 청구해주세요. 그리고, 실패 같은 건 신경 쓰지 말고 만들어도 돼."

훌륭한 사람은 말했다. 실패로부터 배우는 게 있다고……. 게임도 똑같다. 적과 잘못된 방법으로 싸워서 패배를 했다면 다른 방법으로 싸우면 되는 거다.

아무것도 없는 상황에서 인형을 만드는 것이기 때문에 실패를 하게 될 거고, 실패를 하게 된다면 그만큼의 비용이 들 것이다. 셰리가 실패는 신경 쓰지 않고 만들길 바랐다.

"유나 언니, 고마워."

"내가 부탁한 거니까, 고맙다는 인사를 받는 건 이상하잖아."

나는 셰리에게 미소를 지었다.

"그러면 테모카 아저씨, 지금부터 만들어도 될까요?"

“그 얼굴을 보니 말릴 수가 없구나. 급한 일도 없으니 마음대로 하렴.”

“고맙습니다.”

승낙을 얻은 셰리는 기뻐하며 인형 만들기 준비를 시작했다.

나는 의욕적으로 변한 셰리에게 방해가 되지 않도록 테모카 씨에게 감사 인사를 건네고 가게를 나왔다.

응, 완성이 기대되는군.

177 곰 씨, 초대장을 받다

셰리에게 인형을 부탁하고 나는 모험가 길드에 얼굴을 내비쳤다.

광산에서의 보수를 받기 위해서였다. 이미 골렘 토벌을 한 뒤로 날이 많이 지나 있었다. 의뢰도 완료되어 있을 터. 크리모니아의 모험가 길드에 이야기를 전해준다고 했으니까 모험가 길드에 가면 의뢰비를 받을 수 있으리라.

나는 모험가 길드에 들어선 뒤 접수대에 있는 헬렌 씨에게 왕도에서 받았던 의뢰의 이야기를 꺼냈다.

"유나 씨, 왕도에서 의뢰를 받았었나요?"

헬렌 씨는 길드 카드를 받아 들더니 알아봐주었다.

"광산의 골렘 조사 및 토벌이군요. 네, 왕도에서 보고 잘 받았습니다. 의뢰는 완료되었어요."

광산에서는 더는 골렘이 나타나지 않았고 다시 평소처럼 채굴이 시작되었다고 했다. 역시, 미스릴 골렘 아니면 곰모나이트가 원인이었던 건가?

손에 넣었던 곰모나이트도 신경이 쓰이지만 드워프 마을은 멀어서 당분간은 내버려 두기로 했다.

헬렌 씨에게 길드 카드를 돌려받고 의뢰 보수를 받았다.

"그런데요, 유나 씨."

헬렌이 조금 진지한 표정을 하고 있었다.

"왜 그래요?"

"여자 모험가들에게서 이야기를 들었는데, 엄청 맛있는 걸 판매하기 시작하셨다면서요?"

"혹시, 케이크를 말하는 건가요?"

"그, 예약 같은 게 가능할까요? 일 끝나고 가도 다 팔려 있으니까……. 쉬는 날은 당분간 없기도 하고요."

헬렌 씨의 말에 다른 길드 아가씨들도 고개를 끄덕였다. 분명 케이크는 인기가 많아서 길드의 일이 끝날 때쯤에는 전부 판매될 것이다. 애초에 가게가 문 닫는 시간이 빠르기도 했다.

"일전에 가게 아이에게 예약으로 하나 따로 빼놓아주면 안 되냐고 물으니까 그런 건 안 받고 있다는 말을 들어서……."

예약 신청이 많은데 모두 거절하고 있다고 티루미나 씨가 말했던가. 그때는 적당히 대답한다고 「티루미나 씨에게 맡길게요」라고 했던 기억이 어렴풋이 났다.

"어떻게, 안 될까요?"

헬렌 씨는 손을 맞잡고 부탁을 해왔다.

"헬렌, 너만 부탁하다니 너무해."

"맞아요, 자기만 부탁을 하다니."

옆 접수대에 앉아 있던 길드 아가씨 두 명이 항의를 했다.

"나와 유나 씨는 친구인 걸요."

언제 친구가 됐지? 라고 지적은 안 하겠다.

친구인지 어쩐지는 제쳐놓고 헬렌 씨에게는 여러모로 신세를 지고 있는 것도 사실이다.

"예약은 좀 무리이긴 한데……."

"역시, 안 되는 건가요……."

슬픈 표정을 짓는 길드 아가씨들. 사람의 말은 끝까지 들읍시다.

"지금 가지고 있으니까, 길드 분들 다 같이 드세요."

나는 곰 박스에서 원 홀의 딸기 쇼트케이크를 꺼냈다. 그러자 길드 아가씨들의 얼굴색이 변했다.

이 케이크는 네린이 연습하려고 만든 거라서 맛이 많이 다르지 않으리라.

"이게, 소문의 케이크인가요?"

"다 같이 나눠서 드세요."

"저기, 돈은?"

"됐어요. 우리는 친구잖아요. 이번엔 대접할게요."

"유나 씨!"

헬렌 씨는 벌떡 일어서서 손으로 내 곰 장갑을 강하게 쥐었다.

"고, 고마워요."

"대단한 것도 아닌걸요."

"그렇지만, 여자 모험가들 모두가 맛있다고 항상 자랑한단 말이에요. 엄~청 부러웠어요."

"만약 마음에 드신다면 쉬는 날에는 가게로 드시러 오세요."

"물론이죠. 먹으러 갈게요."

헬렌 씨의 옆에 있던 길드 아가씨 두 명도 감사 인사를 건네 왔다.

곰 하우스로 돌아와선 곰돌이, 곰순이와 놀기로 했다. 왕도에서는 두 마리 모두 열심히 해줬으니 그 보상을 줘야 한다.

"곰돌이, 곰순이, 이리 와."

둘 다 종종걸음으로 걸어와서 끌어안겼다.

그리고 저녁 시간까지 곰돌이, 곰순이와 놀면서 시간을 보내고 있는데 누군가가 집 앞으로 찾아왔다.

문을 열자 숨이 넘어가려고 하는 피나의 모습이 있었다.

"그렇게 당황해서는, 무슨 일이야?"

"그, 그게 펴, 편지……."

응, 무슨 말을 하고 있는지 모르겠어.

이야기를 듣기 전에 곰 박스에서 물이 든 물병과 컵을 꺼내 피나에게 건넸다. 피나는 한 번에 물을 들이키더니 숨을 골랐다.

"그래서, 무슨 일인 거니?"

다시 물었다.

"유나 언니 앞으로 편지 안 왔어요?"

"편지?"

피나의 손에는 편지로 보이는 게 쥐어져 있었다. 그러고 보니 우편함 같은 것을 신경 쓴 적이 없었다.

이 세계에서 내게 편지를 보내올 사람은 없었다. 바꿔 말하도록 하자, 원래의 세계에서도 이세계에서도 내게 편지를 보내는 사람은 없다.

"확인해보세요."

"응, 알았어."

피나에게 재촉당해 곰 모양을 한 우편함을 확인했다. 어라, 봉투가 들어 있다.

"다행이다, 유나 언니에게도 와 있네요."

피나는 안도한 듯 숨을 내쉬었다. 내게 편지를 보낼 법한 지인은 없다고 생각하는데, 누구지? 보낸 사람을 봤다.

미사나 파렌그람이라고 적혀 있었다. 미사나 파렌그람? 누구지? 들은 적이 있는 것 같기도 하고?

"피나가 아는 사람인가?"

"미사나 님이에요. 국왕님의 탄신제 때 왕도로 가는 도중에 만났던 귀족인 미사 님이요."

펑!

생각났다. 미사는 애칭이고 미사나가 진짜 이름이구나. 미사나라고 적혀 있으니까 모르지. 근데, 왜 미사나에게서 편지가?

일단, 자세한 이야기를 듣기 위해 집 안으로 피나를 들였다.

"피나는 편지를 읽은 거야?"

"네…… 읽었어요. ……미사 님의 생일 파티 초대장이었어요."

"생일 파티 초대장?"

나는 봉투를 뜯어 편지를 읽었다. 분명 피나가 말한 대로 미사의 생일 파티 초대장이었다.

"으~ 유나 언니는 몰라도, 어째서 미사 님이, 제게 초대장을 보내신 거죠?! 귀족님의 생일 파티인데 말이죠."

피나는 곤란하다는 듯 자신에게 도착한 편지를 바라봤다.

그래도 사실 왕도에 갔을 때 사이좋게 지냈던 피나 쪽이 나보다 초대 받을 가능성이 높다고 생각하는데…… 왕도에서 같이 외출도 했던 모양이고.

"유나 언니, 거절하면 어떻게 되나요?"

그런 거 내게 물어봐도 알 리가 없다.

나는 이세계의 귀족 룰 같은 건 모른다. 게다가 나도 생일 파티에 가는 게 귀찮다. 원래 세계에서도 생일 파티에 참석한 적이 없는데. 심지어 귀족의 생일 파티이다. 미사에게는 미안하지만 다른 귀족들이 올 가능성이 있다면 참석하고 싶지 않았다. 그리고 주변 모두가 어여쁜 드레스를 입고 있는데, 혼자만 곰 옷차림으로 참석한다면 개그맨처럼 보일 거다.

내가 피나는 아니지만 거절하고 싶네. 거절해도 되나?

귀족에 대해 잘 알지 못하는 우리 두 사람이 아무리 생각을 해봤자 답은 나오지 않는다.

그렇다면 대답을 알고 있는 인물에게 물을 수밖에…….

"클리프랑 노아에게 물어볼 수밖에 없겠어."

"클리프 님과 노아 님이요?"

"우리에게 초대장이 왔다는 건 노아 쪽에도 왔을 테니까 말이야."

오늘은 시간도 늦었으니 내일 아침, 피나와 함께 노아네 집으로 가기로 했다.

178 곰 씨, 클리프에게 상담하다

다음 날, 피나와 클리프의 저택으로 향했다.

문지기에게 인사를 하자 안으로 안내 받아 여느 때와 다름없는 방으로 들여보내졌다. 소파에 앉아서 기다리는데 옆에 앉아 있는 피나는 긴장해 있었다.

"피나, 괜찮아?"

"네, 괜, 찮, 아, 요."

피나는 그렇게 말했지만 아무래도 괜찮아 보이지 않았다. 왕도에서 노아와도 친해졌다고 생각했는데 아직 긴장되는 모양이다.

"클리프 님과 만난다고 생각하니까 조금 긴장이 돼서."

아무래도 노아가 아니라 클리프를 만나는 것에 긴장하고 있던 모양이다.

왕도에 있는 엘레로라 씨의 저택에 묵기도 하고 국왕과도 만났으니, 이제 와서 클리프를 만나는 정도로 긴장할 건 없는데 말이다.

"국왕님하고 만난 적이 있는 피나라면 클리프 정도는 편하잖아."

"무리예요! 제가 봤을 땐 영주님도 같아요. 원래라면 만날 수 있는 분도 아닐뿐더러, 저택에 들어올 수 있는 입장도 아닌 걸요. 저 같은 게 소파에 앉아 있어도 되는 걸까요? 노여워하시면 어쩌죠? 유나 언니, 서 있는 편이 나을까요?"

"괜찮아. 만약 클리프 씨가 피나한테 화를 내면 그 싸움은 내가 받아들일 테니까."

"화 안 낼 테니까 받아들이지 말아주겠나."

클리프와 노아가 방으로 들어왔다.

"엿듣고 계셨어요?"

"우연히 들린 것뿐이야."

"유나 님, 피나. 어서 와요."

클리프의 뒤에서 노아가 얼굴을 내밀었다.

"노아, 아침 일찍부터 미안."

"아, 안녕하세요. 시, 실례하게 됐습니다."

나는 앉은 채로 피나는 일어서서 고개를 숙이며 인사를 했다.

"아뇨, 유나 님과 피나라면 언제든지 대환영이에요."

클리프와 노아 두 사람은 테이블을 끼고 맞은편 소파에 앉았다.

"고마워. 바로 본론부터 말해서 미안한데, 이야기 좀 들어주실래요?"

"미사나의 건이겠지. 너희가 있는 곳으로 사람을 보낼까 고민하던 참이었어."

"역시, 노아 쪽에도 생일 파티 초대장이 온 건가요?"

"그래, 우리 쪽에도 왔지. 그리고 그란 할아버지에게서 너희들을 데려와 달라는 부탁을 받았어."

그러고 보니 그란 할아버지에게는 왕도의 토지를 구입할 때 신세를 졌었지.

“이거, 거절할 수 있나요?”

“거절할 셈이냐?”

“그야, 귀족의 생일 파티에 평민인 우리들이 간다니, 말도 안되잖아요? 초대장을 받았다고 해서 간단하게는 갈 수 없죠.”

옆에서는 피나가 열심히 고개를 끄덕이고 있다.

“그거라면 걱정 마. 미사나의 생일 파티에 참석하는 사람은 친지들뿐이니까.”

“그래도…….”

미사는 만나고 싶지만 귀족의 생일 파티라는 점이 가고 싶지 않은 이유였다.

“게다가 나도 노아도 같이 갈 거고, 무슨 일이 있다면 대처 정도는 해줄게.”

“클리프 씨도 가요?”

아무리 지인인 귀족 딸의 생일 파티라고 하지만 영주인 클리프가 마을을 떠나 참석해도 되는 건가?

“그래, 하지만 내가 참석하는 건 그란 할아버지의 생신 파티 쪽이야.”

“그란 할아버지요?”

“손녀인 미사나의 생일 파티 전에 그란 할아버지의 50번째 생신이 있어. 나는 거기 참석할 거야. 그러는 김에 너희를 데려갈 생각이지. 보통은 참석하지 않지만 딱 50세가 되셨으니 이번엔 참석할 생각이야. 미사나의 생일 파티는 덤 같은 거지. 그러니 신경 쓰지 말고 참석하면 돼."

"유나 님도, 피나도 같이 가요. 즐거울 거예요. 게다가 미사도 만나고 싶어 하는 걸요."

"그렇지만, 저는……."

고개를 숙이는 피나.

"피나도 미사랑 만나고 싶잖아?"

"그래도……."

"만약 안 간다면 미사, 슬퍼할 거야. 어쩌면 울지도……."

"윽……."

"미사가 일부러 내게 두 사람의 주소를 물어서 직접 초대장을 보낸 거야."

그래서 우리들의 집에 초대장이 도착한 거구나. 집 위치를 알려주지 않았는데 어떻게 편지가 도착했는지 의문이었다.

"안 가면 미사가 가여울 거야."

확실히 와 주길 원해서 초대장을 보낸 거겠지. 결코 장난을 치려고 보내진 않았을 것이다.

"피나가 유나 님에게 초대장을 보냈는데 와 주지 않는다면 슬플 거 아냐. 나도 피나에게 초대장을 보냈는데 참석해주지 않는다면 슬플 거야."

노아는 조금 슬픈 자세를 취했다. 그런 표정을 한다면 피나는 거절하지 못할 거야.

"……아, 알겠어요. 가겠습니다."

역시 거절 못하지. 노아도 너무하네. 하지만 노아가 하는 말도 일리가 있어서 반론이 불가능했다.

"피나가 참석하면 유나 님도 참석하는 거죠?"

노아의 그 말에 피나가 내 쪽을 바라봤다. 피나의 눈은 「같이 가주세요」라고 말하고 있었다.

피나를 혼자 가게 둘 수는 없지. 여기에서 안 간다고 하면 피나가 울 것 같았다.

"나도 참석할게."

"야호. 이걸로 곰 님과 외출을 할 수 있겠네요."

내가 참석을 표명하자 노아가 기뻐했다.

설마, 그게 목적이었던 건 아니지?

"그러면 피나, 생일 파티 때 입고 갈 드레스를 정하자."

"네?"

노아는 피나의 팔을 붙잡고 끌어당겼다.

"유나 언니?!"

피나는 도움을 청하듯 나를 쳐다봤지만 나는 말려들고 싶지 않아서 미소로 배웅했다. 피나는 강하게 거절하지 못하고 방 밖으로 끌려갔다.

뭐, 드레스를 고르는 것뿐이고 죽는 게 아니다. 나는 문 쪽을 바라보며 합장을 했다.

"그러면 출발은 5일 후가 될 테니까 아침 일찍 집으로 오렴."

클리프는 딸의 행동에 관해서 아무런 말도 없이 향후 예정에 대해 얘기했다.

"미사가 있는 마을은 먼 가요?"

"아니, 그렇게 멀지는 않아. 마차로 이틀 정도지."

그럼 곰돌이랑 곰순이라면 몇 시간 만에 도착하겠네.

"귀족의 생일 파티라니, 어떤 건지 전혀 모르겠지만 필요한 거라도 있나요?"

"필요한 건 여기에서 준비할 거야. 너는 미사나가 기뻐할 선물을 준비해줘."

아, 선물 말이군.

"보석이나 드레스를 선물하면 될까요?"

"그런 걸 선물한다고 미사나가 기뻐할 리 없잖아."

"그렇게 말해도 귀족 여자아이가 좋아하는 물건 같은 건 몰라요."

"너희 가게에 장식되어 있는 곰 장식물이라도 선물하면 되지 않겠어? 그거라면 기뻐할 거야."

"그런 거로 괜찮을까요?"

"우리 딸이라면 기뻐할 거야."

그렇겠죠.

응? 하지만 가게에 있는 곰 장식물로 기뻐하는 거라면 지금 만들고 있는 곰돌이와 곰순이의 인형이어도 괜찮을 것이다. 여자아이에게 인형은 단골 선물이지.

"고마워요. 참고가 됐어요. 그러면, 저는 돌아갈 건데, 피나를 부탁해도 될까요?"

"그래, 잘 돌볼 테니 안심해."

나는 피나를 내버려두고…… 콜록, 피나는 생일 파티 때 입을 드레스를 고르고 있으니 방해가 되지 않도록 혼자서 저택을 나왔다.

귀족의 생일 파티라. 성가신 일이 되지 않으면 좋겠는데…….

179 곰 씨, 상업 랭크가 오르다

피나를 내버려두고 와버렸다.

그러고 보니 피나도 선물로 고민하고 있을 것이다. 나도 고민했기 때문에 피나가 고민하지 않을 리 없다.

상상하니 「뭐를 선물하면 좋을까요」, 「으으, 선물할 게 없어요」라며 고민하는 얼굴이 떠올랐다.

만약 피나가 선물로 고민을 하고 있다면 같이 선물하는 것도 나쁘지 않을지도…….

그리고 선물로 많이 주는 거라면 케이크일까? 모처럼 만들 수 있게 되었으니 생일에 케이크를 만드는 것도 괜찮을 것이다. 2단 케이크를 만들어서 색을 입힌 딸기 크림으로 『생일 축하해』라고 적으면 좋을 것 같다. 생일에 케이크는 흔하니까 분명 기뻐하겠지. 곰 박스에 넣어두면 상할 일도 없고 맛이 없어지는 일도 없다.

게다가 케이크라면 피나와 같이 만들 수 있으니 나중에 드레스다 골랐을 때 피나에게 곰 폰으로 물어보자.

그때까지 적당히 시간을 보내기로 했다.

"유나 님."

내가 어디에서 시간을 보낼지 생각하고 있는데 누군가 말을 걸어왔다.

누군가 했더니 상업 길드의 리아나 씨였다. 리아나 씨는 안즈의 가게를 구입할 때 신세를 졌던 분이다.

"리아나 씨, 안녕하세요."

"유나 씨, 혹시 상업 길드로 가시던 중이었나요?"

"상업 길드요? 아뇨, 딱히 갈 예정은 없는데요?"

가게에 관한 것은 티루미나 씨에게 맡겨놓아서 내가 상업 길드에 갈 일은 없었다.

"그렇군요. 티루미나 씨에게 이야기를 들어서 상업 길드에 와주시는 줄 알았어요."

"티루미나 씨라면 얼마 전에 만났는데, 아무 말도 못 들었어요."

"아아, 죄송해요. 얘기한 건 어제였거든요."

그러면 못 들은 게 당연하지.

"그런데, 무슨 일이죠?"

"유나 님의 상업 길드 랭크가 올라서 상업 길드까지 오실 수 있도록 티루미나 씨에게 말을 전해달라고 부탁했었어요."

"길드 랭크가 올랐다고요?"

무언가를 한 기억이 없는데…….

짐작할 수 있는 건 모린 씨와 안즈의 가게. 그리고 고아원의 꼬끼오 알 매출일까?

"랭크 F에서 랭크 E로 오르는데 보통은 1년은 걸려요."

"그래요?"

"착실하게 열심히 해서 서서히 매출을 올려가는 거죠. 그리고 1년 정도 지나서 사업이 궤도에 올랐을 때 랭크가 올라요. 개중에는 매출이 오르지 않아 상인을 그만두는 사람들도 있죠."

모험가 길드와는 달리 상업 길드에서 랭크를 올리는 건 힘들구나.

"수속을 진행하고 싶은데, 시간이 괜찮으시다면 지금부터 길드에 와 주시겠어요?"

마침 시간을 보낼 곳을 찾던 참이어서 상업 길드에 가기로 했다.

나는 리아나 씨와 함께 상업 길드를 향해 걷기 시작했다.

"그러고 보니, 리아나 씨는 어째서 여기에?"

시간을 보면 길드에서 일을 하고 있는 시간이었다.

"외근 업무를 보고 있었어요."

"접수대에 앉아 있는 것만이 아니군요."

"가게에 직접 방문하기도 하거든요. 상업 길드에 얼굴을 비추시는 분은 괜찮지만 오지 않는 분들도 있어서요."

리아나 씨와 정신없이 이야기를 하면서 걷다보니 상업 길드에 도착했다.

"잠깐 기다려 주시겠어요? 보고를 마치면 바로 돌아올게요."

리아나 씨는 안쪽 방으로 가버렸다. 나는 벽 쪽에 있는 의자에 앉아 리아나 씨를 기다리기로 했다. 평소라면 밀레느 씨가 접수대에 앉아 있는 일이 많은데 오늘은 보이지 않았다. 성실하게 길드 마스터로서의 일을 하고 있는 걸까?

상업 길드 안을 둘러보는데 몇 명의 시선이 내게로 향해 있는 것을 눈치 챘다. 나는 곰 옷의 후드를 깊게 눌러쓰고 얼굴을 가렸다.

그러자 상인 두 명의 이야기가 들려왔다.

"이봐, 잠깐 괜찮아?"

"뭐지?"

"저기에 곰 옷차림을 하고 있는 아이가 있는데 말이야."

"자네, 손가락질 하지 말게. 그리고 쳐다보지도 말고."

"뭐, 뭐야."

"당신, 곰 아가씨를 모르는 거야?"

듣고 있던 상인은 어이없다는 듯 물었다.

"소문 정도는 알고 있어. 커다란 곰 장식물이 있는 가게의 오너가 곰 복장을 한 여자아이라고 들었지. 그게 저 곰 옷차림을 한 아이인지 물으려고 했던 건데……."

아이라 죄송합니다. 이래 봬도 14살입니다.

"자네, 이 마을은 처음인가?"

"그렇다네, 미릴러 마을로 가기 위해 이틀 전에 이 마을에 들렀지."

"역시. 자네는 저 곰에 관해 얼마나 알고 있나?"

"곰 장식물이 있는 가게를 경영하고 있다는 것 정도야. 어제, 식사를 하려고 길드에 식당을 추천해 달라고 했는데 곰의 가게를 추천 받았거든."

"맛있었겠지."

"맞아, 맛있었어. 그래서 경영하고 있는 게 누구인지 알아 봤더니 곰 옷차림을 한 여자아이라고 들어서 말이야."

"분명 저 곰 아가씨는 가게의 오너이긴 하지만 이상한 생각은 하지 않는 게 좋아."

"왜지? 상인은 돈벌이가 되는 이야기라면 다들 달려들잖아. 그 요리법만 알아내면 다른 마을에서 한몫 벌 수 있을 거야."

"그만둬. 상업 길드에서 상인 자격을 박탈당할 거야."

"어째서지?"

"그 가게의 뒤에는 이 마을의 영주님인 포슈로제 일가와 이 마을의 상업 길드가 있거든."

"정말로?!"

"그래, 그래서 이 마을의 상인들은 그 가게에는 손을 대지 않지. 자네가 어떤 생각을 하고 있는지는 모르지만 싸움이 벌어질 만한 짓은 하지 않는 게 좋을 거야."

"정말 그렇다면, 조심해야겠군."

"믿고 안 믿고는 자유일세."

"같은 상인의 충고이지 않은가. 순순히 받아들이지. 나도 위험한 다리는 건너고 싶지 않으니까."

순순히 수긍하는 상인. 상인끼리는 사이가 나쁘다는 이미지를 가지고 있었는데, 그렇지도 않은가?

"그게 현명하지. 분명 그 요리의 레시피는 매력적이지만, 이 마을에서 저 곰 아가씨에게 시비를 거는 바보는 없어."

"뭐, 뒷배에 귀족이랑 상업 길드가 있다면 그렇겠지."

"정말 아무것도 모르는군."

남자는 어이없다는 듯 말했다.

"뭐야. 아직 뭐가 더 있는 건가?"

"저 곰 아가씨는 말이지, 모험가이기도 하다고. 그것도 울프 무리에, 고블린 무리, 블랙 바이퍼를 혼자서 쓰러뜨릴 정도의 실력자란 말이야."

"자네, 내가 이 마을에 관해 잘 알지 못한다고 놀리는 건가?!"

"어째서 내가 당신에게 그런 거짓말을 해야 하지? 믿기지 않는다면 다른 자들에게 물어보게. 이 마을의 상인이라면 누구든지 알고 있는 이야기일세."

"농담이겠지."

응, 농담이겠지. 모두 알고 있다니.

"아무튼, 나는 충고했네."

남자는 사라졌다. 남겨진 남자도 나를 힐끔 봤지만 곧장 이곳에서 떠났다. 그런데 그런 식으로 내 소문이 퍼져 있구나. 그래서 지금까지 평화로웠던 거고……. 그렇긴 해도 귀족의 뒷배가 있다는 것만으로 얘기가 달라지다니 클리프에게는 감사해야 하나. 여러 가지로 신세지고 있다는 건 확실하군.

그런 생각을 하고 있는데 리아나 씨가 돌아왔다.

"유나 씨, 기다리셨죠."

리아나 씨는 접수대에 앉더니 길드 랭크 업의 수속을 시작했다.

"네, 이것으로 유나 씨는 상업 랭크가 E랭크가 되셨습니다."

"고마워요."

감사 인사를 하고 길드 카드를 받았다.

"원래라면 여기서 「어엿한 상인이 됐네요」라고 칭찬의 말을 건네지만, 유나 씨에게 건넬 말은 아니겠죠."

"랭크 E로 어엿한 상인인가요?"

"아까도 말씀드렸다시피 신입이 1년간 세금을 납부한다는 건 힘든 일이거든요. 게다가 일정 금액이 되지 않으면 랭크는 오르지 않죠."

분명 그럴지도 모른다. 아무것도 없는 처음부터 장사를 시작해서 사업이 궤도에 오르기까지는 시간이 걸린다. 장사 수완이 좋지 않으면 어려울 것이다.

나도 모린 씨의 협력과 원래 세계의 지식이 없었다면 이렇게 성공할 수는 없었을 터.

"상업 길드에 가입하고 몇 개월 만에 랭크 E로 오르는 건 대단한 일이에요."

"이것도 가게에서 일하고 있는 모두의 덕분인 걸요."

모두들 성실하게 일을 해주고 있다. 나 혼자만의 힘이 아니다.

180 곰 씨, 생일 케이크를 만들다

상업 길드를 뒤로 한 나는 조금 더 시간을 때우기 위해 포장마차가 늘어서 있는 광장으로 향했다. 자주 지나다니는 곳이라서 놀란 눈으로 쳐다보는 일은 없어졌다. 가끔 놀라긴 하지만 그건 새롭게 연 포장마차들 정도였다.

여러 포장마차에서 맛있는 냄새가 뿜어져 나왔다.

“곰 아가씨, 오늘은 포장마차를 둘러보러 왔나?”

꼬치구이 아저씨가 말을 건네 왔다.

“시간이 좀 남아서요. 아저씨, 꼬치구이 세 개만 주세요.”

“그러지.”

아저씨는 꼬치구이를 구워줬다. 좋은 냄새가 난다.

“받아, 잘 구워졌어.”

“고맙습니다.”

나는 막 구워진 꼬치구이를 받아들고 근처 벤치에 앉아 먹었다.

평화롭네. 지금쯤 피나는 예쁜 드레스를 입고 있으려나?

포장마차 투어를 마친 나는 곰 하우스로 향했다.

슬슬 곰 폰을 써도 되려나? 피나에게 곰 폰으로 연락해서 선물에 관해 물어볼 생각이다. 하지만 노아가 있으면 피곤한 일이 일어날 것 같단 말이지…….

나는 어떻게 할지 고민하면서 곰 하우스로 돌아갔는데, 피나가 볼을 부풀린 채 곰 하우스 앞에 서 있었다.

"유나 언니! 먼저 가시다니 너무해요~."

피나가 볼멘소리를 내며 내게 안겨왔다. 태클이었을지도 모르지만 피나를 확실하게 받아냈다.

"미안, 드레스 정하는데 시간이 걸릴 것 같아서 말이지."

휘말리기 싫어서 도망쳤다고는 말할 수 없었다.

"그래도, 피나의 드레스 입은 모습은 기대 되는 걸."

이건 진심이었다. 피나와 노아의 드레스 입은 모습은 기대가 된다.

"으~ 유나 언니는 드레스 안 입는 거예요?"

"안 입어. 내가 입어도 안 어울릴 테니까."

내가 드레스 같은 걸 입어봤자, 돼지 목에 진주 목걸이, 고양이한테 금화인 격이다.

"그렇지 않아요. 유나 언니가 드레스를 입으면 예쁠 거예요."

발림소리라 해도 그런 말을 들으니 기쁘네.

어쩌면 나에게 드레스를 입히기 위해서 하는 말일 수도 있다.

이 이상 드레스에 관한 이야기를 하는 건 곤란해서 특기인 말 돌리기를 시전 했다.

"그러고 보니, 피나는 미사한테 줄 선물 어떻게 할 거야?"

"그, 그렇네요. 유나 언니, 생일 선물 어떻게 하죠?"

의외로 내 말에 곧장 반응했다.

"노아 님께 선물에 관해 물었더니, 제가 드리는 거라면 뭐든지 기뻐해주실 거라고 하셨는데……. 그래도 저는 미사 님이 기뻐하실 선물이 떠오르지 않아요. 울프의 털가죽으로는 안 되겠죠?"

피나는 드레스 이야기는 잊고 곤란한 얼굴을 했다.

"후훗."

피나가 곤란해 하는 모습이 상상했던 모습과 같아서 웃음이 나왔다.

"어째서 웃으시는 거예요?"

"아니, 아무것도 아니야. 그러면 같이 선물을 준비할까?"

"같이 말인가요?"

"케이크랑 곰돌이, 곰순이 인형을 선물하려고 생각 중인데, 같이 하는 건 어때? 케이크라면 둘이서 만들 수 있고, 인형은 곰돌이 인형이랑 곰순이 인형을 각자 선물하면 되잖아."

"케이크는 알겠지만, 곰돌이랑 곰순이 인형은 뭐죠?"

나는 셰리에게 곰돌이와 곰순이 인형을 부탁한 일을 설명했다.

"케이크도 좋지만, 곰돌이와 곰순이 인형은 분명 미사 님이 기뻐하실 거예요."

피나는 눈을 반짝이며 조금 전까지의 불안한 표정이 거짓이었던 것 마냥 기뻐했다.

아무래도 내가 피나를 내버려두고 혼자 돌아온 일은 완전히 잊은 모양이다.

"그러면 우리 둘이서 줄 미사의 선물은 케이크랑 곰 인형으로 결정하는 거다?"

내 말에 피나는 조금 생각에 빠졌다.

"유나 언니, 인형 만드는 법을 셰리에게 배워서 저희가 직접 만들어 볼까요?"

"우리가 직접 만든다고?"

"네, 선물이니까 손수 만들어서 선물하고 싶거든요."

그 마음은 알겠지만 우리가 만들 수 있을까? 정정하지. 내가 만들 수 있을까? 아쉽지만 나는 재봉 스킬을 가지고 있지 않았다. 하지만 피나가 의욕적인데 찬물을 끼얹고 싶진 않았다.

"그러면, 셰리가 있는 곳으로 가서 물어 볼까? 만들 수 있을 것 같으면 만드는 걸로 하자."

"네!"

무사히 생일 선물을 정하고 셰리가 있는 곳으로 가려고 하는데, 우리를 향해서 커다란 봉투를 품은 셰리가 다가오고 있는 게 보였다.

"셰리?"

"유나 언니, 게다가 피나도…… 혹시 나가려던 참인가요?"

셰리는 작게 하품을 했다. 게다가 몸이 조금 좌우로 흔들리고 있었다.

"지금부터 셰리가 있는 곳으로 갈 셈이었는데, 셰리는 어째서 여기에 있는 거야? 설마, 벌써 다 만든 거야?"

나는 셰리가 품고 있는 커다란 봉투를 바라봤다.

"네, 열심히 만들었어요~."

셰리는 또 다시 작게 하품을 했다. 기쁜 듯 말했지만 졸려 보였다. 게다가 부탁한 바로 다음 날이었다. 너무 빠르잖아.

"설마, 안 잔 거니?"

내 말에 셰리는 웃음으로 무마했다.

수면 시간을 줄이면서까지 열심히 하지 않아도 괜찮은데……. 나는 조용히 셰리의 머리 위에 손을 올려두었다. 어째서 그렇게 열심히 하는 건지. 셰리는 내가 머리를 쓰다듬어 주자 미소를 지었지만 눈 밑에 다크서클이 생겨 있었다.

설마 곰을 만들려고 다크서클을 만들었다거나[#1]…….

……내가 말했지만 썰렁하네.

"그렇게 서두르지 않아도 됐는데."

"만들다보니 재밌어져서요."

셰리는 웃는 얼굴이었으나 얼굴에서는 피로감이 뿜어져 나왔다.

으음, 이건 한숨 자게 하는 편이 좋겠어.

"그러면 유나 언니. 한 번 봐주시겠어요?"

셰리는 껴안고 있던 커다란 봉투를 내밀었다.

#1 설마 곰을 만들려고 다크서클을 만들었다거나 일본어에서 곰과 다크서클의 발음은 쿠마(クマ)로 동음이의어이다.

"고마워. 하지만 그 전에 침대를 빌려줄 테니까, 눈 좀 붙여."

지금은 인형을 확인하기 전에 셰리를 재워야 했다.

"유나 언니, 괜찮아요~."

하품을 하면서 말을 하니 전혀 괜찮아 보이지 않았다. 게다가 아까 전부터 비틀거리고 있었다.

"자야 돼!"

이번엔 강하게 말했다.

"열심히 만들어 준 건 고맙지만, 무리해서 만드는 걸 바라진 않았어."

"유나 언니…… 죄송해요."

셰리는 순순히 사과했다.

"나중에 확실하게 볼 테니까 지금은 눈 좀 붙여. 셰리가 제대로 안 자면 보지 않을 거야."

나는 커다란 봉투를 받아 들고 셰리를 방으로 데려가 침대에 눕게 했다. 셰리는 침대에 눕자마자 곧바로 잠이 들었다. 역시 무리를 했던 모양이다.

"셰리, 잠들어버렸네요."

"왜 그렇게까지 열심히 한 걸까."

그런 말을 했다.

곰 인형 만드는 게 즐거웠다는 건 셰리의 얼굴을 보면 알 수 있었다. 싫어하며 만들었다고는 생각할 수 없었다. 그렇지만 수면 시간을 줄여가며 만드는 건 좋지 않았다.

“모두들, 유나 언니에게 도움이 되고 싶어서 그러는 거예요.”

“나한테?”

“유나 언니는 고아원의 모두들에게 있어서 은인이기도 하고, 존경하는 분이기도 하니까요. 모두들 유나 언니에게 도움이 되는 걸 기쁘게 생각하고 있어요.”

그렇지만 무리를 하는 건 곤란하다.

게다가 나는 은인도, 존경 받을 만한 인물도 아니었다. 내가 좋을 대로 행동하고 있을 뿐.

고아원에 일을 준 것도 우연히 꼬끼오의 알을 발견했기 때문이었고, 가게의 일도 사람이 모자라서 부탁을 한 것뿐이었다.

그래서 감사를 받을 만한 일은 아무것도 하지 않았다. 구태여 말하자면 기브 앤 테이크였다.

“유나 언니, 어떻게 할까요?”

셰리가 자고 있어서 인형 확인은 불가능했다.

“그러면, 먼저 케이크를 만들까?”

“지금부터 말인가요?”

“내 아이템 봉투에 넣으면 상할 일은 없으니까. 먼저 만들어 둬도 문제는 없어.”

인형 만들기에 어느 정도 시간이 소요될지 알 수 없었다. 그렇다면 여유가 있을 때 케이크를 만들어 두는 편이 좋았다.

셰리가 일어날 때까지 나와 피나 두 사람이서 생일 케이크 만들기를 시작했다.

만드는 건 일반적인 딸기 쇼트케이크였다. 다른 점은 2단이라는 부분일까.

참석 인원을 몰라서 케이크는 최대한 많이 만들 예정이다. 최악의 경우 모자라면 곰 박스에 들어있는 케이크를 꺼내면 되니까 문제없다.

얼마 안 되어 테이블 위에 많은 케이크가 만들어졌고 딱 하나 호화로운 케이크가 있었다. 이것이 미사에게 선물할 케이크였다.

"유나 언니, 제가 적어요?"

"응, 피나가 적어줘."

마지막으로 『생일 축하해』라고 적는 역할은 피나에게 양보하기로 했다.

"으으, 긴장돼요."

"실패해도 괜찮으니까 팍팍 써버려."

"아, 알겠어요."

피나는 심호흡을 하더니 딸기 색을 띤 딸기 크림으로 글씨를 적기 시작했다. 천천히 정성스럽게 한 글자씩 적어갔다.

"돼, 됐어요."

피나는 멈췄던 숨을 한 번에 내쉬었다.

"완성이네."

핑크색 글씨로 『생일 축하해』라고 적혀 있었다.

"미사 님이 기뻐해주시면 좋겠는데."

"걱정 마. 열심히 만들었잖아."

"네."

"그러면, 상하기 전에 담아버릴게."

케이크를 케이스에 넣고 뚜껑을 확실히 닫은 다음 곰 박스에 넣었다.

"유나 언니의 곰 님 아이템 봉투는 이상해요. 곰 님 아이템 봉투에 넣어두면 음식들이 썩지 않는다니."

"특별 제작한 거거든."

효과에는 감사하고 있지만 모든 능력이 곰 장비에 딸려 있다는 건 납득이 가지 않는다. 이게 내 자신의 능력이었다면 정말 기뻤을 텐데…….

뭐, 아무것도 주어지지 않고 이세계에 내동댕이쳐지는 것보다는 나으니 감사한 마음을 가져야겠지.

181 곰 씨, 인형을 확인하다

케이크를 다 만든 우리는 부엌을 정리하기 시작했다.

정리가 끝날 무렵, 셰리가 눈을 비비며 부엌으로 왔다.

"유나 언니, 피나, 안녕."

이제 막 일어나서 그런지 아직 졸려했지만 얼굴색은 좋아졌다.

"잘 잤어?"

"응, 그런데 두 사람은 뭘 하고 있었어요?"

"케이크를 만들었어."

케이크라는 말에 셰리의 얼굴에서 졸음이 날아갔다.

케이크로 반응을 하다니 셰리도 여자로군.

"먹는 거예요?"

"괜찮겠어?"

이제 막 일어났는데 먹을 수 있는 건가?

셰리의 얼굴을 보자 기뻐하고 있었다. 응, 먹을 수 있을 것 같네.

"하지만, 한 개만 먹는 거야. 원장 선생님과 모두가 만든 저녁밥을 못 먹게 되는 건 곤란하니까 말이야."

두 사람을 자리에 앉히고 예전에 만들었던 케이크를 곰 박스에서 꺼냈다. 피나와 함께 만든 케이크는 미사의 생일 선물이니까.

"마실 건 홍차로 괜찮니?"

"네, 괜찮아요."

나는 라라 씨에게 배운 홍차 우리는 법을 실천했다. 좋은 향이 뿜어져 나왔다. 컵에 홍차를 따르고 두 사람 앞에 홍차를 두었다. 물론 설탕도 잊지 않았다. 케이크와 홍차 준비를 끝내고 다 같이 먹기 시작했다.

"아~ 맛있어요."

"응, 맛있어."

피나와 셰리는 맛있게 먹었다. 케이크를 다 먹고 인형 이야기를 했다.

"그러면, 보여줄래?"

"네."

셰리는 자신의 옆에 놓여 있던 커다란 봉투에서 곰돌이와 곰순이 인형을 꺼내어 테이블 위에 두었다.

"귀, 귀여워요."

피나가 곰돌이 인형을 끌어안았다. 나도 곰순이 인형을 품으로 가져갔다.

"이게 곰돌이와 곰순이 인형이군요. 엄청 귀여워요."

"이 부분이 어려웠어요."

셰리는 어느 부분에서 고생을 했는지, 어떤 궁리를 해서 만들었는지, 여러 가지 이야기를 즐겁게 설명해주었다. 진심으로 자수와 재봉을 좋아하는구나.

"그러고 보니 유나 언니. 제게는 무슨 볼일이셨어요?"

"응, 이 인형 만드는 법을 배울 수 있을까 싶어서. 며칠 뒤에 지인인 여자아이의 생일이라 선물을 하고 싶거든. 되도록 피나와 함께 만든 것을 주고 싶어서 말이야."

피나가 직접 만들고 싶다고 했기 때문이다. 그 마음을 소중히 여겨서 직접 만드는 편이 케이크처럼 선물을 한 기분이 들 테니까.

"그러면 이 인형은?"

"이 인형은 다른 아이에게 선물할 거니까 잘 받을게."

셰리가 만들어준 인형은 플로라 님에게 선물할 생각이었다.

내가 곰순이 인형을 보고 있는데 셰리가 무언가 하고 싶은 말이 있는 듯 했다.

"유, 유나 언니. 부탁이 있는데요……."

"……?"

"그…… 고아원에서 인형을 만드는데 어린 아이들이 가지고 싶다고 해서……. 이건 유나 언니 거니까 안 된다고 했는데 울어버려서, 그래서…… 주겠다고 약속을 해버렸어요. 물론 재료값은 제가 낼게요. 바로 새로운 인형을 만들게요. 그러니까 그……."

셰리는 끝까지 말하기 어려운 듯 고개를 숙여버렸다. 자기도 어린 아이면서.

"줘도 돼. 그리고 재료값도 신경 쓰지 마."

플로라 님의 인형은 급하지 않았다. 게다가 처음부터 고아원 아이들에게도 선물하려고 생각하고 있었다. 그게 빨라진 것뿐이다.

"그렇지만 2개만으로 괜찮겠어?"

유아반 아이들에게만 준다고 해도 2개로는 부족할 거다.

만약 서로 가지고 싶어서 양쪽에서 잡아당기기라도 한다면 곰돌이와 곰순이의 손과 발이 찢어질지도 모른다. 그렇게 되면 곰돌이와 곰순이 인형이 가엾기도 하고, 만든 셰리도 가여웠다.

"열심히 만들게요!"

어쩐지 또 잠도 안 자고 만들 것 같아서 걱정인데…….

"그래도, 잠 안 자고 만드는 건 안 돼."

"……네."

역시, 걱정이다.

셰리에게 오늘은 인형 만들기를 하지 않을 것을 약속 받았다.

"오늘은 확실히 쉬는 거야. 내일 졸려하면 혼난다."

"……네."

나와 피나는 내일부터 셰리에게 인형 만드는 법을 배우게 됐다. 동시에 셰리가 무리를 하지 않는지 지켜볼 심산이었다. 만약 내일도 인형이 많이 만들어져 있다면 혼낼 생각이다.

셰리는 가지고 온 인형을 왔을 때와 똑같이 커다란 봉투에 담아 돌아갔다.

"그러면, 저도 돌아갈게요."

"그래, 내일부터 인형 만들어야 하니까."

"네."

돌아가려는 피나를 보다가 떠올렸다.

"아, 맞다. 잊을 뻔 했네. 피나, 티루미나 씨에게 상업 길드의 랭크 올렸다고 전해주겠니?"

"유나 언니, 랭크가 올랐다고요?!"

"모린 씨랑 티루미나 씨, 고아원의 모두가 열심히 해준 덕분이야."

고아원 아이들 덕분에 꼬끼오 알을 손에 넣었고, 그 꼬끼오 알을 상업 길드에 팔았고, 게다가 푸딩과 케이크 등도 만들 수 있게 됐다. 물론 모린 씨가 만든 빵이 엄청난 인기이기도 하고, 안즈네 가게도 크게 번창하고 있다.

무엇보다도 그것들 모두를 관리하고 있는 티루미나 씨가 대단했다. 꼬끼오 알의 배분 관리, 재료 구매부터 가격 조정. 나아가서는 매출 관리까지 해주고 있다.

실질적인 경영자는 티루미나 씨라고 해도 과언이 아니다. 그렇게 생각하니까 티루미나 씨가 그만두기라도 한다면 큰일이 날 것 같았다.

"피나, 티루미나 씨에게 일 그만두지 말아달라고 전해줘."

나는 진지한 얼굴로 피나에게 부탁했다.

"으음, 잘 모르겠지만, 전달하면 되는 거죠?"

갑자기 의미 불명의 말을 들은 피나는 고개를 갸웃거리며 돌아갔다.

다음 날, 나와 피나는 셰리가 일하는 재봉실로 향했다. 가게에 도착해선 가게 준비를 하고 있는 나르 씨와 테모카 씨에게 인사를 했다.

"좋은 아침이에요. 셰리는 왔나요?"

"아침 일찍 와서는 안쪽에서 인형을 만들고 있어."

셰리가 제대로 잤는지 걱정이 되었다. 나는 테모카 씨에게 허락을 받고 셰리가 있는 안쪽 방으로 향했다. 방 안에서는 셰리가 인형을 만들고 있었다.

"셰리, 좋은 아침이야. 약속대로 푹 잔 거야?"

"네, 잤어요. 그런데 일찍 눈이 떠져서…… 테모카 아저씨와 나르 아줌마가 아침 식사를 하고 계실 때 와버렸네요."

웃음으로 무마하려는 건가 싶었지만 셰리의 눈 밑에 다크써클은 없었다. 푹 잔 모양이다.

"아이들은 싸우지 않았고?"

"그럴 뻔 했어요."

그렇게 말하면서 웃는 셰리.

"그래도, 모두의 몫을 만들겠다고 설명했더니 잠잠해졌어요."

"모두들 좋은 아이들이네."

"그럼요!"

친 여동생, 남동생이 칭찬을 들은 것 마냥 셰리는 기뻐했다.
“그러면 셰리. 나와 피나에게 인형 만드는 법을 알려주겠니?”
“셰리, 잘 부탁할게.”

우리는 의자에 앉아 셰리 선생님에게 배우면서 인형을 만들게 됐다.
“그러면, 이 본 뜬 종이대로 천을 잘라주세요.”
나와 피나는 셰리의 지시에 따라 본 뜬 종이대로 천을 잘라갔다. 형태가 있어서 간단히 만들 수 있었다. 이 형태를 만드는 게 성가시고 어려운 것인데 그걸 하루 만에 만들어낸 셰리는 대단하다.
“테모카 아저씨가 도와주셨거든요.”
그럼에도 대단하다고 생각한다.
나는 익숙하지 않은 손놀림으로 인형을 만들었다. 곰 스킬 중에 재봉은 없어서 만드는 데 고생했다. 한편, 피나는 익숙한 느낌으로 잘 만들었다.
“그, 옷을 살 돈이 없어서 재봉은 자주 했었거든요.”
그랬다. 아버지는 돌아가시고 어머니는 병에 걸려 있었다. 겐츠 씨도 멀리서 지켜보기만 할 게 아니라, 옷을 사주는 정도의 융통성은 발휘해도 좋았을 거라고 생각한다.

그 후 미사의 생일 파티 장소로 출발하기 전까지 나와 피나는

한 세트씩 인형을 만들었고, 그 중 피나가 곰돌이 인형을, 내가 곰순이 인형을 선물하기로 했다.

그 동안 셰리는 우리의 두 배를 만들었고 다 합쳐서 4세트의 인형이 만들어졌다.

처음으로 만든 내 인형과 피나의 인형은 한 개씩 내 방에 장식하기로 하고 나머지 한 세트는 미사에게 선물하기로 했다.

"내가 받아도 되겠어?"

"네, 역시 곰돌이와 곰순이는 함께 있는 게 좋을 거 같아요."

"고마워."

나는 피나가 만든 곰순이 인형을 받아들고 내가 만든 곰돌이 인형과 함께 나란히 두었다.

다음에는 피나의 몫을 만들어 줘야 하려나?

셰리가 만든 인형은 고아원 아이들에게 선물했다.

고아원 유아반 대부분의 아이들이 인형을 가지고 싶어 했던 모양이다. 셰리의 말에 따르면 자주 우는 아이도 인형을 쥐어주면 울음을 그쳤고 재우는 것도 수월해졌다고 했다. 인형이 도움이 되는 것 같아서 다행이다.

미사에게 선물할 곰돌이 인형과 곰순이 인형에 마지막 마무리로 예쁜 빨간 리본을 묶었다.

"이것으로 완성이야."

"네, 미사 님이 기뻐해주시면 좋겠네요."

리본으로 랩핑한 인형을 곰 박스에 담았다.

방구석에서 오늘의 작업을 마친 셰리가 쉬고 있었다.

"셰리, 고마워."

"아뇨, 저도 즐거웠어요. 그리고 앞으로 몇 개 더 만들면 되나요?"

플로라 님에 여왕님, 그리고 노아도 분명 원할 테니까……. 게다가 피나와 슈리에게도 선물을 하고 싶은데……. 피나가 곰돌이 인형과 곰순이 인형을 보면서 가지고 싶어 하는 걸 눈치 채고 있었다. 감사의 마음을 담아 선물하는 게 좋을지도. 그리고 예비로 몇 개 정도 필요할 테니까 적당히 계산해서—.

"고아원 아이들 몫 이외로 10세트씩 정도 필요하려나."

"그렇게나 많이요?!"

"그렇긴 한데 당분간 외출할 예정이라 그렇게 서두르지 않아도 돼."

미사의 생일 파티가 끝난 후 우선 플로라 님에게 가져다 줄 생각이다.

"그리고, 나르 씨와 테모카 씨에게 말해둘 테니까 밤샘은 금지야."

나는 셰리에게 주의를 줬다. 또 잠 부족이 되면 곤란하니까.

"네, 잠도 푹 자면서 열심히 할게요."

셰리는 힘차게 대답했다

정말 알고 있는 건가?

182 곰 씨, 시린 마을을 향해 출발하다

미사의 생일 파티 장소로 가기 위해 약속된 시간에 피나와 함께 클리프의 저택으로 향했다.

문 앞에는 말 세 마리와 클리프, 노아, 호위 두 명이 있었다. 어, 마차가 없네?

"왔군."

"유나 님, 피나, 좋은 아침이에요!"

나와 피나는 인사에 답했다.

"노아는 아침부터 활기차네."

"물론이죠. 곰돌이, 곰순이랑 같이 외출할 수 있잖아요. 설레서 어쩔 줄 모르겠는걸요."

지금부터 유원지에 가는 어린 아이처럼 눈을 반짝이고 있었다. 그만큼 곰돌이, 곰순이와 외출하는 게 기쁜 거겠지. 하지만 거기선 미사와 만나는 게 기대된다고 해야지. 미사가 불쌍하잖아.

"그러면, 가볼까."

클리프는 말에 올라탔다.

"마차로 가는 거 아니예요?"

확인을 위해 물어봤다.

"아무도 안 타는 거면 필요 없잖아?"

말이 세 마리. 클리프에 호위가 두 명. 필연적으로 노아가 남았다.

"노아가 네 곰을 타겠다지 뭐니. 그러면 마차는 필요 없지. 속도도 마차보다 빠르니까 말이야."

딱히 상관없지만 비라도 내리면 어쩌려고 그러지? 뭐, 비가 그치길 기다리면 그만인가…….

"한 가지 더, 물어봐도 돼요?"

"뭐지?"

"호위는 두 명 뿐인 건가요?"

저번에 왕도에 갈 때는 클리프의 호위가 분명 다섯 명이었다.

"왕도와는 달리 가까우니까 괜찮을 거야. 게다가, 너도 있잖니. 원래는 호위 없이 가려고 했지만, 론드 녀석이 아무리 그래도 그건 안 된다고 해서 두 명만 붙인 거지."

"저, 수고비를 따로 안 받았는데요."

"돌아오면 론드 녀석에게 청구해 줘."

"농담이에요. 필요 없어요. 그 대신 빚을 하나 진 거로 하죠."

앞으로도 클리프에게는 신세질 일이 있으리라. 그때 돌려받기로 하자.

"미리 말해 두지만, 나에게도 할 수 없는 게 있다는 걸 알아 둬."

"그럴 땐 국왕님께 부탁하죠."

국왕도 나에게 빚이 있으니까.

"무슨 말도 안 되는 소리를 하고 있는 거냐. 그래도 너라면 정말로 그렇게 할 것 같아서 무섭군. 일단 부탁하고 싶은 일이 생기면 내게 말하렴."

클리프가 작은 빚을 지게 만들었다. 작은 빚이라도 쌓이면 큰 빚이 된다는 것을 눈치 채지 못했다.

더욱이 부탁 할 건 지금 당장은 없으니 쌓아둘 뿐이지만…….

마을 밖으로 나온 나는 곰돌이와 곰순이를 소환했다.

순간, 말이 놀랄 걸 걱정했으나 말은 잠자코 있었다.

"다시 봐도 대단하군."

"곰돌이! 곰순이!"

소환에 관해 알고 있는 피나와 클리프의 리액션이 약했다. 하지만 호위의 두 사람은 소환을 한 순간 놀란 얼굴을 하고 있었다.

"유나 님! 어느 쪽에 타면 될까요?! 가능하다면 양쪽 모두 타고 싶은데요!"

노아만 텐션이 높았다.

"저번처럼, 교대로 타자. 처음엔 곰돌이를 타도록 해. 도중에 교대할 테니까."

"알겠습니다!"

"그리고 알고 있겠지만, 저번처럼 피나와 같이 타야 된다?"

"물론이죠. 피나! 가자."

노아는 피나의 손을 잡고 곰돌이 쪽으로 향했다.

"노, 노아님."

곰돌이는 두 사람을 태운 뒤 몸을 일으켰다. 나도 늦지 않도록 곰순이에 올라탔다.

"그러면, 출발하지."

두 명의 호위는 앞과 뒤로 나뉘어져 클리프와 우리를 사이에 두고 걸었다.

앞으로 나아간 지 몇 분. 알고 있었지만 느리다.

말의 속도에 맞춰 달리고 있어서 느렸다. 말이 이렇게 느렸나. 곰돌이와 곰순이가 빠르다는 것을 새삼 재확인했다.

실제로 곰돌이와 곰순이는 시속 몇 키로 정도 낼 수 있을까. 이럴 때 차나 오토바이에 달린 속도계가 있었으면 싶었다. 차나 오토바이를 타본 경험이 있으면 속도계가 없어도 체감으로 속도를 알 수 있을 텐데……. 공교롭게도 양쪽 모두 면허를 가지고 있지 않은 나로서는 속도를 알 수 없었다.

"노아! 느리지 않아?"

"그런가요? 분명 조금 느린 것 같긴 하지만, 그만큼 곰 님들을 더 탈 수 있으니까 기쁜데요?"

"노아는 시린 마을에는 가본 적 있니?"

시린은 미사가 살고 있는 마을의 이름이다.

"시린 말인가요? 있죠."

"어떤 곳이야?"

"어떤 곳이랄지, 크리모니아와 크게 다르지 않아요. 다른 점은 곰 님의 집이 없다는 점이죠."

노아는 웃으며 대답했다.

곰 하우스는 크리모니아와 왕도, 미릴러 마을에만 세 채 있을 뿐이다.

말을 위해 몇 번인가 휴식을 취하면서 시린 마을로 향했다. 휴식할 때마다 곰돌이와 곰순이를 바꿔 탔다. 평등하게 다루지 않으면 곰돌이와 곰순이가 토라져 버리니까.

그리고 해가 저물 무렵, 선두의 호위가 클리프 쪽을 돌아봤다.

"클리프 님, 오늘은 여기에서 멈추는 편이 좋을 것 같습니다."

"그렇군. 오늘은 여기에서 야영하기로 하지."

호위의 말을 듣고 클리프가 모두에게 그렇게 말했다.

조금 빠른 것 같지만, 말은 곰돌이 곰순이와 달리 한계가 있으니 하루의 피로를 풀어야 했다.

"아버님, 여기에서 자는 건가요?"

"그래, 저쪽에 보이는 숲에서 짐승과 마물들이 나오지 않을 거라는 보장이 없으니까."

앞을 보자 왼쪽 방향에 숲이 보였다. 지금부터 숲의 옆을 지나가면 도중에 밤이 깊어질 수도 있었다. 그럴 바에는 숲 근처를 지나기 전에 야영을 하는 것이 옳았다.

"게다가 마차가 없는 덕에 꽤 왔단다. 무리해서 갈 필요도 없거든."

클리프는 말에서 내리더니 말의 고삐를 근처 나무에 묶었다. 두 명의 호위도 클리프와 같은 행동을 했다.

나도 곰돌이와 곰순이에게서 내려와 굳어 있던 몸을 풀었다.

스피드광은 아니지만(분명) 이동 속도가 느려서 약간의 스트레스가 쌓여 있었다. 더 속도를 올리고 싶은 마음이 몇 번이고 들었다.

"유나, 확인 차 묻는데, 집은 꺼내주는 건가?"

"집이요? 아~ 곰 하우스요?"

"일단, 이 두 사람은 네가 집을 가지고 다닌다는 걸 알고 있어. 물론 누설하지 않도록 말해뒀지."

아무래도 이 두 사람은 만 마리의 마물을 토벌할 때 곰 하우스의 존재를 알게 된 사람들인 모양이다. 알고 있는 거라면 숨길 필요도 없었다. 게다가 곰 하우스를 사용하면 부드러운 침대에 욕조도 있었다. 무엇보다도 안심하고 잘 수 있는 게 크다.

"적어도 딸만이라도 사용할 수 없을까?"

"아버님, 괜찮아요. 곰돌이와 곰순이랑 함께 잘 테니까요."

아무래도 노아는 전에 경험한 『곰 님과 함께』가 마음에 들었던 모양이다.

노아에게는 미안하지만 나로서는 야영보다 곰 하우스 쪽이 안심하고 잘 수 있었다.

"괜찮아요. 하지만 여기라면 사람들이 돌아다닐 수도 있으니까, 저기 나무가 세 그루 있는 곳이어도 괜찮을까요?"

여기에서 조금 떨어진 곳에 위치한 나무를 봤다.

"그래, 상관없어."

클리프의 승낙도 받았으니 세 그루의 나무가 있는 곳으로 이동하여 나무 그늘에 걸치도록 곰 하우스를 꺼냈다. 밤이 되면 눈에 띄지 않을 터. 호위와 클리프는 말의 고삐를 근처 나무에 다시 묶었다.

"블랙 바이퍼가 들어가 있으니 이 정도는 들어갈 거라고 생각했지만, 나오는 순간을 목격하니 놀랍군."

"으~ 저는 밖에서 자도 괜찮았는데."

노아가 곰 하우스를 보며 아쉬운 듯 중얼거렸다.

"노아, 괜찮아. 곰돌이와 곰순이는 호위 삼아 소환한 채로 둘 테니까, 같이 잘 수 있어."

"정말인가요!"

나는 고개를 끄덕였다.

"유나 언니, 저도 같이 자고 싶어요."

"그러면, 셋이서 잘까?"

"괜찮나요?"

피나가 기쁜 듯 대답했다. 나는 곰돌이와 곰순이를 꼬맹이화시켰다.

호위의 두 사람은 꼬맹이화에 관해서는 몰랐기 때문에 놀란 표정을 지었다.

“그럼 피곤할 텐데, 안으로 들어가서 쉬렴.”

우리는 곰 하우스로 들어가려 했지만 호위인 두 사람은 현관 앞에서 멈춰 서 있었다.

“그러면 저희는 밖에서 망을 보겠습니다.”

두 명의 호위가 그런 말을 꺼냈다. 호위가 일이라고 해도 우리만 집 안으로 들어가고 두 사람을 밖에서 재우는 건 마음이 내키지 않았다.

“이 아이들이 있으면 마물이나 사람이 다가오는 것을 알 테니까 망은 안 봐도 돼요.”

나는 발 부근에 있는 꼬맹이화 된 곰돌이와 곰순이를 가리켰다. 두 호위는 곰돌이와 곰순이를 보고는 서로의 얼굴을 바라봤다.

““……””

그리고 마지막으로 클리프 쪽을 바라보는 두 사람.

“유나, 괜찮겠니. 이 사람들이라면 밖에서 망을 보게끔 시킬 테니까……”

“괜찮아요. 그 대신, 낮에는 확실하게 일을 하셔야 돼요?”

이동이 단조로워서 내일은 나도 곰돌이와 곰순이 위에서 자버릴지도 모른다.

“자네들도 그걸로 괜찮겠나?”

그 말에 두 호위는 고개를 끄덕이고 감사 인사를 했다.

“유나 님, 감사합니다.”

183 곰 씨, 곰 하우스에서 쉬다

“실례하겠습니다~”

곰 하우스에 몇 번인가 온 적이 있는 피나와 노아는 평범한 집에 들어오는 감각으로 들어섰다.

“이 집에 들어오는 것도 왕도에서 말도 안 되는 이야기를 들었던 그때 이후 처음이군.”

그러고 보니 클리프도 곰 하우스에 들어온 적은 있었지. 피나와 노아에 이어서 클리프와 두 호위가 들어왔다.

“아버님도 이 집에 오신 적이 있으세요?”

“그래, 한 번 뿐이지만 말이지.”

클리프가 노아에게 설명하고 있는 뒤에서는 호위들이 어떻게 하면 좋을지 모르겠다는 듯 움직이지 않았다.

“먼저 식사 준비를 할 테니까 다들 적당히 앉아서 기다리세요.”

“일단, 먹을 건 준비해뒀어.”

“모두 지쳤잖아요. 따뜻한 걸 내올게요.”

“유나 언니, 도울게요.”

“저도요.”

피나와 노아가 돕겠다는 말을 해줬다. 도움이 필요할 정도로 큰 일은 아니지만 두 사람의 마음을 생각해서 도움을 받기로 했다.

"그러면 유나의 호의를 받기로 하지. 자네들도 쉬어도 좋네."
"정말로 괜찮으신가요?"
두 호위는 불안한 듯 집 안을 둘러보며 물었다. 밖에서 자는 것보다도 안전한데 뭐가 불안한 거지? 그래도 언제까지고 커다란 덩치들이 서 있으면 방해만 될 뿐이었다.
"서 있으면 방해되니까 앉아 있으세요."
마음속에서 생각하고 있던 말을 입 밖으로 꺼냈다.
"그렇다는군."
두 호위는 서로의 얼굴을 바라보더니 의자에 앉았다. 순순히 앉는 걸 보고 나는 옆 부엌으로 이동했다.
"그러면 인원 수 만큼의 식기를 부탁해도 될까?"
피나와 노아에게 지시를 내리고 나는 모린 씨가 구워준 빵과 안즈가 만들어 준 채소 수프를 곰 박스에서 꺼냈다.
음, 막 만들어진 거라 맛있을 것 같군. 곰 박스에게 감사하며 각각의 그릇에 나눴다.
"그러면, 옮겨주겠니?"
피나와 노아는 분담하여 요리가 담긴 그릇을 옮겨갔다. 나는 마지막으로 마실 것을 꺼내고 저녁 준비를 마쳤다.
이 정도면 되려나?
나머지는 더 먹을 수 있게끔 준비한 뒤 클리프와 호위들이 있는 곳으로 돌아갔다.

“유나, 고맙네.”

“감사합니다.”

클리프와 두 호위가 감사 인사를 했다.

“됐어요. 그럼, 배도 고프니 얼른 먹을까요.”

모두가 자리에 앉았을 때 저녁을 먹기 시작했다. 역시 모린 씨가 만든 빵은 맛있군. 물론, 안즈가 만든 수프도 맛있어. 내일은 밥을 먹을까. 쌀을 먹을 거면 고기가 먹고 싶은데. 그런데 고기 요리가 있던가?

“설마, 이동 중에 이런 식사를 할 수 있을 줄이야.”

내일의 계획을 생각하고 있는데 클리프가 그런 말을 꺼냈다.

“유나 님, 맛있어요.”

맛있게 먹는 노아.

“더 먹고 싶으면 아직 더 있으니까 말하세요.”

“네. 그러면, 수프를 좀 더 먹을 수 있을까요?”

나는 수프를 노아의 그릇에 담아줬다. 그 모습을 보고 있던 호위 중 한 사람이 내 쪽을 바라봤다.

“저기, 유나 님. 빵을 더 먹을 수 있을까요? 너무 맛있어서…….”

“그렇다면 저도…….”

두 호위가 부끄러워하며 말했다. 모린 씨의 빵이 맛있긴 하지. 나는 두 호위들에게 빵을 건네줬다.

“유나 언니, 저도 수프 더 먹어도 돼요?”

"그럼, 피나도 많이 먹지 않으면 나처럼 커지지 않을 테니까."

내가 그렇게 말한 순간, 주위의 분위기가 변한 기분이 들었다. 이상한 느낌이었다. 뭔가, 이상한 말을 했나?

그런 분위기 속에서 피나가 입을 열었다.

"아~ 네. 저, 많이 먹어서 유나 언니처럼 클게요."

"그러면, 빵도 먹어야 돼."

수프만이 아니라 빵도 그릇 위로 더 올려줬다.

"유, 유나 언니, 고마워요."

"모두들, 더 안 드세요?"

"그래, 조금만 더 먹을까."

"그러면 수프를……."

이상한 분위기도 없어지고 전원이 리필해서 먹었다. 그리고 식후 휴식을 취하고 있는데 나이가 어린 두 사람이 졸려하고 있었다.

"배가 부르니까 졸리네요."

"네."

"두 사람 모두 깔끔히 씻고 자는 거야."

"네~."

"네."

두 사람은 졸린 듯 대답했다.

이전에도 곰 하우스에서 목욕을 했기 때문에 두 사람은 순순히 씻는 걸 받아들이고 이상하게 여기지 않았다. 하지만 그 대화를 이상하게 생각하는 인물이 있었다.

"욕조가 있는 거야?"

클리프가 물어왔다.

"집이니까 당연히 있죠."

"아니, 분명 그렇긴 하지만 이건 상황이 좀 다르잖아?"

클리프는 동의를 구하기 위해 주위를 둘러봤다.

"아버님, 집에는 당연히 욕조가 있는 거예요."

노아가 아버지의 말에 반론했다. 그걸 들은 피나도 고개를 끄덕였다. 하지만 반대측에 있는 두 호위들은 미묘한 얼굴을 하고 있었다.

"게다가 목욕을 하지 않으면 하루의 피로가 풀리지 않잖아요."

"그렇긴 하지만……."

"순서 말인데요, 세 분은 마지막이에요."

"우리도 들어가는 건가?!"

"당연하죠. 하루 종일 말 타고 땀을 흘렸는데 그런 상태로 이불 속으로 들어가면 곤란해요."

누가 시트를 빨고 이불을 말린다고 생각하는 거야.

"이불……."

"여긴 길가에서 벗어나서 아무것도 없는 곳이잖아."

"그런데, 맛있는 식사에, 욕조에, 이불……."

클리프의 이불이라는 말에 반응해서 두 호위가 무언가 소곤소

곤 중얼거렸다.

"그러면 제가 식기를 치우고 있는 동안 두 사람이 같이 씻고 와."

"에이~ 유나 님도 같이 들어가야죠."

"그래도, 치울 게 있으니까."

아무리 그래도 더러운 식기를 이대로 두고 씻을 수는 없었다.

"유나 님, 식기 정리라면 저희가 해도 될까요? 아무것도 하지 않는 건 아무래도……."

두 호위가 식기 정리를 하겠다고 말해줬다. 뭐, 나는 고마운데 두 사람이 그것으로 마음이 편해진다면 괜찮을까?

나는 뒷정리를 부탁하고 피나와 노아와 함께 씻기로 했다.

"아, 맞다. 냉장고에 들어 있는 음료는 마음대로 드셔도 돼요."

거실에 남은 세 명에게 말하곤 피나와 노아를 데리고 욕실로 향했다. 그 뒤에서 곰돌이와 곰순이도 따라왔다.

욕실 입구까지 다다르자 곰돌이와 곰순이에게 보초를 부탁했다.

"아마도 안 오겠지만, 누군가 온다면 붙잡아줘."

곰돌이와 곰순이는 「크~응」 하고 작게 울며 대답해줬다.

"곰돌이랑 곰순이는 안 들어오나요?"

"안 들어와. 곰돌이와 곰순이에게는 보초를 부탁했거든."

저 세 사람이 훔쳐보러 올 거라고는 생각하지 않지만 만약을 위해 보초를 부탁했다.

"아쉽네요."

“어휴, 됐으니까 들어가자.”

노아와 피나를 데리고 탈의실로 들어갔다. 나는 곰 옷을 벗었다. 그런 나를 노아와 피나가 바라봤다.

“유나 언니는, 곰 옷차림 때문에 알아채기 어렵지만 예쁘네요.”

“맞아요. 긴 머리도 그렇고 엄청 예뻐요.”

“고마워, 너희 둘도 귀여워.”

발림소리를 하는 둘의 등을 밀면서 욕실로 들어섰다. 나보다 둘이 더 귀엽다.

“유나 언니, 몸 씻는 거 도울게요.”

“저도요.”

그렇게 말한 노아와 피나는 나의 등을 닦아주었다. 남이 등을 닦아주는 건 창피하지만 기분은 좋네. 나도 보답으로 둘의 등을 닦아주었다.

몸을 다 씻은 후 우리는 욕조에 몸을 담갔다. 역시 욕조에 몸을 넣지 않으면 하루가 끝나지 않는다. 다만 신이 난 두 사람 탓에 여유로운 입욕은 할 수 없었다.

다 씻은 우리는 클리프가 있는 곳으로 향했다.

“욕실 비었으니까 들어가도 돼요.”

“뭐야, 그 옷차림은?”

옷차림?

아, 갈아입어서 지금은 흰 곰이지.

"잘 거니까요."
"너, 잘 때도 곰인 거냐?"
"그런데요?"
"하얀 곰 옷도 귀여워요."
"노아의 잠옷도 귀여워. 물론, 피나도 귀엽고."
"고맙습니다."
그런 칭찬 타임을 갖는 우리를 클리프는 어이없는 표정으로 바라봤다.
"뭐지, 우리 이동 중이었잖아? 여긴 길가잖아?"
"아버님, 무슨 말씀을 하시는 거예요. 머리라도 부딪히셨어요?"
"머리는 멀쩡해. 단지, 상식이란 뭔가 생각했을 뿐이야."
마치 우리가 상식이 없는 것처럼 말하는군.
"아~ 맞아. 클리프 씨, 씻기 전에 방 배정을 해도 될까요?"
"욕조가 있으니 방도 있겠지."
무슨 당연한 말을…….
"2층에 방이 세 개 있어요. 바로 앞에 있는 방은 제 방이지만, 피나와 노아도 같이 쓸 거예요. 클리프 씨랑 호위 분들은 남은 방을 쓰세요."
"괜찮은가?"
"클리프 씨가 혼자서 써도 되고, 호위 분들과 방을 같이 써도 돼요. 그건 마음대로 정하세요."

“알았네, 고마워.”

“클리프 님, 저희는 여기여도…….”

두 호위는 식사를 했던 거실에서 잘 생각인 모양이다.

“이런 곳에서 자면 방해돼요. 방이 있으니까 그쪽에서 주무세요.”

나의 한 마디로 입을 다무는 두 호위.

“그러면, 우리는 잘 테니까 다 씻으면 불 꺼주세요.”

“그래, 알았어. 그러면, 감사히 쓰도록 하지.”

클리프는 대답을 하고 욕실로 향했다. 나는 방으로 향했다. 그 뒤를 곰돌이와 곰순이를 껴안은 피나와 노아가 뒤따랐다.

내 방의 침대는 다른 방의 침대와는 달리 컸다. 꼬맹이화 라고는 해도 그 나름의 크기가 있는 곰돌이랑 곰순이와 함께 자기 위해서였다. 하지만 5명이서 자는 건 좁을지도 모른다.

“유나 언니, 다 같이 자기엔 좁지 않을까요?”

“괜찮아.”

나는 침대 근처에 있는 테이블과 의자를 곰 박스에 담고, 방에 있는 침대와 같은 침대를 곰 박스에서 꺼냈다.

침대를 붙이면 두 배의 크기가 된다.

“이러면 괜찮겠지?”

“넓네요!”

곰순이를 껴안은 채로 침대에 쓰러지는 노아. 똑같이 곰돌이를 안고 침대에 쓰러지는 피나.

"애들아, 내일도 일찍 일어나야 하니까 자자."

"네~. 곰순아, 같이 자자."

노아는 곰순이를 끌어안았다. 피나는 곰돌이를 데리고 침대로 들어갔다. 두 사람 모두 잠버릇은 나쁘지 않겠지. 뭐, 피나랑 노아가 세게 끌어안아도 곰돌이와 곰순이라면 아무렇지 않을 테지만 말이야.

"그러면, 불 끌게."

"네. 유나 언니, 안녕히 주무세요."

"유나 님, 안녕히 주무세요."

"너네도 잘 자."

불을 끄고 얼마 안 있자 곧바로 고른 숨소리가 들려왔다. 나도 자기로 했다.

곰 곰 곰 베어 8
Copyright ©2017 Kumanano
Illustrations copyright ©2017 029
SHUFU-TO-SEIKATSU SHA LTD.
[NOT FOR SALE]

184 곰 씨, 곤란에 빠져있는 마차를 구하다

잠든 시간이 일렀는지 아무도 깨우지 않았는데 눈이 떠졌다. 눈을 비빈 후 창문을 바라보니 하늘이 희미하게 밝았고 해가 뜨기 시작했다. 하품을 하고 몸을 일으키자 피나가 침대 위에서 곰돌이를 끌어안은 채 다리를 W자로 하고 앉아 있었다.

“유나 언니, 안녕히 주무셨어요?”

“좋은 아침. 빨리 일어났네.”

“저도 지금 눈이 막 떠졌어요. 그렇지, 곰돌아?”

그 말에 곰돌이는「크~응」하고 작게 울며 대답했다.

그래도 졸려하지 않는다는 건 피나는 훨씬 전부터 일어나 있었을지도 모른다. 그에 반해 다른 한 명의 동갑내기 여자아이는 기분 좋게 곰순이를 꽉 껴안은 채 자고 있었다. 어여쁜 금발의 긴 머리가 곰순이의 얼굴을 뒤덮고 있었다. 괜찮겠지만 곰순이가 약간 걱정이 되어서 노아의 금색 머리를 치워주자 곰순이의 얼굴이 슬쩍 보였다. 곰순이도 눈을 감고 기분 좋게 자고 있었다. 그런 곰순이의 얼굴을 쓰다듬어 주자 눈을 떴다.

“조금 더 자게 해줘.”

“으~ 곰순이, 곰돌이…….”

노아가 잠꼬대를 하며 곰순이를 끌어안았다. 그런 노아의 머리를 쓰다듬고 침대에서 내려왔다.

"그러면 나는 아침 준비를 하고 올게."

"저도 도와드릴게요."

"혼자서도 괜찮아. 피나는 이따 노아 좀 깨워줘."

나는 검은 곰 옷으로 갈아입고 1층으로 내려갔다.

응? 인기척이 났다.

1층으로 내려가자 클리프가 혼자서 의자에 앉아 있었다. 호위인 두 사람은 보이지 않았다.

"유나로군."

"빠르시네요."

"푹 잠들지 못했거든."

"이불이 불편했나요? 제대로 새 시트로 바꾸고 이불도 잘 말려뒀는데. 설마 고급 이불이 아니라서 잘 못 잤다는 말씀이세요?"

"아니. 길 한 가운데에 집을 꺼내놓고, 거기에서 자라고 해도 마음이 진정되지 않았던 것뿐이야."

어쩐지 억지스러운 변명인 것 같은데…….

"꺼내라고 한 건 클리프 씨잖아요."

"분명 그렇긴 했지만, 딸을 위해서였지. 설마 이렇게 신경이 쓰일 줄은 몰랐어."

나는 밖에서 야영을 하는 편이 신경 쓰일 것 같은데. 만약 곰돌이와 곰순이가 없었더라면 야영은 무서워서 못 할 걸.

"호위인 두 분은 자고 있는 거예요?"

거실에는 클리프 밖에 없었다. 주인이 일어나 있는데 호위들이 자고 있다는 건가?

"두 사람은 일하는 중이야."

"일이요?"

제대로 일어나서 일을 하고 있는 모양이다.

"구즈는 말을 보고 있고, 라본은 욕실 청소를 하고 있지."

이름을 말해도 누가 누군지 모릅니다만…….

"말을 보고, 욕실 청소를 한다고요?"

"욕실 청소는 어제 식사와 욕실을 빌린 보답이라더군."

"클리프 씨의 지시가 아니구나."

"그래, 저 녀석들이 내게 부탁을 해서 허락했지. 민폐였나?"

"그렇지 않아요. 오히려 고맙죠."

그런 이야기를 나누고 있는데 호위 중 한 사람이 거실로 왔다.

으음, 어느 쪽이더라?

욕실 쪽에서 왔으니까—.

"클리프 님, 욕실 청소 끝냈습니다."

"수고 했네."

"유나 님, 어제는 고마웠습니다. 욕실도 이불도 너무 편했어요."

호위는 클리프와 달리 잘 잔 모양이다.

"그렇다면 다행이네요. 클리프 씨에겐 불편했던 모양인데."

"아무도 그런 말을 하지 않았잖아. 신경이 쓰였던 것뿐이야."

같은 의미 아닌가?

"욕실 청소 고마워요."

"아뇨, 사용하게 해주신 보답입니다."

경례를 하는 것처럼 등을 빳빳이 세우고 감사 인사를 했다.

"그러고 보니 노아는 어디 있지? 같이 잤잖아?"

"아직 자고 있어요. 아침 준비가 다 되면 깨울 생각이에요."

"뭣하면 내가 깨울까?"

"피나에게 부탁해서 괜찮아요. 그러면 저는 아침 준비를 하고 올 테니까 클리프 씨는 가만히 계세요."

"클리프 님, 저는 구즈를 돕고 오겠습니다."

욕실 청소를 한 호위는 밖에서 말을 돌보고 있는 다른 한 명의 호위가 있는 곳으로 향했다.

나는 부엌에서 간단한 아침 식사를 준비했다. 다 만들어진 아침을 테이블 위에 나열하기 시작할 무렵, 2층에서 피나와 노아가 타이밍을 잰 듯이 내려왔다.

"유나 님, 아버님, 안녕히 주무셨어요?"

인사를 하는 노아의 팔 안쪽엔 곰순이가 안겨 있었다. 피나의 팔 안쪽에는 곰돌이가 있었다.

"그래, 좋은 아침이구나."

"노아, 좋은 아침이야. 피나, 아침 식사 다 됐으니까 밖에 가서 호위 분들 불러와줄래?"

"네, 알겠습니다."

피나는 대답을 한 뒤 밖으로 향했고 나는 그 동안에 남은 식사거리들을 테이블에 나열했다. 다 옮겨질 무렵 피나가 호위들을 데리고 돌아왔다. 피나와 노아는 식사를 하기 위해 곰돌이와 곰순이를 바닥에 내려놨다.

"클리프 씨, 앞으로 어느 정도면 도착하죠?"

시린 까지의 거리를 전혀 알지 못해서 물어봤다. 내 곰 지도에는 가 본 적이 있는 곳만 표시된다. 그래서 곰 지도를 펼쳐 봐도 진행 방향은 새까맣다. 만약 시간이 걸릴 것 같으면 고급 모피 위에서 낮잠을 잘 셈이었다.

"어제 꽤 왔으니까…… 저 숲이 보인다는 건 오늘 저녁 전에는 도착할 거야."

아침 식사를 마친 우리는 시린 마을을 향해 출발했다.

도중에 말을 몇 번 쉬게 하면서 나아갔다. 몇 번인가 사람들을 스쳐 지나쳤는데 그럴 때마다 곰돌이와 곰순이를 보고 놀라긴 했지만 별다른 일은 없었다.

곰 탐지로 확인을 했지만 마물은 없어서 평화로웠다.

점심을 다 먹고 시간이 조금 지나자 배가 살짝 고파져서 간식으로 포테이토 칩을 곰돌이 위에서 먹기로 했다. 노아와 피나도 먹고 싶어 해서 나눠줬다.

흘리지 않도록 조심해서 먹으라고 주의를 줬지만, 정작 내가 아래를 보니 곰돌이 등 위에 포테이토 칩의 부스러기가 떨어져 있어서 눈치 채지 못하도록 파편을 털었다.

곰돌이가 「뭐야?」 하는 느낌으로 뒤를 돌아봤지만 「아무것도 아니야」라며 속여 넘겼다.

소금 맛 포테이토 칩을 먹은 탓인지 목이 말랐다. 과즙을 꺼내 마시려고 했으나 컵으로는 흔들려서 마시기 어려웠다. 으음, 다음번에는 물통이라도 사는 게 나으려나.

클리프는 가죽 주머니 같은 것에 물을 담아 말이 달리는 와중에도 마시고 있었다. 피나와 노아 쪽을 보자 두 사람도 착실하게 준비했다.

다음에는 나도 준비해야겠네.

시린을 향해 달리고 있는데 선두에 있던 호위가 멈추라고 지시를 내렸다.

앞을 보자 마차가 멈춰 있었다.

"아버님, 마차가 서 있어요."

"그러게, 서 있구나."

"왜 서 있는 걸까요?"

"글쎄, 마차가 고장 났거나, 아니면 다른 이유겠지."

다른 이유?

"클리프 님, 제가 보고 올 테니 기다려주십시오."

"조심하게."

호위 중 한 명이 마차를 향해 달려갔다.

"클리프 씨, 뭐하시는 거예요?"

"일단 경계하기 위함이다. 마차가 고장 난 것처럼 위장한 뒤 다가갔을 때 마차 안에서 도적들이 나와 습격을 할 가능성도 있거든."

역시 이세계. 그런 일도 있구나. 나도 앞으로는 조심해야지. 도적 정도는 불시에 습격을 당해도 괜찮지만 그때 내가 혼자일 거라고는 단정 지을 수 없으니까. 경계해서 나쁠 건 없었다.

호위가 마차에 다가가자 마차 뒤에서 사람이 나타났다. 아이도 있네. 무언가 이야기를 나누고 있는 모양이다.

잠시 후 호위가 돌아왔다.

"클리프 님."

"어떻게 됐지?"

"마차의 바퀴가 바큇자국에 빠져서 움직이지 않는다고 합니다."

아무래도 도적은 아닌 모양이다.

"자네들이 도와주면 어떻게든 될 것 같나?"

"해보지 않으면 모르겠습니다."

"그렇다면 일단은 해봐야겠군."

우리는 마차로 향했다.

마차에는 20대 정도의 남자와 여자. 여자에게 안긴 아기. 그 주위에 플로라 공주님과 비슷한 정도의 여자아이가 있었다. 어떻게 봐도 평범한 가족이네.

가족은 나와 곰돌이, 곰순이를 보고 놀랐지만 클리프를 보고 더욱 놀랐다.

"이런 클리프 님, 길을 막고 있어서 죄송합니다."

남자가 고개를 숙였고 뒤에 있던 여자도 고개를 숙였다. 여자아이는 내 쪽을 보면서 엄마에게 안겨있었다. 내가 손을 흔들자 엄마 뒤로 숨어버렸다.

나는 무섭지 않단다.

"나를 알고 있는가?"

"아, 네. 저희는 크리모니아에 살고 있어서 클리프 님의 얼굴을 몇 번인가 본 적이 있습니다."

그렇다면 나에 관해서도 알고 있을까?

"마차의 바퀴가 바큇자국에 빠졌다고 들었는데."

"아, 네. 운도 없게 딱 바큇자국에 빠져 버려서 움직이지 못하게 됐습니다. 민폐를 끼치게 되어 죄송합니다. 길을 비킬 수는 없지만 옆으로 지나가 주신다면 감사하겠습니다."

"라본! 구즈!"

클리프가 두 호위를 불렀다.

두 사람은 바큇자국에 빠져 있는 바퀴로 향했다.

“클리프 님?”

“바깥양반, 가능할지 모르지만 손 좀 빌리지.”

“그런, 클리프 님의 도움을 받을 수는.”

“달리 방법이 있는 건가?”

“아뇨, 그건…….”

“남자 넷이서 한다면 어떻게든 되겠지.”

“클리프 님은 기다려 주십시오. 일단은 저희 셋이서 해보겠습니다.”

아무리 그래도 귀족인 클리프에게 도움을 받을 수는 없다고 생각한 호위가 진언했다. 바퀴를 들어 올리는 귀족이라니…… 만화나 소설에서도 본 적 없었다.

“그, 잘 부탁드리겠습니다.”

남성은 고개를 숙였고 세 사람은 바퀴에 손을 얹었다. 하지만 세 사람이 힘을 써도 마차는 들리지 않았다.

혹시 이 상황은 내가 나설 차례?

하지만 다 큰 성인 세 사람이 불가능한 일을 연약한 내가 혼자서 해결하면 이상하겠지. 곰의 힘이라는 둥, 말로 놀림 당할 것 같은데…….

“나도 돕지.”

“아뇨, 클리프 님에게 도움을 받을 수는…….”

남자는 거절했다.

뭐, 상식적으로 귀족인 클리프에게 바퀴를 들게 할 수는 없겠지.

"신경 쓰지 말게. 자네가 내 마을의 주민이라면 구하는 것도 나의 역할이지."

"클리프 님……."

남자는 귀족인 클리프의 의사를 몇 번이고 거절할 수는 없었다. 클리프는 자신의 호의가 일반인에게 부담을 준다는 것을 눈치 채지 못하고 있었다. 클리프가 하게끔 놔두는 것도 재미있지만 역시 내가 나설 차례일까. 남자의 가족이 가엾기도 하고…….

"제가 할까요?"

"네가?"

"네."

나는 고개를 끄덕이곤 흙 마법을 사용해서 바큇자국의 흙을 떠오르게 했다. 필연적으로 바퀴도 들어 올려졌다.

바큇자국도 채워져서 일석이조다. 나중에 지나가는 마차도 안전하게 지날 수 있겠지.

앗, 손으로 들어 올리는 게 아니냐고? 마법이 있는데 그런 바보 같은 짓은 하지 않지. 그런 짓을 하면 이상한 눈초리로 쳐다볼 거 아냐.

"너 말이야. 그런 게 가능하면 처음부터 말을 해."

"이 부분은 클리프 씨가 영주님으로서 멋진 대처를 하려나~ 라고 생각했거든요."

"나는 너와는 달리 일반인이라고."

아뇨, 클리프 씨는 일반인이 아니라 귀족님이겠죠.

"저기, 감사합니다."

"곰 님, 고마워."

남성에게 감사 인사를 받고, 여성 뒤에 숨어 있던 여자아이도 아버지를 따라 감사 인사를 했다. 여자아이는 나를 빤히 쳐다봤다.

"무섭지 않으니까 괜찮아."

"응, 알고 있어."

"딸은 당신의 팬이에요."

"팬이요?"

"마을에서 당신을 보고는 곰 님, 곰 님, 하고 얼마나 기뻐하던지."

그래?

아까부터 엄마 뒤에 숨어서 나를 바라보고 있어서 무서워하는 거라고 생각했는데.

"그런데 왜 이런 곳에 있었던 건가? 상인으로는 보이지 않는데."

"시린에 어머니가 계십니다. 그래서 바로 얼마 전에 남자 아이를 낳아서 얼굴을 보여드리러 갔다가 돌아오는 길이었습니다."

남자는 여자가 안은 아기의 얼굴을 쓰다듬었다.

"그렇군. 건강하게 자라길 바라겠네. 아이를 키우는 건 힘든 일이겠지만 힘내시게. 그러면 우리는 갈 테니 자네들도 조심히 돌아가게."

"네, 이번 일은 감사했습니다. 덕분입니다."

"도와준 건 이 곰이지."

"큰일을 한 것도 아니니까 신경 쓰지 않아도 돼요. 하지만 아이와 아기가 있으니까 조심해서 돌아가세요."

"네."

작별 인사를 끝내고 마차가 움직이는 것을 확인한 후, 우리는 시린 마을을 향해 출발했다.

185 곰 씨, 시린에 도착하다

마차를 도운 뒤 해가 저물기 전에 시린 마을에 도착했다. 마을의 문은 크리모니아와 비슷했다.

"클리프 씨, 잠시만요."

나는 클리프에게 말을 건넸다.

"왜 그래?"

"이대로 가면 놀랄 테니까, 곰순이랑 곰돌이는 송환해도 될까요?"

슬슬 문 쪽에서 우리가 보일 거리였다. 아직 거리가 있으니까 내가 곰을 타고 있다는 것은 모르겠지만, 이 이상 가까워지면 곰이란 걸 눈치 챌지도 모른다. 되도록이면 소란스러워질 만한 일은 하고 싶지 않았다.

"그래, 확실히 그렇긴 하네. 네가 타고 있는 건 곰이였지. 얌전해서 완전히 잊고 있었어."

클리프는 곰돌이와 곰순이를 바라보고 고개를 끄덕였다.

"아~ 곰돌이 곰순이랑 헤어지는 거예요?"

노아가 싫은 듯 곰돌이의 목덜미를 끌어안았다. 뒤에 앉아 있던 피나는 순순히 곰돌이에서 내려왔다.

"송환하는 것뿐이야. 그리고 곰돌이랑 곰순이를 마을 사람들이 무서워하면 가엽잖니. 곰돌이랑 곰순이에게 검을 겨눈다거나 마법을 날리거나 하면 싫을 거 아냐."

뭐, 노아와 피나 같은 아이들이 타고 있으면 그런 짓을 하지 않을 거라 생각하지만 소란스러워지는 건 틀림없었다.

"으~ 알겠어요. 곰돌이, 곰순이, 지금까지 고마웠어."

노아는 곰돌이의 등에서 내려와 각각의 머리를 쓰다듬으며 감사 인사를 건넸다.

작별 인사를 끝내자 나는 곰돌이와 곰순이를 송환했다.

여기서부터는 걸어서 마을까지 가게 됐다. 클리프가 노아를 자신의 말에 태우려고 했지만—.

"유나 님이랑 같이 걸을래요."

—라고 하면서 거절당해 약간 풀이 죽어 있었다. 잠시 동안 걸으니 문 근처에 사람이 서 있는 게 보였다.

마을 입구에서는 호기심의 눈초리가 날아 왔고 작은 목소리로 「곰」이라고 숙덕거렸다. 나는 얼굴이 보이지 않도록 곰 옷의 후드를 깊게 눌러썼다.

"수정판에 신분증을 올려놔주세요."

문 입구를 관리하고 있던 경비병이 말했다. 범죄자가 아니라면 문제없이 들어갈 수 있었다.

클리프, 그리고 호위인 두 사람, 노아, 피나에 이어서 마지막으로 내 차례였다. 나는 길드 카드를 수정판에 가져다 댄 후 아무 일 없이 마을 안으로 들어갔다.

문지기는 이상한 걸 보는 눈으로 나를 봤지만 수정판이 빨개지지 않았기 때문에 마을 안으로 들어갈 수 있었다. 범죄자로 등록되면 수정판이 빨갛게 변한다.

무사히 시린 마을 안으로 들어선 우리는 곧바로 그란 할아버지네 저택으로 향했다.

"……."

"쳐다보고 있군."

"쳐다보네요."

"쳐다봐요."

"모두들, 보고 있어요."

"……."

클리프, 두 호위, 노아, 마지막으로 피나가 중얼거렸다. 그리고 전원이 내 쪽을 쳐다봤다.

"아마도 클리프 씨랑 노아가 귀족이라서 다들 쳐다보고 있는 거겠지."

호위를 붙이고 그 나름의 옷차림을 하고 있는 두 사람이 눈에 띄는 건 어쩔 수 없는 일이다. 나 같아도 귀족이 걷고 있으면 뭐지 싶어서 쳐다볼 것이다.

"아니야! 모두들 너를 보고 있어. 그랬군, 너의 옷차림은 곰이었지."

클리프는 이마에 손을 짚고 이제야 떠올린 듯 말했다.

"이제 와서 무슨 말이에요."

"아니, 너의 옷차림이 일반 상식에서 벗어나 있는 걸 잊고 있었어. 아무래도 나도 모르는 사이 네게 적응해버린 모양이야."

"유나 님의 옷차림은 이상하지 않아요. 귀여우니까 괜찮아요. 쳐다보는 사람들도 유나 님의 옷차림이 귀여워서 쳐다보는 걸 거예요."

진심이겠지만 열심히 변명해주는 노아.

뭐, 남의 시선은 이젠 아무렇지도 않다. 나는 이 인형 옷 장비를 입고 있지 않으면 이 세계에서 안심하고 살 수 없었다.

"그렇게 눈에 띄는 게 싫으면 따로 이동할래요?"

"나뉠 거면 저는 유나 님과 같이 갈래요."

"저도 유나 언니랑 갈게요."

두 사람은 내 옷을 붙잡았다. 상냥한 소녀들이다.

"너희들끼리만 가면 성가신 일들이 일어날 것 같으니 안 돼. 그러니까 서둘러서 가도록 하지."

서두른다고 해도 탈 것이 없는 우리의 속도에는 한계가 있었다. 마을 사람들의 시선을 받으며 잠시 동안 걸으니 클리프네 저택과 비슷한 크기의 저택이 보였다.

귀족들의 집은 엄청 크네. 저택 앞에는 남자가 두 명 서 있었다.

"클리프 포슈로제다."

"기다리고 있었습니다. 초대장을 보여주시겠습니까?"

클리프는 초대장을 건넸다.

"클리프님과 자제분이신 느와르님이군요. 바로 안내하는 자가 올 테니 잠시만 기다려주십시오."

남자 중 한 명이 저택으로 향했다. 그리고 남겨진 남자가 내 쪽을 바라봤다.

"그쪽의 여자아이들은 느와르 님의 하녀인가요?"

남자는 수상하다기보다도 어떻게 대응하면 좋을지 몰라 곤란한 느낌으로 나를 쳐다봤다.

"두 사람은 미사나 양의 생일 파티에 초대받았네. 딸의 친구이기도 해서 같이 왔다네."

"미사나 님의……, 초대장이 있으시다면 확인해도 되겠습니까?"

나와 피나는 각각 초대장을 건넸다. 남자는 초대장을 보더니 태도가 변했다.

"이런, 실례를 범했습니다."

남자는 등 근육을 곧게 펴고 사죄했다.

초대장을 가지고 있어서 손님이 됐다. 평민이든 모험가든 곰이든 환영받는 모양이다. 실수로 예의를 차리지 않아 손님을 화나게 한다면 주인인 그란 씨와 미사에게 혼이 날 가능성도 있었다.

그리고 얼마 시간이 지나지 않아 저택에서 메이드가 나왔다.

"클리프 님, 오래 기다리셨습니다."

메이드 씨는 예의바르게 고개를 숙이며 클리프에게 인사를 했다. 나이는 20살 전후의 갈색 머리를 한 예쁜 사람이었다. 라라 씨도 그렇지만 메이드는 얼굴로 뽑는 건가? 미인이 많은데?

"메슌, 오랜만이군."

"네, 클리프 님도 건강하신 것 같아 다행입니다. 느와르 님도 많이 성장하셨네요."

"응, 키도 컸는걸."

아무래도 이 메이드는 클리프 쪽과 아는 사이인가보다. 메슌이라고 불린 메이드는 클리프와 노아에게 인사를 하더니 내 쪽을 봤다.

"유나 님과, 피나 님이시군요. 오래 기다리셨습니다."

"저희에 관해서도 알고 계세요?"

나와 피나를 보고 이름을 부를 줄은 몰랐다.

"그럼요. 미사나 님과 그란 님께 이야기를 들었습니다."

그렇게 말하고 웃음을 짓는 메슌 씨. 어떤 이야기인지 신경이 쓰이지만 미사와 그란 씨와 함께 있었던 시간은 짧았다. 그렇게 이상한 짓은 하지 않았을 것이다.

"그러면, 방으로 안내해 드리겠습니다."

"그란 할아버지에게 인사는 할 수 있을까?"

걷기 시작하는 메슌 씨에게 클리프가 물었다.

"죄송합니다. 지금은 다른 손님들과 인사를 나누고 계셔서 곧바로는……."

"시간이 난 다음에 해도 괜찮네. 그렇게 전해주게."

"네, 알겠습니다."

그 후 메슌 씨는 우리를 우리가 묵을 방으로 안내해주었다.

"그러면, 클리프 님과 느와르 님은 이쪽 방을 사용하시면 됩니다."

"아~, 아버님이랑 같이 쓰는 거야?"

"네, 옆방을 유나 님과 피나 님의 방으로 준비해두었습니다. 호위 분들은 떨어져 있는 방이 되겠습니다."

"나도 유나 님과 피나랑 같은 방이 좋은데."

노아는 나와 피나의 팔을 잡았다.

"그렇지만, 방에는 침대가 두 개밖에 없어서……."

"피나와 같이 잘 거니까 괜찮아. 피나도 괜찮지?"

"저는 바닥이어도……."

"그렇게 두진 않을 거야. 같이 자자."

노아는 작게 볼을 부풀리고 피나의 손을 잡았다.

"네, 노아 님이 괜찮으시다면……."

메슌 씨가 곤란한 듯 클리프를 바라봤다.

"메슌, 미안하네. 노아가 말하는 대로 하게 해줘."

"알겠습니다. 그러면 이쪽 방은 클리프님이 써주세요. 옆 방은 유나 님, 피나 님, 그리고 노아 님 세 분이서 사용해주세요."

"고마워요."

"그러면 저녁식사 때까지 방에서 푹 쉬어 주십시오."

나, 피나, 노아 셋이서 방을 사용하게 됐다.

"호위 분들은 다른 방으로 안내해드리겠습니다. 이쪽으로 오시죠."

메슌 씨를 뒤따라가는 두 호위.

"그러면 유나, 피나. 딸을 부탁하네. 제멋대로 굴면 끌어낼 테니 알려주고."

"아, 아버님. 너무하세요. 저는 제멋대로 굴지 않아요."

방 배정에 관해서 제멋대로 군 것을 까먹은 걸까?

"유나 님, 얼른 방으로 가요."

노아는 클리프에게서 도망치듯 내 손을 잡고 방 안으로 들어갔다.

"아~ 지쳤네요~."

노아는 방에 들어서자마자 곧장 침대에 쓰러졌다. 아가씨니까 조금 더 조신해야 할 텐데…….

"유나 언니, 저는 정말로 여기에 있어도 되는 걸까요?"

피나가 어쩌면 좋을지 몰라 방 한 가운데서 곤란해 하고 있었다.

"그거라면 나도 마찬가지야."

평민인 여자아이와 모험가인 나. 어느 쪽도 귀족의 파티에 참석할 수 있을 법한 신분이 아니었다. 피나가 말했던 것처럼 참석하지 않아도 된다면 참석하지 않는 편이다.

"유나 언니, 마음이 무거워졌어요."

피나는 배를 문질렀다. 그 기분은 알지.

"뭐, 우리는 그란 할아버지의 파티에는 참석하지 않을 거니까 그렇게 긴장하지 않아도 되지 않을까?"

우리가 참석하는 건 미사의 파티뿐이다. 게다가 미사의 파티엔 친인척만 온다고 했으니 큰 신경을 쓰지 않아도 될 거다.

"너무해요. 유나 님이랑 피나도 그란 할아버님의 파티에 같이 참석해요."

"그렇게 말해도 그란 할아버지에게는 초대장을 받지 못했는걸. 게다가 미사의 파티랑 달라서 그란 할아버지의 파티엔 여러 사람들이 모일 거 아냐?"

상상하는 것만으로도 참석하고 싶지 않았다.

"저도 참석하고 싶지 않을 걸요."

피나가 내 말에 이어 말했다.

"으, 피나까지……."

노아는 볼을 부풀렸다.

186 곰 씨, 마을을 산책하다

피나가 노아를 위로하는데 누군가 문을 두들겼다. 방을 들여다보듯 하다가 안으로 들어온 것은 미사였다.

"노아 언니!"

"미사!"

두 사람은 끌어안으며 재회를 기뻐했다.

"게다가 유나 언니와 피나도 와줬군요. 너무 기뻐요."

"초대해줘서 고마워."

이 미소를 보니 원래는 거절하고 싶었다는 말은 할 수 없었다.

"미사 님, 이번에는……."

"그런 인사는 하지 않아도 돼."

피나가 열심히 인사를 하려 했지만 미사가 막았다.

"아니, 모두들 할아버님 파티 때문에 왔으면서 나한테까지 와서 인사를 한다니까요. 이젠 지쳤어요."

"설마, 그래서 도망쳐 온 거니?"

"네. 메순에게서 노아 언니와 모두가 오셨다는 걸 듣고 방에서 도망쳐 나왔어요."

웃는 얼굴로 말하는 미사.

괜찮은 걸까?

"우리는 그란 할아버지에게 인사를 안 해도 되는 거야?"
"할아버님은 많은 사람들이 인사하러 와서 바쁘시니까 괜찮을 거예요."
"그란 할아버지의 파티는 4일 후잖아."
"네."
"그럼 그때까지는 자유롭게 있어도 되는 걸까? 마을 산책을 하고 싶은데."
"괜찮을 거예요. 다른 사람들도 외출하니까요."
"그러면 피나, 내일은 마을이라도 산책할까?"
"네."
"저도 갈래요."
노아가 손을 들어 참석 표명을 했다.
"노아는 안 되잖아?"
"어, 어째서죠?!"
거절당하리라고 생각하지 않았던 노아가 놀랬다.
"아무래도 클리프 씨의 허락이 필요하겠지. 멋대로 데리고 나갈 수는 없어."
"그렇다면 아버님께 허락을 받고 올게요!"
노아는 의자에서 일어서더니 방에서 나갔다. 그리고 바로 돌아왔다.
"유나 님, 허락 받았어요!"

기뻐하는 노아의 뒤에는 클리프의 모습이 있었다.

클리프는 옆방이기 때문에 노아가 바로 다녀올 수 있는 건 이해했다. 하지만 어째서 클리프가 같이 온 거지?

"유나, 파티할 때까지 노아를 부탁해도 될까?"

클리프는 내 쪽까지 와서 그런 말을 꺼냈다.

"상관은 없는데 클리프 씨는요?"

"나는 일을 해야 돼. 만나야 하는 사람들이 여러 명 있거든. 앞으로의 일에 관해서 그란 할아버지와도 이야기를 나눠야 하고……. 그러니까 노아와 같이 있을 수 있는 시간이 없어. 그렇다고 파티 당일까지 노아를 방 안에 가둬둘 수는 없으니까 말이야. 게다가 무슨 일이 있어도 너와 함께라면 괜찮을 거 아니니."

신용해주는 건 고맙지만 괜찮은 건가?

"노아는 인사 같은 거 안 해도 돼요?"

노아도 귀족이다. 미사처럼 인사를 해야 하지 않나?

"파티에서 할 거니까 상관없어. 그때까지는 자유롭게 지내도 좋아. 노아, 외출은 허락하지만 유나와 떨어져선 안 된다. 만약 약속을 어길 시에는 앞으론 밖으로 못 나가게 할 거야."

"물론, 유나 님에게서 떨어지지 않아요. 꼭 껴안아서라도 떨어지지 않을 거예요."

그렇게 말하고 내게 안겨왔다. 그런 노아를 떼어 놓으니 미사가 하고 싶은 말이 있는 것 같았다.

"저, 저도 가고 싶어요."
미사가 입을 열었다.
분명 미사를 혼자 두고 놀러가는 건 가여웠다. 하지만 가고 싶다고 해도 노아처럼 마음대로 데리고 나갈 수는 없었다. 데려가려면 그란 할아버지와 부모님의 허락이 필요했다.
부모님? ……돌아가시진 않았겠지.
미사의 부모님은 분명 살아계실 터. 처음 만났을 때 부모님은 먼저 왕도에 가 있다고 들었던 기억이 있다.
"미사도 부모님에게 허락 받는다면 괜찮아."
만약 멋대로 데리고 나갔다가 문제가 생기면 곤란하니까.
"정말이에요?!"
한 명이 늘든 두 명이 늘든 크게 다르지 않다. 두 사람 모두 제멋대로 돌아다닐 타입은 아닌 것 같고, 피나는 믿을 수 있으니까 불안한 일은 없었다.
"응, 허락 받으면 말이야."
"알겠어요. 아버지와 어머니에게 허락 받아올게요."
조금 전의 노아처럼 방을 뛰쳐나가려는 미사. 하지만 문을 연 순간, 발이 멈췄다.
"할아버님?!"
"뭐야, 미사는 여기 있었던 게냐."
문을 열고 그란 할아버지가 들어왔다.

"게다가 클리프까지 있다니."

"딸을 유나에게 부탁하려고요. 그런데 그란 할아버지는 어째서 이곳에?"

"전에 신세를 졌던 곰 아가씨가 왔다고 들어서 인사를 하려고 왔지."

오히려 내 쪽이 신세를 졌던 것 같은데……. 땅을 구입할 때도, 도적단을 넘겨줄 때도 신세를 졌다.

"오랜만이네. 곰 아가씨와 피나라고 했던가."

"아, 네. 피나라고 합니다."

갑자기 그란 할아버지에게 이름을 불려 몸이 굳은 피나. 그건 그렇고 피나는 이름으로 불렀으면서 나는 곰 아가씨라고 부르는 거야?

"이번엔 손녀를 위해 일부러 와줘서 고맙네."

"저도 미사를 만나고 싶었으니까, 고마워하실 일은 아니예요."

만나고 싶었던 건 거짓말이 아니지만 생일 파티로 만나는 건 피하고 싶었다.

나와 그란 할아버지가 이야기를 나누고 있는데 입이 근질거리는 것을 참고 있던 미사가 그란 할아버지에게 질문했다.

"저기…… 할아버님. 내일 유나 언니와 다 같이 외출해도 될까요? 모두 저를 두고 가겠다고 해요."

"마을에 말이냐?"

그란 할아버지가 나를 쳐다봤다.

"곰 아가씨가 있다면 괜찮겠지."

또 나한테 맡기는 건가? 미사가 그란 할아버지의 말에 기뻐하고 있으니 딱히 상관은 없지만…….

다음 날, 아침 일찍부터 피나, 노아, 미사 세 명을 데리고 마을을 산책하러 나섰다.

"유나 님, 어디로 가시는 거예요?"

"어디냐고 해도, 이 마을에 뭐가 있는지 모르니까 적당히 걸을 생각이야. 모두들 가고 싶은 곳이라도 있니?"

일단 인솔하는 역할을 맡고 있어서 모두에게 물었다.

"저는 어디든 좋아요."

"유나 언니가 가는 곳이라면 어디든지."

"밖으로 나갈 수 있다면 어디든지."

노아, 피나, 미사가 말을 했지만 어느 누구도 가고 싶은 곳을 말하지 않았다.

"그러면 적당히 산책이라도 해볼까. 그래도 나한테서 떨어지면 안 된다?"

모두 순순히 대답했다. 마을을 걷고 있자 사람들이 쳐다봤다. 곰 옷차림을 한 여자아이와 미소녀 세 명. 눈에 띄는 멤버겠지. 하지만 들려오는 말은 『곰』이라는 단어뿐이었다.

이 아이들이 주목을 받는 건 몇 년 후일까. 그런 생각을 하면서 미소녀 세 명을 바라봤다.

"모두들, 뭔가 먹을래?"

저택을 나오기 전에 아침 식사를 했지만 약간 시간이 지나 있었다. 조금이라면 먹을 수 있겠지.

"네, 먹을래요."

"네."

"먹을래요."

모두에게 찬성을 얻은 뒤 미사에게 물어 포장마차가 있는 곳을 향해 갔다. 이야기에 따르면 크리모니아처럼 광장에 포장마차가 나열되어 있다고 했다. 사실은 채소가게 등이 나란히 서 있는 시장을 보고 싶었지만 참았다.

우리는 광장에 도착했다. 포장마차가 몇 개인가 나란히 서 있었다.

흔히 있는 꼬치구이부터, 음료, 빵에 고기 등을 끼운 샌드위치나 수프. 여러 가지가 팔리고 있었다.

그러면 어떤 걸 사볼까.

우리는 포장마차를 끝에서부터 지나치며 먹고 싶은 것을 샀다.

그 결과, 모두들 손에 먹을거리를 한 가득 들고 있는 처지가 됐다.

조금만 살 생각이었으나 너무 많이 사버렸다. 포장마차를 보니 전부 맛있게 보여서 어쩔 수 없었다.

"유나 언니, 이렇게 많이 사도 괜찮아요?"

"돈이라면 신경 쓰지 않아도 돼. 아저씨, 꼬치구이 4개 주세요!"

새롭게 다른 꼬치구이를 사서 세 명에게 각각 나눠줬다.

첫 번째 포장마차에서 구입할 때 주인이 놀랐지만, 첫 번째 포장마차에서 놀라는 소리가 들리니까 주위에서도 시선이 모였다. 그 덕분에 두 번째 포장마차부터는 구입하는 게 편했다.

"유나 님, 이 이상은 들 수 없어요."

"게다가 다 못 먹을 거예요."

노아와 미사가 손에 들고 있는 먹거리들을 쳐다봤다. 분명 너무 많았다.

"그러면 벤치에 앉아서 먹을까?"

우리는 비어 있는 벤치에 사이좋게 앉아 사온 것들을 먹기 시작했다.

"왕도에 있었을 때가 생각나네요."

"그때도 다 같이 먹었지."

"또 노아 언니와 피나랑 같이 먹을 수 있어서 기뻐요."

처음엔 긴장해 있던 피나도 지금은 긴장이 풀렸는지 세 명이서 사이좋게 왕도에서의 일을 이야기하며 먹었다. 나는 그런 세 명을 바라보면서 오길 잘했다고 생각했다.

포장마차 투어를 끝내고 마을 산책을 이어갔다. 여전히 시선들이 모였지만 트러블 없이 즐겁게 눈요기를 했다.

신나게 가게를 돌고 있는데 앞 쪽에서 소년 소녀가 여러 명 걸어왔다. 나이는 나와 피나의 중간 정도였다. 13살 전후일까? 딱 봤을 때 잘사는 집의 아이들이라는 느낌이 들었다. 그 그룹에서 조금 떨어진 곳에는 검은 망토에 몸을 감싼 호위로 보이는 인물도 있었다. 남을 평가하는 것은 좀 그렇지만 수상한 복장이었다.

그 소년소녀들은 우리 쪽을 눈치 채고 이상한 웃음을 지으며 나를 바라봤다. 정확하게는 나보다도 미사를 바라봤다. 미사도 눈치를 챘는지 내 뒤쪽으로 숨었다.

응? 내가 모르는 뭔가가 있는 건가? 저쪽을 보면 우리 아이들과 달리 성격이 나빠 보이는데……. 그 아이들은 웃으면서 우리들에게 다가왔다.

187 곰 씨, 무시당하다

미사는 소년 무리들과 아는 사이인지 내 뒤로 숨어버렸다.

"유나 님."

"유나 언니."

"……."

노아도, 피나도 이상한 분위기를 느꼈는지 내 옷을 붙잡았다. 하지만 이렇게 붙잡으면 여차할 때 움직일 수 없게 되니까…….

"걱정 마. 무슨 일이 있을 경우엔 지켜줄게. 그러니까 만약의 일을 대비해서 옷은 잡지 말아주겠니?"

내 말을 듣고 순순히 손을 놓아준다. 만약 옷이 잡힌 채로 움직여버리면 큰일이 일어날 수도 있었다.

"이상한 옷차림을 한 녀석이 있어서 봤더니 옆에 있는 건 미사나잖아? 이상한 곰 같은 걸 데리고, 애완동물이랑 산책이라도 하는 건가?"

그 말에 소년의 무리가 웃었다. 위험한데, 오랜만에 주먹을 휘두르고 싶어졌어. 그래도 상대 꼬마아이가 그 나름의 지위가 있는 아이라면 성가실 거다.

나만 있는 거라면 괜찮지만 피나, 노아, 미사도 있었다. 위험한 짓은 하고 싶지 않았다.

소년은 웃으면서 우리가 있는 곳으로 다가왔다. 뒤에 있는 미사가 몸을 떨었다. 두 사람 사이에 무언가 있는 모양이다. 물론, 그건 미사에게 있어서 좋은 일은 아니리라. 나는 미사를 지키듯 뒤로 숨겼다.

“그 이상 다가오지 말아주겠어?”

미사에게 다가오려 했기 때문에 소년의 걸음을 멈춰 세웠다.

“뭐지, 너는?”

“이 아이들의 호위야.”

“이런. 미사나, 너네는 곰을 호위로 두고 있는 거냐?”

소년은 웃기 시작했다. 소년이 웃자 그와 함께 뒤에 있던 무리들도 웃었다. 기분 나쁜데. 그 비웃는 얼굴에 주먹을 꽂아주고 싶었다.

“확실히 곰은 세겠지.”

더욱 더 큰 소리로 소년은 웃어보였다. 뒤에서는 미사가 떨고 있었다. 그런 미사의 옆에서 노아와 피나가 손을 잡아주고 있었다. 착한 아이들이야.

미사를 위해서라도 빨리 멀어지는 편이 좋을 것이다.

“용건이 없으면 우리는 가볼게.”

“기다려. 나는 미사나와 이야기를 하고 있잖아. 미사나, 내가 그란 할아버지의 파티에 참석하는데 감사 인사 정도는 해야 하지 않겠어? 파티에 참석해줘서 고맙다고 말이야.”

그란 할아버지의 파티에 참석하고 있다는 건 역시 귀족인 건가. 이런 제대로된 교육도 받지 못한 바보 녀석도 불러야 한다니 그란 할아버지도 고생이 많으시겠군.

"뭣하면, 네 생일 파티에도 참석해줄까?"

"안 와도 돼."

"뭐야. 내가 가 준다잖아."

"안 와도 돼."

미사는 같은 대답을 했다. 그 태도에 소년은 화를 냈다.

"그렇게 말해도 되겠냐? 너희 집을 망가뜨려 버릴 수도 있는데 말이야."

"……."

"조금 더 내 기분을 풀어주는 게 좋지 않겠어? 네가 원한다면 너희 집이 망한 뒤 메이드로라도 고용해주지."

소년은 웃었다. 그에 반해 미사는 고개를 숙이고 조용히 있었다. 상황은 모르겠지만 알 수 있는 건 소년이 열 받는 녀석이고, 미사가 슬퍼하고 있다는 것이었다. 이건 빨리 자리를 피하고 싶군.

"모두들, 가자."

나는 소년을 무시하듯 모두를 데리고 떠나려 했다.

"기다려, 아직 이야기가 안 끝났잖아."

소년이 미사의 팔을 잡으려고 다가왔다. 나는 소년의 앞에 서서 행동을 저지했다.

"뭐야. 비켜. 이상한 복장을 한 호위 따위가, 날 방해하지 말라고!"

"호위니까 방해할 거야. 이 이상의 폭언은 용서하지 않겠어."

나와 소년은 서로를 노려봤다.

"이 마을에서 나를 거역하고 그냥 끝날 줄 알아? 해괴망측한 복장을 한 여자가 호위처럼 굴지 말라고. 호위는 내 쪽에 있는 저런 센 녀석을 말하는 거야."

소년은 뒤에 있는 검은 망토의 남자를 가리켰다. 눈매가 사나웠고 그 나름 강해 보였다.

"그런 바보 같은 복장을 한 여자가 호위라니 나를 놀리는 거야? 내가 호위라도 소개해 줄까? 뭐 곧장 필요 없어질 수도 있겠지만 말이야."

"유나 언니 쪽이 강하니까 괜찮아."

미사가 기분 좋은 말을 해줬다.

"그 곰이 강해? 웃기지도 않는군."

"그러는 너는 강한 호위가 없으면 밖에도 못 돌아다니는 거야? 엄마 젖이라도 더 먹으면서 집에 있는 건 어때? 엄마~ 나는 날 지켜주는 힘센 호위가 없으면 밖에 못 돌아다녀요~."

나는 소년을 향해서 무시하는 듯한 말투로 말했다.

"네 녀석……."

내가 도발하자 소년은 화를 냈다. 끓는점이 낮은 걸 보니 이제껏 무시당한 적이 없는 건가.

소년은 화를 못 이겨 나를 때리기 위해 덤벼들어왔다. 나는 소년의 주먹을 곰 장갑으로 막았다.

"젠장, 이거 놔!"

소년은 열심히 손을 빼내려고 했다. 하지만 곰 장갑에 물린 손을 소년의 힘으로 빼는 것은 무리였다.

"좀 비켜줄래?"

나는 강한 어조로 말했다.

"닥쳐! 브래드!"

소년이 외친 순간, 뒤에 있던 검은 망토의 남자가 덮쳐왔다. 나는 소년의 손을 놓고 공격을 피했다. 생각보다 공격이 빨라서 소년의 손을 놓아버렸다.

소년은 내가 갑자기 손을 놓은 탓에 균형을 잃고 엉덩방아를 찧었다.

그 모습을 보고 나와 뒤에 있던 미사와 아이들이 웃음을 지었다. 그 모습이 우스꽝스러웠는지 무리의 소년 소녀들도 살짝 웃었다.

"이 자식!"

"이건 내 잘못이 아니지. 불만이라면 그 남자한테 말하는 게 어때? 갑자기 덮쳐왔으니까 말이야. 애초에 지시를 내린 건 너잖아?"

검은 망토의 남자는 소년을 일으키려 했지만 소년은 손을 뿌리치고 스스로 일어났다.

"브래드, 이 이상한 곰을 어떻게 좀 해줘!"

"란돌 님, 주변을……."

호위의 남자가 소년에게 말을 건넸다. 소년이 큰 소리를 내서 사람들이 모이기 시작했다. 소년은 주변을 둘러본 뒤 분한 표정을 지었다.

"쳇, 너희들 가자."

소년은 무리에게 말을 하고 우리 쪽을 바라봤다.

"나에게 대들고 무사히 끝날 거라고 생각하지 마."

소년은 그런 말을 남긴 뒤 떠나갔다.

오오, 판에 박은 듯한 악역의 대사가 나왔잖아!

소년의 무리가 사라지자 미사가 등을 껴안았다.

"이제 갔으니까 안심해."

조금 떨고 있는 미사를 진정시키기 위해 벤치에 앉아 쉬기로 했다.

"그래서, 저 녀석 뭐였던 거야? 대단한 것 마냥 행동하던데."

"이 마을의 영주인 살바드 가의 란돌이에요."

내 질문에 노아가 대답해줬다. 역시 귀족이었군. 뭐, 그란 할아버지의 파티에 불릴 정도이니 대단한 집의 자식일 거라 생각했지만 말이지. 내가 클리프를 만나기 전에 떠올리던 귀족의 이미지 그대로였다. 건방지고, 세계는 자기를 중심으로 돌아가고 있다고 생각하는 인종. 내가 제일 경멸하는 인종이다.

하지만 영주라는 건 무슨 말이지?

"이 마을의 영주는 그란 할아버지 아니었어?"

"네, 할아버지도 영주예요."

"그게, 이 마을에는 영주가 두 명 있어요."

미사의 말에 노아가 부족한 부분을 보충해주었다. 한 마을에 두 명의 영주가 있다니, 무슨 일이지? 그런 이야기는 원래의 세계에서도 들은 적이 없었다.

"저도 자세한 건 모르지만, 아무래도 예전에 파렌그람 가와 살바드 가가 무공을 세워서 이 영토를 평등하게 나눠 받았다고 해요. 당시엔 사이가 좋았던 양가이지만 시간이 지나면서 사이가 나빠졌다고 들었어요."

노아가 자세한 설명을 해주었다. 하나의 마을에 영주가 두 명이라는 점도 놀라운 일인데, 어떻게 이제껏 마을을 유지해 온 걸까. 세금이라는 것도 있고, 사이가 나빠지면 돈을 서로 가지려고 할 것이다.

"잘도 그렇게 영토 경영을 해왔군."

"할아버지의 동쪽 지구와 살바드 가의 서쪽 지구로 나뉘어서 따로 관리를 하고 있어요."

"그건 마을이 두 개로 나뉘어져 있다는 말이야?"

미사가 고개를 끄덕였다.

그런 게 가능해?

뭐, 지금 마을 상황을 보면 가능한 것이겠지만 성가셔 보이는 마을이었다. 당시의 국왕이 바보였던 걸까. 하나의 토지를 두 가문에게 나눠주다니 트러블의 원인이 될 수밖에 없다. 하지만 당시에 사이가 좋았다면 문제는 없었을까?

시대가 변하면서 인간관계도 변한다. 두 가문의 관계가 손주와 그 다음 세대까지 이어진다고는 한정 지을 수 없다. 더구나 재산과 권리 등이 얽혀 있으면 더욱 복잡해지는 부분이다.

내가 이 세계에 왔을 때 이 마을 근처로 오지 않아서 다행이라고 생각한다. 새삼 숲 속에서 피나를 만났던 것에 감사할 따름이다. 다른 방향으로 걸었다면 이 마을로 왔을지도 모르니까. 나는 조용히 이야기를 듣고 있는 피나의 머리를 쓰다듬었다.

"앗, 유나 언니, 왜 그래요?!"

피나는 갑자기 머리를 쓰다듬자 당황했다. 그런 피나는 신경 쓰지 않고 머리를 계속 쓰다듬었다.

"하지만 영주의 아들이라고 해도 꽤 난폭했어."

"항상 입이 험해서 저는 싫어해요."

미사가 웬일로 험담을 했다. 갑자기 파티에 참석해주니까 감사 인사를 하라고 하다니, 그렇게 대단한 집안인가……. 부모의 교육에 문제가 있다고 생각하는데. 그런 게 귀족이라고 생각하니 소름 끼치는군.

"항상 저렇게 공격적이야?"

"네, 최근엔 특히 저래요. 저를 발견하면 곧바로 아버님과 어머

님, 할아버님에 관한 험담을 하러 와요."

분명 미사를 발견한 순간 괴롭히는 타겟을 발견한 것 마냥 기뻐했다. 성격이 나쁘다는 건 그 얼굴을 보면 안다.

"그 아이도 그란 할아버지의 파티에 초대된 거니?"

"네. 일단 이 마을 공동 영주의 아들이니까요. 할아버님은 부르고 싶지 않아 했지만요."

부르고 싶지 않은데 부를 수밖에 없다니 귀족의 관계는 성가시군.

뭐, 그건 귀족 사회만의 문제가 아니라 친구랑 놀러 갈 때도 부르고 싶지 않은 사람을 불러야 할 때가 있다. 드라마와 영화를 보면 파티에 부르고 싶지 않아도 불러야 하는 장면이 있었다. 사람을 사귀는 건 중요하지만…… 관계를 가지고 싶지 않는 사람도 불러야 했다. 사람에게는 표면상의 모습이라는 게 있으니까 말이다.

"그러면 주변에 있던 아이들도 귀족이야?"

소년의 근처에 있던 소년 소녀들도 미사를 비웃고 성격이 나빠 보였다.

"아마 이 마을의 상인이나 유력한 부모를 가진 아이들일 거예요."

아부를 떠는 무리라는 건가?

하지만 어릴 때부터 아부를 떨다니 불쌍한 인생이다. 평생 그 소년에게 머리를 조아려야 하는 거니까. 나는 은둔형 외톨이었으니까 그런 상하관계 같은 건 없었다. 성가신 상하관계에 휘말리고 싶지 않으면 은둔형 외톨이가 최고네.

그래도 상인들의 자식이라……. 그게 자식이라고 하면 부모도 똑같은 느낌일까.

어쩐지 간단하게 상상이 되었다. 악덕 상인이 영주의 힘을 빌려 부정하게 돈을 버는 모습이 떠올랐다. 「하하, 자네도 성격이 안 좋군」, 「아뇨, 영주님에게는 아직 못 미칩니다」와 같은 대화가 머릿속 언저리에서 재생된다.

그리고 듣고 흘려버릴 수 없는 말을 했던 게 신경 쓰였다. 그란 할아버지의 집이 금방 망할 거라고. 그건 파렌그람 가문이 망한다는 거겠지. 신경이 쓰이는데 아무래도 미사에게 묻는 건 망설여졌다.

그 바보 귀족 때문에 마을을 산책할 기분이 사라졌다.

“오늘은 그만 돌아갈까?”

“저 때문이라면, 괜찮아요.”

미사는 활기차게 이야기했지만 아까와 같은 일이 있기도 했고, 아이들끼리의 말싸움이라고 해도 그란 할아버지에게 전하는 편이 좋다고 생각했다. 마물이었다면 내가 나서도 상관없지만 귀족을 상대하는 건 귀족에게 맡기는 게 최고다.

하지만 이대로 돌아가면 미사 때문에 돌아가는 것 같았다. 그렇게 되면 미사가 자신을 책망할 지도 모른다. 즐거운 마을 산책을 방해했다고…….

“그러면 가볍게 조금만 더 돌아보고 나서 돌아갈까?”

"네, 가요."

"그러면, 저쪽으로 가봐요."

내 생각을 이해한 피나와 노아도 찬성했다.

"……모두들, 고마워요."

미사는 기뻐했다.

우리는 바보 귀족을 잊고 미사가 즐길 수 있도록 마을을 산책했다.

188 곰 씨, 그란 할아버지에게 보고하다

그란 할아버지네 저택으로 돌아오자 메슌 씨가 맞아줬다.

"어서 오세요. 무슨 일 있으셨나요?"

메슌 씨가 미사의 표정을 보고 무언가를 느꼈는지 물어왔다. 그 일로부터 기분전환을 하기 위해 산책을 해서 미사의 기분도 조금 나아졌다고 생각했는데, 메슌 씨는 알 수 있나보다.

"약간의 트러블이 있었어요."

메슌 씨가 내 모습을 가만히 바라봤다. 내가 원인이 아니에요. 멀리서 우리를 알아차리게 만든 원인 정도는 제공했을지도 모르지만…….

"살바드 가의 란돌이라는 열받는 바보를 만났거든요. 그래서 미사가 조금 기분이 안 좋아졌어요."

내 말에 메슌 씨의 표정이 변하고 미사 쪽을 바라봤다.

"미사나 님, 괜찮으셨나요?!"

"유나 언니가 지켜줘서 괜찮았어요."

"그렇군요. 유나 님, 미사나 님을 지켜주셔서 감사합니다."

깊게 고개를 숙이는 메슌 씨.

뭐, 그게 내 역할이다. 설마 정말이지 그런 바보 귀족의 아이가 있을 줄은 생각 못했지만…….

방으로 돌아가 다 같이 쉬고 있는데 누군가 문을 두드렸고, 메슌 씨가 방으로 들어왔다.

"유나 님, 죄송합니다. 그란 님이 만나 뵙고 싶다고 하십니다."

"그란 할아버지가요? 혹시, 오늘 일 때문인가요?"

"네, 어떤 상황이었는지 자세하게 알고 싶다고 하셔서요."

메슌 씨는 나를 그란 할아버지가 계신 방으로 안내했다.

"이 방입니다."

메슌 씨는 문을 두드리고 나를 데리고 왔다고 전했다. 안에서 들어오라는 대답이 들려왔다. 나는 문을 열었다.

"아가씨, 불러서 미안하네."

방 안에는 그란 할아버지만이 아니라 클리프도 있었다. 테이블 위에 자료로 보이는 것을 나열해서 이야기를 나누고 있던 모양이다. 그란 할아버지는 자료를 하나로 정리하더니 내게 의자에 앉으라고 했다.

"이야기는 들었는데, 살바드 가의 아들과 만났다고?"

"적개심을 노골적으로 드러냈어요."

"괜찮았나?"

"모두 부상 하나 없었어요. 매도를 당했을 뿐."

그것만이라도 어린 아이에게는 고통일 거다. 나는 바보 귀족이 미사에 관해 무슨 짓을 했는지 그란 할아버지에게 보고했다. 이야기를 듣던 그란 할아버지가 한숨을 내쉬었다.

"또 그랬군."

그란 할아버지는 분하다는 듯 중얼거렸다.

"노아와 미사에게 가볍게 이야기를 들었는데, 그렇게 사이가 안 좋아요?"

"안 좋네. 최근엔 특히 안 좋지. 괴롭히는 게 시작된 건 몇 년 전부터야. 처음엔 사소한 것이라서 누가 그러고 있는지 조차도 알지 못했지. 그래서 개의치 않았었는데 최근에는 숨기지도 않고 괴롭혀오고 있다네. 미사에 대한 괴롭힘도 그 중 하나지. 내가 그것에 관해서 항의를 해도 다친 게 아니지 않냐, 아이들끼리의 싸움에 부모가 나서지 마라, 라고 말할 뿐이네."

그란 할아버지는 분한 듯 말했다.

말의 폭력은 마음에 상처를 입힌다는 것을 모르는 건가. 사람에 따라서는 다시 일어서지 못하는 경우도 있고, 자살을 하는 사람도 있다.

"이야기를 듣자 하니 그란 할아버지도 괴롭힘을 받고 있나요?"

이야기가 길어질 것 같아 곰 박스에서 세 명 몫의 음료를 꺼냈다. 두 사람은 내놓은 음료를 순순히 마셔줬다.

"상업 길드의 길드 마스터가 살바드 가의 입김이 닿는 사람으로 바뀌었어. 그런 뒤부터 상업 길드가 노골적으로 살바드 가의 편을 들고 있다네. 물건도 살바드 가가 다스리는 지구에 우선적으로 납품하게 됐지. 그렇게 되니 주민들은 살바드 가가 다스리는 가게에서 물건을 사게 되고, 내가 다스리는 지구에서 물건을 구입하는 일이 줄어들어 얻을 수 있는 세금이 줄어들게 됐네."

"상업 길드에 항의는 하셨나요?"

"상인들이 어디에 상품을 팔지는 상인의 자유라고 했다네. 게다가 주민들은 조금 먼 가게에서 구입을 하는 것뿐이지, 구입이 불가능한 건 아니거든."

"곤란한 건 할아버지가 다스리는 지역에서 장사를 하고 있는 사람들이지. 개중에는 살바드 가의 지구로 이사하는 사람들도 있고."

클리프가 그란 할아버지의 말에 상황을 덧붙였다.

"길드 마스터의 힘이라는 게 그렇게 세다니."

"힘이라기보다는 매수겠지. 이 가게에 판매하면 편의를 봐준다거나 말이야. 상인들은 조금이라도 조건이 좋은 쪽에 팔고 싶을 테니까."

"그래서, 내가 다스리는 지구의 가게에서는 물건 부족 현상이 일어나고 있네."

분명 타격을 입히기에는 효율적인 방법이다.

"방식이 최악이네요. 팔고 싶지 않은 상대에게는 사지 못하게 한다, 라니."

나의 그런 말에 클리프가 예상외의 반응을 보였다.

"유나. 너, 나에게 한 짓을 기억 못하는 거냐?"

클리프는 어처구니없는 얼굴로 나에게 물었다.

응? 나, 클리프에게 무슨 짓을 했었나? 기억이 안 나는데.

나는 클리프가 한 말의 의미를 이해하지 못한 채 고개를 갸웃거렸다.

"정말로 잊고 있는 건가. 너는 밀레느에게 부탁해서 나에게 꼬끼오 알을 못 팔도록 했었잖아."

나는 곰 장갑을 폭, 하고 맞부딪쳤다.

아아, 분명 클리프가 고아원의 보조금을 갈취하고 있다고 생각해서 그런 짓을 했었지. 그런 옛날 일을 아직도 기억하고 있다니, 클리프는 마음이 좁군.

애초에 클리프가 제대로 일을 했다면 고아원이 곤궁에 빠질 일은 일어나지 않았을 테니 내 탓이 아니지.

"유나가 나한테 했던 짓이랑 같은 거야. 다만 이쪽이 규모가 크고 악질인 거지."

"지금으로는 이 마을의 유력자들도 살바드 가에 붙기 시작해서 내가 다스리는 지구는 물건 부족이 계속되고 있다네. 그래서 클리프에게 상담을 했던 거고."

"그란 할아버지도 조금 더 빨리 나한테 상담을 해줬으면 좋았을 텐데."

아까까지 이야기를 나눈 게 이 내용이었군.

"미안하네. 네게 민폐를 끼치고 싶지 않아서……."

그란 할아버지는 연하의 클리프에게 고개를 숙였다.

"그래서 지금의 상황이 된 거로군요."

"설마 이렇게까지 본격적으로 무너뜨리려고 할 줄은 몰랐네."

"무너뜨리다니, 귀족의 가문이 무너져요?"

"그거야, 수입이 없어지면 귀족이라고 해도 무너지지. 국왕에게 영토를 몰수당하고 다른 자에게 넘기게 돼."

"그 다른 자는 살바드 가가 될 확률이 높지. 세금 수입 등의 보고서만을 본다면 그쪽은 우수한 영주이니까 말일세."

분명 세금을 걷는 양이 늘고 있다면 서류상에는 살바드 가는 우수한 영주가 된다. 서류에는 어떤 악행을 해서 세금을 늘렸는지 같은 내용은 적혀있지 않다.

"그런 이유로 그란 할아버지와 나는 그 대책을 강구하고 있었지. 현재로선 내 마을에서 물자를 보내기로 했지만 상업 길드가 억제되고 있는 건 크군."

"그러니까 대상인과 부호들을 불러서 이번 파티는 절대로 성공을 시켜야 하네. 이 상태로 아들에게 영토를 넘겨줄 수는 없어."

"조금이라도 이쪽으로 영입해서 대항하지 않으면 안 되겠어요."

파티에는 그런 의도도 있었군. 아무래도 미사와 란돌의 관계는 아이들끼리의 싸움 이상의 배경이 있는 모양이다. 란돌의 입장에서 보면 영토를 빼앗을 상대라는 건가. 게다가 그 말투로 봤을 때 이미 이겼다 생각하고 있어. 미사를 메이드로 고용하겠다니. 미사가 길거리를 헤매게 되면 내가 보살펴 줄 거다. 그런 바보에게는 건네주지 않아.

가장 좋은 건 그란 할아버지가 살바드 가와의 싸움에서 이기는 것이지만 지금은 열세인 모양이다.

하지만 앞으로는 클리프가 힘을 빌려줄 것 같고…… 괜찮으려나?

귀족끼리의 싸움에 내가 나설 일은 없다.

"유나, 노아를 부탁해도 될까? 살바드 가가 무슨 짓을 해올지 모르거든. 옆에 있어줘."

"미사도 부탁하네."

두 사람에게 부탁을 받지 않아도 지켜줄 작정이었다. 미사와 아이들은 소중한 동생과도 같은 존재다. 무슨 일이 있어도 내가 지킨다.

"그리고, 미안하지만 당분간 밖에는 나가지 말아주게. 무슨 일이 일어날지 몰라. 물론, 네가 있다면 안전하겠지만 만약의 일도 있으니……. 그러니까 파티가 끝날 때까지 저택 안에 있어주게."

은둔형 외톨이를 쉽게 보지 마시길. 수년간 은둔형 외톨이었던 나에게 단 며칠 동안 집안에 있는 정도는 식은 죽 먹기다.

컴퓨터와 TV가 없어도 마음만 먹으면 노는 건 가능하다. 게다가 집안에 머무는 건 혼자만이 아니다. 네 명이나 있으면 실내에서 노는 방법은 많이 있다.

이야기가 끝난 뒤 자리에서 일어나려는데 복도가 소란스러워졌고, 노크도 없이 문이 열리더니 메슌 씨가 뛰어 들어왔다.

189 곰 씨, 미사를 위해 힘을 내다

"그란 님, 큰일입니다!"

뛰어 들어온 메슌 씨는 얼굴이 새파랗게 질려 있었다.

"무슨 일이냐?!"

"주방장인 보츠 씨가 공격을 당해서 부상을 입었습니다."

"……."

"……."

메슌의 말에 입을 열지 못하는 두 사람.

"용태는? 보츠는 무사한가?"

"지금, 치료 중입니다."

"어디에 있나. 안내하게."

그란 할아버지는 나와 클리프를 두고 방에서 나갔다.

"그런 식으로 나온다 이거지."

클리프가 작게 중얼거렸다.

"무슨 말이에요?"

"아까도 얘기했잖니. 이번 파티는 그란 할아버지의 생일 파티임과 동시에 유력자들에게 인사를 나눠 이쪽의 진영으로 끌어들이기 위한 것이었어. 그 요리를 만드는 주방장이 부상을 입었다고. 파티에 요리를 선보이지 못하게 된 거야. 만약 중지라도 된다면 그란 할아버지의 평판은 안 좋아지겠지."

"다른 요리사를 부르면 되는 거 아니에요?"

"보츠는 왕도의 일류 레스토랑에서 부주방장으로 있던 요리사야. 간단하게 대신할 사람을 찾을 순 없지. 유력자들이 납득할 요리를 선보이지 못한다면 파렌그람 가문의 명성이 떨어질 테고 힘을 빌려줄 사람도 없어질 거야."

고작 요리잖아 라고 생각했지만 대접하는 경우라면 요리는 중요했다.

맛있는 요리를 먹으면서 교섭을 하는 건 어디에서나 있는 이야기다. 정치가가 음식점에서 이야기를 나누기도 하고 기업가들도 접대를 한다.

이야기장에서 고급 요리를 대접 받을 거라 생각했는데 컵라면이 나온다면 화가 나겠지. 뭐 그렇게까지 심하지는 않겠지만 클리프가 말하고 싶은 게 뭔지는 알겠다.

요리는 그 자리를 즐겁게 할 뿐만 아니라 마음을 여는 효과도 있다. 그만큼 중요하다.

만약 맛이 없는 요리를 내보인다면 기분이 상해서 이야기가 무르익지 못하고 교섭도 어려워질 거다.

"이건 살바드 가의 책략이라고 생각하세요?"

"틀림없이 그렇겠지."

클리프는 턱에 손을 가져다 대고 생각에 잠겼다.

"새로운 요리사를 찾아낼 수 있을까? 어디에서 데려오지? 이 마을에 있으려나? 크리모니아에서 데리고 오는 건 확실하겠지만 시간에 맞출 수 있을까?"

클리프가 하고 있는 생각들이 입에서 세어 나왔다.

피티용의 요리라면 모린 씨도 안즈도 나설 수 없다. 아무리 맛있다고 해도 어디까지나 두 사람의 요리는 일반적인 가정 요리이다. 귀족의 파티용 요리는 만들지 못한다.

물론, 나라고 한들 파티 요리 같은 건 만들지 못한다. 만들 수 있는 건 파티 케이크 정도였다.

"유나, 네 곰이라면……, 미안. 아무것도 아니야."

클리프는 내게 부탁을 하려 했지만 마지막까지 입 밖으로 꺼내지 않았다. 하고 싶은 말이 뭔지는 알겠다. 곰돌이와 곰순이를 사용해서 요리사를 데리고 와 달라는 거겠지. 그게 가장 좋은 방법이라고 클리프도 생각하고 있는 모양이다.

크리모니아에 요리사가 있다면 내 곰으로 하루 만에 왕복하는 것도 가능하다. 보통의 마차나 말이라면 시간이 걸린다. 하지만 지금부터 찾는 건 요리의 사전 준비를 생각하면 시간적으로 어려울 수도 있다.

그런 생각을 하고 있는데 그란 할아버지가 돌아왔다.

"그란 할아버지, 어떻던가요?"

"생명에 지장은 없지만 팔을 집중적으로 다쳤어. 당분간은 요리는 힘들 것 같군."

"그러면, 파티 요리는……."

"무리겠지."

고개를 옆으로 가로젓는 그란 할아버지.

그란 할아버지는 의자에 주저앉았고 클리프는 입을 다물었다. 두 사람에게서 어두운 분위기가 뿜어져 나왔다.

"도대체 어디에서 공격을 당한 거지?"

"파티에서 사용할 식재료를 미리 보러 갔다가 돌아오는 길에 통행인이 적은 곳에서 습격을 당한 모양이네."

"그래서 범인은요?"

"모르지. 지금 고용인들에게 목격자가 없는지 살펴보라고 했네. 하지만 통행인이 적은 곳인 모양이니……. 목격자가 있을지 모르겠군. 본 사람이 있다고 해도 나서줄 가능성은 적네."

"역시, 살바드 가인 건가?"

"아무래도. 그것 말고 공격을 당할 이유는 없네."

그란 할아버지는 클리프의 질문에 즉답했다.

"그래서 그란 할아버지, 어떻게 할 거예요?"

"보츠 만큼의 요리사는 무리일지라도 찾을 수밖에 없겠지. 파티는 중지할 수 없고, 요리 없이 진행되는 건 피해야 돼."

"방법은 있는 거예요?"

그란 할아버지는 고개를 가로로 저었다.

“이 마을의 사람들은 살바드 가를 무서워해서 우리에게 손을 빌려주려는 자는 없다네. 혹은 이미 돈으로 매수당했을 가능성이 높지.”

“그렇다면 크리모니아에서 데리고 올 수밖에 없는 건가.”

클리프는 생각하고 있던 것을 그란 할아버지에게 말했다. 그러면 내가 나설 차례다.

“그럼 내가 데리고 올게요. 곰돌이와 곰순이는 빠르거든요.”

“아니, 너는 노아와 아이들 옆에 있어줘. 내 부하를 가게 하지. 빠른 말을 사용한다면 때를 맞출 수 있을 거야. 그란 할아버지도 이 방법에 동의하시나요?”

“클리프, 폐를 끼쳐서 미안하네.”

“크리모니아로서도 남의 일이 아니니까요. 그란 할아버지가 영주가 아니게 되면 곤란해요. 이 정도는 문제없습니다.”

클리프는 그렇게 말하더니 몸을 일으켜 방을 나갔다.

“나도 할 수 있는 일은 해놔야지.”

그란 할아버지도 집무 책상에 앉아 일을 시작했다. 나도 클리프에게 부탁받은 일을 하러 자신의 방으로 돌아갔다.

방으로 들어가자 피나와 두 명은 어두운 표정을 짓고 있었다.

“왜 그래?”

“그게, 보츠 씨가 공격을 당했다고 해서…….”

“벌써 들었구나.”

"네, 메이드 씨가 이야기하는 걸 들었어요. 게다가 소란스러웠으니까……."

하긴, 방으로 돌아올 때까지 저택 안은 소란스러웠다. 저대로라면 눈치 채지 않는 쪽이 이상하겠지.

"유나 언니, 무슨 일이 일어난 건가요?"

"나도, 공격을 당해서 부상을 입었다는 것 정도밖에 몰라. 나머진 생명에 지장이 없다는 것 정도일까."

"다행이네요."

생명에 지장이 없다는 걸 들더니 조금은 안도한 표정을 짓는 미사.

"하지만, 팔에 부상을 입은 모양이라 당분간 요리는 불가능하대."

숨길 수 있는 게 아니었기 때문에 알려줬다.

"그러면, 파티의 요리는요?"

"크리모니아에서 요리사를 데리고 오기로 했어."

파티가 이어질 수 있게 된 것에 미사는 안심했지만 얼굴색이 좋지 않았다.

그런 뒤 미사는 부상을 입은 요리사를 신경 써서 힘이 없었고 쉬기 위해 자신의 방으로 돌아갔다. 그런 미사를 걱정한 노아가 함께 따라갔다.

"미사 님, 괜찮을까요?"

역시, 란돌이라는 바보를 만난 것과 요리사가 공격을 당한 게 원인이겠지. 요리사가 부상을 입었다는 이야기를 들은 뒤로 더욱 표정이 어두워졌다.

열심히 힘을 내려고 했지만 겉으로만 그렇다는 걸 보면 알 수 있었다.

"노아가 같이 있어줄 테니까 괜찮을 거야."

오늘은 힘이 없는 미사와 함께 잔다고 했다. 그러니 괜찮을 터…….

피나와 둘만 남았다.

나는 불안해 보이는 피나를 위해 꼬맹이화 한 곰돌이와 곰순이를 소환했다. 피나는 침대 위에서 꼬맹이화 한 곰돌이를 껴안았고 나는 곰순이를 껴안아 머리를 쓰다듬었다.

"유나 언니, 괜찮을까요?"

"클리프와 그란 할아버지가 어떻게든 해줄 거야."

상황은 안 좋아 보이지만 안심시키기 위해 말했다.

"네, 그렇겠죠. 클리프 님이라면 분명 어떻게든 해주실 거예요."

"그란 할아버지의 생일 파티가 성공하면 미사의 생일 파티가 있을 테니까 제대로 축하해 주자."

"네, 얼른 선물을 건네주고 싶어요. 미사 님, 좋아해주시려나?"

"열심히 만들었으니까 괜찮을 거야. 미사도 기뻐해주겠지."

피나가 작게 하품을 하고 졸려 했다. 슬슬 조명을 끄고 자려고 하는데 누군가 문을 두드렸다. 곰돌이와 곰순이를 확인했지만 두 마리 모두 하품을 하고 있었다. 위험하진 않은 모양이다. 어쩌면 노아랑 미사일지도 모른다.

"누구야?"

"나다, 잠깐 괜찮나."

목소리의 주인은 클리프였다. 내가 문을 열자 지쳐보이는 클리프의 모습이 있었다.

나는 클리프를 방으로 들이고 물이 든 컵을 꺼냈다. 클리프는 한 번에 다 마셔버렸다.

"그래서, 무슨 일이에요?"

"너에게 부탁이 있어. 이젠, 네게 부탁할 수밖에 없어."

예삿일은 아닌 것 같다.

"크리모니아로 보낸 라본이 돌아왔어. 말이 달리고 있는데 화살이 날아왔다더군. 라본은 무사했지만 말은……, 라본은 크리모니아로 향하지 못하고 마을로 돌아왔어."

호위의 라본 씨가 무사하다는 건 다행이지만 달리고 있는 말에게 화살을 날리다니 위험하잖아.

"즉, 잠복을 하고 있었다는 건가요?"

"공격을 받은 곳은 마을에서 그다지 떨어지지 않은 곳이야. 뒤를 밟고 있었던 걸지도 모르지. 그게 유일하게 다행인 점이야. 멀리 떨어져 있었다면 이곳에 돌아올 수도 없었을 테니까."

말에서 떨어졌지만 큰 부상은 입지 않은 모양이다. 그리고 마을로 돌아오는 도중에 운 좋게도 지나가던 마차를 얻어 타 빠르게 돌아올 수 있었다고 한다.

"귀족끼리의 싸움에 너를 휘말리게 하고 싶진 않았지만, 이대로라면 파렌그람 가가 무너져버릴지도 몰라. 그런 일은 피하고 싶어. 그란 할아버지에게는 젊을 적에 몇 번이나 신세를 졌었지. 그러니 도와주고 싶어. 네 힘을 빌려줬으면 해."

클리프가 살짝이지만 고개를 숙였다.

귀족인 클리프가 고개를 숙이다니, 내가 알고 있는 만화나 소설의 귀족이라면 평민에게 고개를 숙이는 경우는 없었다. 그만큼 절박하다는 것일지도 모른다.

"네, 좋아요. 요리사를 데리고 오면 되는 거죠? 저도 그 귀족에게는 화가 났어요. 게다가 그란 할아버지의 가문이 무너지기라도 한다면 미사가 가엾기도 하고. 제게 싸움을 건 것을 후회하게 해주죠."

후후. 그 바보 귀족이 나를 애완동물이라고 말하며 웃었던 것을 잊지 않았다.

"뭐야, 아는 요리사가 있는 거냐?"

"있죠, 그 누구도 불만을 품지 않을 요리사가 있어요."

나의 지인 중에는 왕궁 요리사가 있다.

"누구지?"

"비밀입니다."

"믿어도 되는 거겠지?"

"그런 말을 해도 곤란하지만, 상대에게는 빚이 있으니 괜찮을 거예요."

국왕은 내게 진 빚이 있었다. 만약 최악의 경우 젤레프 씨가 힘들다 해도 왕궁에서 일하는 요리사를 빌릴 작정이다.

"그러면, 지금부터 출발할게요."

"지금부터 가는 거냐?"

왕도는 크리모니아보다 멀었다. 빨리 가지 않으면 의심을 받을 거다.

"빠른 편이 좋으니까요. 노아와 아이들에게는 적당히 이야기해 주시겠어요?"

"알겠어. 전해주지."

"그리고 저택 안에 있으면 안전하다고는 생각하지만 제가 돌아올 때까지 피나를 잘 부탁할게요."

"그래, 피나는 확실히 보살피지."

"그러면 옷 갈아입을 테니까 나가주실래요? 그리고 알아서 나갔다 올 테니까 걱정 마세요."

"그러면 잘 부탁하마."

클리프는 내 말을 의심하지도 않고 방에서 나갔다.

"유나 언니, 지금부터 가는 거예요?"

피나가 곰돌이를 껴안은 채로 쓸쓸하게 물었다.

"응? 안 갈 거야."

"네?"

피나가 놀란 듯이 나를 바라봤다.

"그야, 곰 이동문이 있으니까. 지금부터 가면 밤이잖아. 그러면 아침 일찍 가는 거랑 다를 게 없잖아?"

클리프에게 지금부터 간다고 했던 건 오늘 밤부터 곰돌이와 곰순이로 이동했다고 생각하게 만들기 위함이었다. 실제로는 곰 이동문을 사용하면 금방 이동이 가능했다.

"아, 네. 그렇긴 하지만, 괜찮을까요?"

고개를 갸웃거리는 피나.

"괜찮아. 이미 늦었으니까 자자, 얼른. 불 끌게."

피나를 침대에 눕히고 나도 침대 안으로 들어갔다.

"맞다. 곰돌이, 곰순이, 내일은 빨리 깨워줘."

내가 부탁을 하자 작게 「크~응」하고 울어 대답해줬다. 나는 옆에 있는 곰순이를 껴안고 잠이 들었다.

190 곰 씨, 왕궁 주방장을 빌려 달라 부탁하다

톡톡.

사람이 기분 좋게 자고 있는데 부드러운 무언가가 내 볼을 두드렸다.

그게 바로 곰순이의 손이란 걸 알아챘다.

맞다. 오늘은 아침 일찍부터 출발해야 하지.

창문으로 눈을 돌렸지만 아직 어두컴컴했다.

"곰순아, 고마워."

깨워준 곰순이의 머리를 쓰다듬으며 감사인사를 했다. 나는 몸을 일으켜 침대에서 내려왔다. 동시에 옆 침대에서 자고 있던 피나도 움직인 뒤 몸을 일으켰다.

"유나 언니, 가는 거예요?"

"내가 깨운 거야? 미안. 피나는 조금 더 자도 돼."

"아뇨, 배웅 나가고 싶어서 곰돌이한테 유나 언니가 일어나면 깨워달라고 부탁했었어요."

피나는 기분이 좋아지는 말을 했다.

나는 피나의 마음에 감사하며 언제나의 검은 곰 옷으로 갈아입었다.

"그러면, 다녀올게. 무슨 일 있으면 곰 폰으로 바로 불러야 돼.

곧장 달려올 테니까. 내가 돌아올 때까지 위험하니까 밖으로 나가지는 말고."

내가 없는 동안 불안하지만 저택 안에 있으면 안전할 거다. 하지만 걱정이 되니 주의는 해뒀다.

"네, 그래도 유나 언니도 몸 조심해야 돼요."

피나의 머리를 쓰다듬고 곰돌이와 곰순이를 송환했다. 나는 모두가 조용히 잠들어 있는 이른 아침, 창문을 열어 베란다로 나갔다. 향할 곳은 저택의 지붕. 점프를 해서 지붕으로 올라갔다.

여기면 괜찮을까?

사각지대인 부분이 지붕의 중앙에 있었다. 그곳에 눕히듯 곰 이동문을 설치했다. 이거라면 어느 방향에서 봐도 곰 이동문이 눈에 띌 일은 없다. 나는 아래에 있는 문을 열어 왕도에 있는 곰 하우스로 이동했다.

문으로 들어간 순간 몸이 이상한 방향으로 향해서 넘어져버렸다.

아무래도 구멍에 빠지는 느낌으로 들어온 탓에 넘어진 것 같다. 아프지는 않지만 창피한 순간이다. 본 사람이 없어서 다행이다.

나는 왕도에 있는 곰 하우스에서 아침 식사를 하고 잠시 시간을 보낸 뒤 성으로 향했다. 일단, 어제 밤에 자지 않고 출발해서 곰돌이와 곰순이를 달리게 한 것으로 되어 있다. 그럼에도 반나절이다. 수상히 여겨지지 않도록 시간 조정을 해뒀다.

성 입구에 다다르자 문 앞에 서 있는 병사가 내 존재를 알아차렸다.

"저기, 안으로 들어가도 될까요?"

"아, 네. 들어가십시오."

입성 허가를 내린 후 문지기 한 명이 달려가려고 했다.

"잠시만요."

막 달리려던 참인 문지기를 불러 세웠다.

"오늘은 플로라 님이 아니라 국왕님이나 엘레로라 씨에게 용건이 있는데, 뵐 수 있을까요?"

"으음, 기다려주십시오. 엘레로라 님은 계시지만 이 시간엔 위치를 알지 못합니다. 국왕 폐하께는 보고할 수 있으나 만나 뵐 수 있을지는……."

뭐, 일반 병사에게 물어도 알 수 없겠지.

으음, 그러면 내가 왔다는 것을 국왕 폐하에게 보고를 해달라 하고 플로라 님의 방에서 기다리면 될까? 하지만 플로라 님을 만나면 금방 보내주실 것 같지 않았다. 플로라 님의 슬퍼하는 얼굴이 눈에 선했다. 이럴 줄 알았으면 곰 인형을 가지고 오는 건데. 아쉽게도 곰 박스에는 미사에게 선물할 곰 인형 밖에 들어있지 않았다.

하지만 엘레로라 씨의 위치를 모른다니, 그 사람은 어디에서 뭘 하고 있는 거야?

"왜 그러십니까?"

문 앞에 서 있는 병사가 물어왔다.

으음, 엘레로라 씨를 만날 수 있다면 그게 가장 좋을 텐데…….

어떻게 할지 고민하고 있는데 만나고 싶었던 사람이 이쪽으로 다가왔다.

"저멀리 곰이 보여서 와봤더니. 역시 유나였구나."

위치를 알 수 없었던 엘레로라 씨가 말을 걸어왔다. 항상 느닷없이 나타나 성가시지만 오늘은 도움이 됐다.

"엘레로라 씨, 잠깐 부탁이 있는데 괜찮을까요?"

"어떤 일일까? 일단 걸으면서 이야기를 들어도 될까? 지금은 산책을 하면서 둘러보고 있는 중이었거든."

산책이라니……. 분명 둘러보려면 걸어야 하지만. 여기선 그냥 둘러보는 중이라고 말하면 될 텐데.

엘레로라 씨는 병사에게 국왕에게 연락하지 않아도 된다고 지시를 내린 뒤 걷기 시작했다.

"그래서 무슨 일이지? 유나가 내게 부탁이 있다니 드문 일인데."

"엘레로라 씨보다는 국왕님께 부탁드리고 싶은 건데, 주방장인 젤레프 씨를 며칠간 빌리고 싶어요."

"젤레프? 이유를 물어봐도 될까?"

나는 시린 마을의 이야기를 했다.

"그러고 보니, 클리프의 편지에서도 시린으로 간다고 적혀 있었어. 살바드 가문이라……. 최근에 좋은 소문을 못 듣긴 했지."

역시, 그렇군.

"아무리 그래도 내가 독단적으로 젤레프를 데려가라는 허가를 내리진 못해."

뭐, 왕족의 주방장이니까. 국왕의 허가 없이는 무리겠지.

"그러면, 국왕 폐하가 있는 곳으로 가볼까."

"괜찮나요?"

"괜찮아. 어차피 유나가 왔다는 걸 보고해야 하니까."

뭐야, 그 룰은…….

뭐, 국왕을 만날 수 있으면 상관없지만. 엘레로라 씨의 안내로 성 깊숙한 곳까지 들어갔다.

그 동안 지나치는 사람들은 모두 엘레로라 씨에게 고개를 숙여 인사했다. 엘레로라 씨도 가볍게 답례 인사를 했다. 역시, 엘레로라 씨는 높은 사람인 건가?

복도를 지나치자 문 앞에 두 명의 경비병이 서 있는 모습이 보였다.

"안녕하십니까, 엘레로라 님. 게다가 옆에 있는 곰 복장을 한 여자아이는 그 소문의?"

소문이라니, 뭐죠? 라고 묻고 싶었지만 상상이 돼서 무시하기로 했다. 어차피 물어도 이상한 소문만 퍼져있을 테니까.

"국왕 폐하를 만나고 싶은데, 들여보내줄래요?"

"네, 잠시만 기다려주십시오."

경비병은 문을 노크해서 안쪽에 확인을 받았다. 그러자 안쪽에서 허가의 소리가 들려왔다.

"들어가십시오."

방으로 들어오라는 허가가 내려져서 엘레로라 씨와 함께 방 안으로 들어갔다. 그곳은 넓은 방으로 세 명의 모습이 있었다. 한 명은 국왕. 국왕과 동년배의 남성. 왼쪽 탁자에는 스무 살 전후의 잘생긴 남자가 앉아 있었다. 어쩐지 누군가를 닮은 것 같았다.

"엘레로라에, 유나로군. 무슨 일이지? 유나가 나를 만나러 오다니, 드문 일이군."

"유나가 폐하에게 부탁이 있대요."

"나에게 부탁이라고?"

그 말을 들은 국왕은 미소를 지었지만 다른 두 사람은 애매한 얼굴이 됐다. 뭐, 갑자기 곰 인형 옷을 입은 여자아이가 국왕에게 직접 부탁을 하러 왔다고 하면 그런 얼굴이 되는 게 당연할지도 모른다.

"그래서, 유나의 부탁은 뭐지? 아무리 너의 부탁이라도 다 들어줄 수는 없단다."

뭐, 그건 그렇겠지. 하지만 국왕에게 직접 부탁할 수 있으면 됐다. 나는 용건을 단도직입적으로 말했다.

"젤레프 씨를 며칠간 빌리고 싶은데요."

"젤레프를? 어째서지?"

나는 엘레로라 씨에게 말했던 것을 한 번 더 설명했다.

"살바드 가문과 파렌그람 가문 말인가요?"

국왕 옆에 서 있던 남자가 말했다.

누구지? 기억 속에는 없지만 여기에 있다는 건 대단한 사람인 거겠지.

"그 영토로군…… 할아버지도 괜한 짓을 했어."

국왕은 의자 등받이에 기대면서 성가신 듯 말했다.

"뭐, 당시엔 그게 최선의 방법이었다고 여겨졌으니 어쩔 수 없죠."

"하지만 그것이 지금 이런 상황을 만들지 않았나. 달갑지 않군."

두 귀족에게 영토를 준 옛 국왕에 관해 말하고 있는 건가.

그 의견에는 동의한다. 그런 식으로 주지 않았다면 이런 일은 일어나지 않았을 텐데.

"혹시, 지금 상황을 알고 있는 거예요?"

"살바드 가가 뒤에서 여러 짓을 하고 있다는 소문 정도는 말이지."

"최근에 살바드 가가 걷는 세금이 늘고 파렌그람 가가 줄고 있어서 파렌그람 가에게 보고서를 쓰게 했었죠. 하지만 이유는 기재하지 않았습니다."

다르게 보면 파렌그람 가는 고객 쟁취 싸움에서 진 것이다. 살바드 가가 열심히 한 것에 지나지 않는다. 역으로 파렌그람 가는 이 지경이 될 때까지 무엇을 했냐는 지적을 들을 수도 있다.

"귀족끼리 영토 싸움을 하는 건 어디서든 일어나는 일입니다. 심한 말을 하자면 파렌그람 가에게는 힘이 없었던 게 되는 거죠."

나도 그렇게 생각한다. 원래의 세계에서도 크든 작든 지역끼리의 싸움은 있었다. 살기 쉽게 만들거나 그 지역을 발전시키는 건 그 지역에 살고 있는 우두머리의 역할이다.

하지만 조금 아쉽기도 했다. 이야기를 들어본 바로는 선수를 빼앗긴 느낌이 들었다.

"다만, 살바드 가에 나쁜 소문이 나도는 것도 사실이지."

"횡령, 협박, 폭력 등의 소문이 끊이지 않지만 밑에서의 보고로는 증거가 발견되지 않았습니다. 이 상황에선 저희가 손을 뻗을 수 없죠."

응, 관청의 일이지.

국왕이라도 소문만으로는 정의의 편처럼 악인을 벌할 수는 없는 모양이다. 증거가 없다면 틀릴 가능성도 있다.

"분명, 살바드 가는 보르날드 상회와 연결되어 있다는 소문도 있습니다."

지금까지 입을 다물고 있던 잘생긴 금발 청년이 옆에서 끼어들었다. 역시 누군가와 닮았어. 내가 잘생긴 금발 청년을 보고 있는데 국왕이 그것에 눈치를 챘다.

"그러고 보니 유나는 엘나트를 만나는 건 처음인가?"

"엘나트?"

들은 적이 없는 이름이다.

내가 고개를 갸웃거리자 잘생긴 금발 청년이 웃었다.

"설마, 나에 관해 모르는 인물이 이 성에 출입하고 있을 줄은 몰랐네요. 처음 뵙겠습니다. 폴오트 왕의 아들 엘나트입니다. 곰 아가씨."

아, 국왕하고 닮았던 거구나. 즉 왕자님이라는 거군.

"저에 관해서 아시는군요."

"아버님, 어머님, 플로라에게서 들었거든요. 게다가 당신이 오면 아버님이 일을 제게 넘기고 사라져버리니까요."

어쩐지 웃는 얼굴로 이야기 하고 있는데 무서워. 하지만 그게 내 탓인 거야?

나는 플로라 공주님을 만나러 왔었을 뿐이고 국왕은 부르지도 않았다. 내 탓으로 떠넘기는 건 그만뒀으면 좋겠다.

내가 한심한 눈초리로 국왕을 보자 국왕은 헛기침을 하고 입을 열었다.

"그런데, 보르날드 상회라."

앗, 화제를 바꿨어. 국왕이 내 특기이자 비밀 기술인 화제 돌리기를 사용했다.

그래도 보르날드 상회라는 게 신경이 쓰여서 엘레로라 씨에게 물어봤다.

"유나는 모르는구나. 보르날드 상회는 이 왕도에서 가장 큰 상회야. 많은 상인들을 끌어들여서 모든 땅에서 장사를 하고 있지. 귀족이라도 거스르는 게 불가능할 정도로 영향력이 있는 상회야."

"좋은 소문도 있지만 나쁜 소문도 있지."

"설마, 이번 상인의 행동도?"

"뒤에서 조종하고 있을지도 모르고, 아무런 관계가 없을지도 몰라."

"하지만 보르날드 상회가 그란 할아버지의 영토를 노리고 있는 거라면 성가시군."

이 세계에도 이면 사회 같은 게 있는 건가?

그래도 그 보르날드 상회가 살바드 가와 연결되어 있다면 그란 씨가 생각하고 있는 상인과 유력자들을 끌어들이는 건 어려울 것 같군. 파티에 관계없이 힘든 게임이었다. 처음부터 정해져 있는 엔딩을 맞이할 것이다. 하지만 파티가 실패하면 엔딩을 보는 것이 빨라지겠지. 어느 쪽이든 파티를 성공시키기 위해 요리사는 필요하다.

"그래서, 젤레프 씨는 빌려주시는 건가요?"

현 상황에서 그 보르날드 상회가 관련되어 있다고 해도 내가 할 수 있는 건 아무것도 없었다. 요리사인 젤레프 씨를 데리고 가는 것뿐이다.

"그렇지. 요리사가 공격을 당한 것에 관해 내가 끼어드는 건 불가능하지만……. 그래도 파렌그람 가 할아버지의 생일 파티니까. 젤레프를 빌려주는 걸 허락하지.”

애당초 요리사 한명이 습격을 당했다고 해서 국왕이 나타날 법한 일은 아니다. 왕궁 주방장인 젤레프 씨가 습격을 당한 것이라면 또 모르지만 지방 귀족의 요리사가 공격을 당한 것일 뿐이다. 게다가 범인을 모른다. 어디까지나 살바드 가가 수상스럽다는 것뿐이지 아직 확정된 건 아니었다.

게다가 지방의 작은 범죄를 하나하나 국왕 쪽으로 가져온다면 국왕은 다른 일을 할 수 없다.

현대 사회로 말하자면 마을에서 폭행을 당해 부상을 입은 인물이, 수상쩍은 인물이 있으니 조사해달라고 대통령에게 부탁을 하는 것과 같다. 범인을 찾는 건 영주인 그란 할아버지의 일이다. 범인이 평민이라면 그란 할아버지가 벌을 내리면 되는 거고, 상대가 살바드 가라면 그때는 증거와 함께 국왕에게 보고하면 된다.

“다만, 젤레프의 건은 엘레로라에게 받은 부탁이라는 것으로 처리해두지. 괜찮지?”

국왕이 엘레로라 씨를 바라봤다.

“좋아요. 클리프도 참석하고 있으니까, 다른 귀족이 불만을 말해와도 변명은 되겠죠.”

왕궁 주방장인 젤레프 씨가 그란 할아버지의 파티 요리를 만드는 데는 이유가 필요했다. 아무래도 곰 복장을 한 내게 부탁을 받았다고는 말 못하겠지.

이야기가 정리돼서 젤레프 씨가 있는 조리장으로 향했다.

191 곰 씨, 왕궁 주방장을 만나러 가다

국왕의 허락을 받았기 때문에 젤레프 씨가 있는 곳으로 향했다. 어째서인지 옆에는 엘레로라 씨 대신 국왕이 있었다. 방을 나서기 전에 다음과 같은 일이 있었기 때문이다.

"엘레로라, 내가 따라갈 테니 너는 돌아가서 일 봐도 돼."

"잠깐, 왜요? 내가 따라갈 거예요."

"안 돼. 너는 일해야지. 게다가, 내가 젤레프에게 설명하는 편이 빠르잖아?"

"일은 제대로 하고 있다고요. 설명이라면 나도 할 수 있어요."

"그러면, 엘레로라 님. 저번 안건은 어떻게 되고 있나요?"

국왕 옆에 있던 남자가 엘레로라 씨에게 물었다.

"장? 아…… 그건 아직이에요."

눈을 피하면서 대답하는 엘레로라 씨.

"빨리 부탁드리겠습니다."

장이라고 불린 남자는 상냥하게, 하지만 강한 어조로 부탁했다.

"으, 알았어요. 유나, 그럼 또 봐. 다음에 올 때는 맛있는 것도 가져와."

"아버님도 곧장 돌아와 주세요. 무슨 일이 있으면 바로 도망치시니까요. 엘레로라 님처럼 아버님의 일도 산더미랍니다."

아들인 왕자에게 그런 말을 들었다.

“알고 있어. 남을 매번 농땡이 치는 사람처럼 말하지 마.”

“그쪽의 곰 아가씨가 오면 매번 빠져나가시잖아요.”

왕자가 내 쪽을 바라봤다. 그러니까, 왜 나를 보는 건지?

나는 단 한 번도 국왕을 부른 적이 없었다. 멋대로 온 거지. 내 탓인 것 같은 눈초리로 나를 보는 건 그만둬 주지 않으려나. 이번엔 나 때문일지도 모르지만 평소엔 다르다고. 모르는 사이 왕자에게 오해를 사고 있는 것 같았다.

이렇게 사람은 아무것도 안 했는데 미움을 사거나, 원한을 사기도 하지. 티끌모아 태산이라고 뒤에서 공격을 당하기도 한다. 내 잘못이 아닌데 말이다.

그렇게 국왕에게 일을 시키고 싶으면 의자에 묶어두면 되는데……. 그렇게 하면 국왕은 일을 할 것이다. 왕자는 일이 늘지 않을 것이다. 나는 방해를 받지 않을 것이다. 일석 삼조다. 다음에 만날 일이 있다면 의견을 내봐야겠다.

그리고 플로라 님의 오빠이니까 좋은 인상을 남겨두지 않으면, 앞으로 플로라 님을 만나는 것에 지장이 생길지도 모른다.

마지못해 일로 복귀하는 엘레로라 씨와는 헤어지고 국왕과 함께 조리장으로 향했다. 조리장에는 많은 요리사들이 일을 하고 있었다.

“많네요.”

"그거야, 이 성에서 일하는 사람들의 식사를 준비하고 있으니까 그렇지. 전원의 몫은 아니지만 꽤 많은 양을 만들고 있거든."

성 안에는 도시락을 가져오는 사람들도 있으나 대부분의 사람들이 식당에서 먹고 있다고 한다.

조리장 입구에 국왕과 내가 서자 눈에 띄어 주목을 받았다. 이 성에서 가장 높은 국왕과 곰 인형 옷을 입은 나였다. 눈에 띄지 않을 리가 없다.

「곰이다」, 「어째서 곰이 여기에?」, 「소문의 곰이로군!」, 「근데, 정말 곰이구나」, 「뭐야, 너 처음 보는 거냐?」, 「나보다도 연하인가?」, 「게다가, 작아」, 「그리고 저 복장은 뭐지?」, 「이봐, 들릴 거야」, 「화나게 하면 주방장에게 혼날 거야」.

저기, 들리는데요. 그 전에 국왕보다도 내 쪽으로 시선이 모이는 건가? 이상하지 않나? 보통 나라에서 가장 대단한 사람이 오면 그쪽에 신경을 쓰지 않나?

「이봐, 누가 곰에게 말 걸어봐」, 「네가 가」, 「아, 국왕 폐하도 계시잖아」.

서로 등 떠밀기가 시작됐다. 아니, 여기서는 나보다도 이 나라에서 가장 대단한 국왕에게 인사하는 게 먼저지. 당신들 이상해. 아무도 다가오려고 하지 않아서 내 쪽에서 말을 건네려 하는데 조금 통통한 요리사가 다가왔다.

“국왕 폐하에 유나 님도, 이런 누추한 곳에 무슨 일이십니까?”
말을 건네 온 건 젤레프 씨였다.
게다가 제대로 인사 순서를 알고 있었다. 처음에 국왕, 다음으로 내 이름을 불렀다. 역시 왕궁 주방장이다.
“설마, 새로운 요리를 가져와 주신 건가요?!”
눈을 반짝이며 어린애 같은 얼굴로 물어왔다.
“오늘은 젤레프 씨에게 부탁이 있어서 왔어요.”
“제게 부탁이요?”
“젤레프, 자네는 유나와 같이 시린 마을로 가주게.”
갑작스런 국왕의 말에 놀라는 젤레프 씨.
“시린 마을 말인가요. 하지만 왜 그러시나요?”
“그곳에서 파렌그람 가의 파티가 이루어지는데 요리사가 부상을 입어 요리가 불가능해졌다고 하지 뭐야. 그래서 유나가 자네에게 부탁을 하고 싶다며 왔다네.”
“유나 님이?”
젤레프 씨가 국왕에서 내게로 시선을 옮겼다.
“부탁 가능할까요? 제 지인 중에 파티용 요리를 만들 수 있는 사람은 젤레프 씨 밖에 없어서…….”
“국왕 폐하의 허가가 있다면 물론 도와드리겠지만, 괜찮으신가요?”
젤레프 씨가 국왕을 봤다.
“나도 자네도 유나에게는 신세를 졌지 않나. 유나의 부탁을 확실하게 들어주게."

"네. 유나 님, 그러면 제가 요리를 만들겠습니다."

"고마워요, 젤레프 씨."

"아뇨, 항상 맛있는 요리를 먹게 해주시고, 레시피도 가르쳐 주셨는걸요. 언젠가 보답을 해드리고 싶었으니 마음 쓰지 마세요."

무사히 젤레프 씨의 승낙도 얻을 수 있었다.

이대로 여기에서 대화를 이어가면 다른 요리사들에게 민폐를 끼칠 테니 다른 곳에서 자세한 이야기를 나누기로 했다.

젤레프 씨는 조리장을 벗어나기 전에 부주방장으로 보이는 인물에게 여러 지시를 내렸다. 지시가 끝나자 옆의 방으로 이동했다.

"그래서, 파티는 어떤 파티인가요? 인원수는요? 어떤 손님들이 오시나요? 날짜는 언제죠?"

나는 알고 있는 범위 내에서 젤레프 씨에게 설명했다.

"2일 후요? 그러면 시간에 맞춰 갈 수 있을까요?"

"젤레프 씨에게는 제 곰 소환수를 타게 할 거예요. 말이라면 시간을 못 맞추겠지만, 제 곰 소환수라면 충분이 맞출 수 있죠."

"그 곰을 타는 건가요?!"

아마, 시간을 맞출 수 있을 거다.

"알겠습니다. 하지만, 그래도 아슬아슬 하네요. 시린에서 식재료를 고르고 구입할 시간은 없을 것 같네요."

"시린에서 젤레프 씨가 원하는 식재료가 없을 수도 있으니, 출발 전에 왕도에서 사갈래요?"

살바드 가의 방식을 생각해보면 식재료가 모이지 않을 가능성도 있고, 방해를 받을 위험도 있었다. 그런 거라면 왕도에서 사가는 편이 나았다.

"그 시간도 아까운데요. 국왕 폐하, 왕궁의 식재료를 가지고 가는 걸 허락해주실 수 있나요?"

"그래, 상관없네. 단, 수량은 보고하도록."

"네."

"식재료 청구는 제게 해주세요. 나중에 그란 할아버지에게 청구할 테니까요."

"그 정도는 신경 쓰지 않아도 돼."

"안 돼요. 그런 건 확실하게 해둬야죠."

공짜보다 비싼 건 없다고도 하니까.

뭐, 지불은 그란 할아버지가 하겠지만 말이다.

"그러지. 청구서는 나중에 유나에게 주겠네."

"그리고 국왕 폐하. 아이템 봉투 사용을 허가해주실 수 있을까요? 양이 많아서 아무래도 제가 가지고 있는 아이템 봉투로는 전부 가지고 갈 수가 없어서요."

"괜찮아요. 제 아이템 봉투에는 들어가니까."

"정말인가요?!"

“네, 그 정도는 들어가요.”

“그러면, 지금 바로 식재료를 모으러 창고로 가보죠.”

“그러면 나는 슬슬 돌아가지 않으면 혼날 테니 가보겠네. 뒷일은 부탁하지, 젤레프.”

“네, 알겠습니다.”

“고마워요.”

마지막으로 국왕에게 답례 인사를 했다.

“또 맛있는 걸 가져와 주면 되지.”

국왕은 떠나고 우리는 창고로 향했다. 창고의 위치는 부엌 쪽에 있다고 했다. 뭐, 근처에 없으면 불편하니까.

창고 안으로 들어가니 공기가 차다.

“그러면 상자에 담을까 하는데, 부탁드려도 되겠습니까?”

“괜찮아요. 충분히 담으세요. 모자라면 안 되니까 많이 부탁할게요.”

내가 그렇게 말하자 젤레프 씨는 상자에 음식 재료를 채워갔다. 가득 차면 내가 곰 박스에 담았다.

그 일을 반복했다.

“유나 님, 이번에는 감사합니다.”

“……?”

고맙다고 인사하는 이유를 몰랐다. 감사 인사라면 내 쪽이 해야 했다.

"왕궁의 주방장이 된 후로 멀리 나간 적이 없어서 사실은 설레고 있거든요. 딱히 지금의 입장이 싫지는 않아요. 즐겁고, 국왕 폐하께 신뢰를 받는 것은 영광이기도 하고 기쁘거든요. 유나 님이 만드신 요리도 접할 수 있었고…… 감사합니다."

"폐가 되지 않았다면 다행이네요."

"아뇨, 그렇게 생각하지 않아요. 게다가 지금 관여하고 있는 가게도 즐겁습니다. 바쁘긴 하지만, 귀중한 체험이 되고 있어요."

"맞아, 가게는 어떻게 되고 있어요?"

"가게요? 자세한 내용은 엘레로라 님께 들어야 알 수 있지만, 요리사들은 어디에 내놓아도 부끄럽지 않도록 교육하고 있습니다. 단지 메뉴가 결정되지 않아 난처해하고 있지요."

"그렇군요."

"네. 하지만 그걸 생각하는 것도 즐겁습니다."

재미있어 하는 거 같아서 좋았다.

하지만 바쁜데 폐를 끼치고 말았다. 젤레프 씨는 고마워해주시는 것 같지만…….

다음에 보답으로 새로운 요리를 젤레프 씨에게 가져다 줘야겠다.

192 곰 씨, 왕궁 주방장과 출발하다

젤레프 씨가 준비한 식재료를 곰 박스에 다 담았다. 꽤 많은 양이지만 시린 마을에 도착한 후 부족하다고 소동이 일어나는 것보다는 나았다. 그리고 양이 늘었다고 해서 무거운 것도 아니었다.

"마지막으로 술 창고도 가도 될까요? 파티에는 필요할 것 같아서요."

술이라. 분명 파티에는 필요하겠지. 나는 귀족 파티에 관해서는 이야기 속에서 나왔던 내용밖에 모른다. 떠올려보면 글라스에 와인을 따라 마시는 이미지가 있었다.

술 창고로 가서 젤레프 씨가 지정하는 술을 곰 박스에 담았다.

으음, 술은 안 마셔서 봐도 좋은지 나쁜지를 구별할 수 없다. 마신다 한들 겉만 봐서는 알 수 없을 것 같지만 말이다.

"이걸로 끝인가요?"

지정된 마지막 술을 담았다.

"마지막으로 제 부엌으로 돌아가서 조미료를 가지고 오겠습니다."

부엌으로 돌아가 조미료를 담아가는 젤레프 씨. 여러 조미료가 있군. 이 안에 내가 필요한 조미료도 있을지도 모른다. 기회가 생기면 보여 달라고 해도 좋을 것 같다.

"유나 님, 준비가 끝났습니다."

"그러면 당장에라도 출발하고 싶은데 괜찮을까요?"

시간에 맞출 수 있겠지만 피나와 아이들이 걱정되기도 하고, 조금이라도 빠른 편이 나았다.

"네, 언제든 상관없습니다."

"잊으신 물건은 없죠? 다시 가지러 못 와요."

곰 이동문이 있지만 아무리 그래도 젤레프 씨를 데리고 사용하는 건 꺼려졌다.

"괜찮습니다. 아뇨, 잠시만요."

그러더니 부엌 안쪽을 향해 종종걸음으로 걸어갔다.

"칼을 잊고 있었습니다. 그쪽의 칼을 써도 되지만, 역시 익숙한 게 제일 좋으니까요."

이것으로 잊은 물건은 없는 것 같다.

다만 젤레프 씨는 요리사 복장 그대로였다. 이대로 출발할 수도 없어서 옷을 갈아입은 뒤 출발하기로 했다.

준비도 끝나고 성을 나서려는데 왕도 밖으로 나가기까지 마차가 준비되어 있었다. 준비해준 건 엘레로라 씨라고 했다.

이런 세세한 부분을 신경 써주는 엘레로라 씨는 대단하다. 성에서부터 왕도 밖까지 나가려면 걸어서는 시간이 걸리기도 하고, 다른 사람과 합승해서 마차를 타는 건 눈에 띄기도 했다. 주로 나 때문에…….

엘레로라 씨에게 고마워하며 마차로 문까지 향했다. 시간을 단

축시킬 수 있던 것에 감사한다.

왕도 밖으로 나와선 곰돌이와 곰순이를 소환했다.

"오! 손에서 나왔어요!"

젤레프 씨가 감동했다.

"게다가, 크잖아."

젤레프 씨는 꼬맹이화 된 곰 밖에 본 적 없었나?

"그래서 유나 님, 어느 쪽의 곰을 타게 해주시는 건가요?"

젤레프 씨는 기쁜 듯, 곰돌이와 곰순이를 번갈아 쳐다봤다.

"젤레프 씨, 무서워하지 않네요."

"작은 곰들은 이전에 보여주시기도 했고, 무엇보다도 플로라 공주님의 즐거워하는 모습을 봐왔으니까요. 안 무서워요."

"그래도, 그땐 작았는데. 이쪽은 크잖아요."

"분명 그렇긴 하지만…… 얼굴의 표정이 같아서 무섭진 않아요."

그렇게 말해주니 기쁘다. 무서워하면서 탄다면 곰돌이와 곰순이가 가여우니까.

"그러면, 젤레프 씨는 곰순이를 타주시겠어요?"

"분명, 곰순이 님은 하얀 쪽이였죠."

젤레프 씨는 곰순이의 정면에 섰다.

"곰순이 님, 무거울지도 모르지만, 잘 부탁드리겠습니다."

젤레프 씨는 곰순이에게 고개를 숙여 인사했다. 그에 관해 곰순이는 고개를 끄덕이고, 둥글게 반회전을 해서 허리를 낮춰 젤레프 씨가 타기 쉽게 해줬다.

"곰순이 님, 고맙습니다."

그렇게 말하고 조금 통통한 젤레프 씨는 곰순이에 탔다. 젤레프 씨가 타는 것을 확인한 곰순이는 천천히 몸을 일으켰다. 곰순이는 무게감이 느껴지지 않는 것처럼 간단히 일어섰다.

뭐, 젤레프 씨가 조금 통통하긴 해도 곰순이에 비해서는 딱히 무겁지 않다.

나도 곰돌이에 뛰어 올라탔다.

"그러면, 출발할게요. 처음엔 천천히 가겠지만 서서히 속도를 올릴 거예요."

"잘 부탁드리겠습니다."

우리는 시린 마을을 향해 출발했다. 우리를 태운 곰돌이와 곰순이는 가볍게 달리는 정도로 가도를 빠져나갔다.

"말보다도 쾌적하네요."

"젤레프 씨, 말 타실 줄 아세요?"

이런 말하기 미안하지만 말을 탈 수 있을 것처럼 보이지는 않는다.

"평소에 타지는 않지만 왕궁에서 일하는 사람은 유사시 필요할 수도 있어서 말을 탈 줄 알아야 되거든요. ……능숙하지는 않지만."

마지막 한 마디는 작게 말했지만 나에게는 똑똑히 들렸다. 하지만 유사시라니, 젤레프 씨가 요리사로서 출병하는 걸 말하는 건가?

"뭐, 더욱이 말을 타는 기회는 앞으로도 있을 것 같지 않지만

말이죠."

분명, 그런 싸움이 근 시일 내에 일어날 것 같지는 않다. 있다면 멀리 있는 마물을 토벌하기 위해 출병하는 정도? 하지만 거기에도 젤레프 씨가 출병할 거라고는 생각되지 않는다. 젤레프 씨가 출병한다는 건 왕족이 움직인다는 것이다. 그러니 정말로 유사시를 위해서 최소한으로 말을 타는 연습을 한 거겠지.

젤레프 씨가 익숙해진 것 같아서 속도를 올려 시린 마을로 가는 길을 서둘렀다.

몇 시간 뒤 한 차례 멈추어 곰돌이와 곰순이를 쉬게 했다. 제아무리 소환수라고 해도 휴식 없이 달리게 하지는 않는다.

"그런데 곰순이 님은 쉽게 탈 수 있네요. 어쩌면, 저는 말보다 곰을 타는 것에 재능이 있을지도 모르겠어요."

아뇨, 타기 쉽고 쉽게 피곤해지지 않는 건 곰순이 덕분이거든요.

휴식도 끝나고 젤레프 씨는 곰순이에게 다가가려 했다. 그런 젤레프 씨를 멈춰 세웠다.

"젤레프 씨, 이번엔 곰돌이를 타시겠어요?"

휴식을 마치고 젤레프 씨가 곰순이에게 다가가 타려고 한 순간 곰순이가 서운해 하는 얼굴을 하는 게 보였다. 결코 젤레프 씨가 싫어서 그러는 건 아니다. 단지, 나를 태우고 싶어 하는 거다.

"곰돌이 님 말인가요? 상관없지만, 왜 그러시죠?"

"제가 한 쪽 아이만 계속 타면 다른 한 쪽의 아이가 토라지기 때문에 번갈아가면서 타는 거예요."

바꿔 타는 이유를 젤레프 씨에게 설명했다.

"그렇군요. 그런 거라면 이번엔 곰돌이 님을 타면 되겠네요."

젤레프 씨는 바로 이해를 해주고 곰돌이에게 다가가 인사를 했다.

"곰돌이 님, 잘 부탁드립니다."

곰돌이는「크~응」하고 울며 대답했다. 내가 곰순이에게 다가가자 곰순이는 기쁜 듯 다가왔다. 머리를 쓰다듬어준 뒤 곰순이에 올라타 출발했다. 마물과의 조우도 없이 순조롭게 나아갔다. 마물이 나타났다고 해도 하급 마물 정도로는 곰돌이와 곰순이의 속도에 따라올 수 없다. 곰돌이와 곰순이는 더욱 속도를 올렸다.

곰순이로 갈아타고 몇 시간 지나, 해가 저물자 주변이 어두침침해져갔다. 곰돌이와 곰순이라면 강행군도 가능하지만 무리는 하지 않는다.

이틀 후가 파티니까 내일 점심 쯤 도착해서 미리 준비해두면 시간은 맞출 수 있었다.

젤레프 씨에게 말을 건네고 이 부근에서 야영하기로 했다. 젤레프 씨는 곰돌이에게서 내려와 쓰다듬으며 감사 인사를 건넸다.

"곰돌이 님, 고맙습니다."

그에 관해 곰돌이는 울면서 대답을 돌려줬다. 나는 곰 박스에서 장작을 꺼내 불을 붙여 그 주변에 의자를 두 개 꺼냈다. 아무래도 곰 하우스를 사용하는 건 피했다.
"그러면, 곧바로 식사 준비를 할게요."
"그러면, 제가……."
젤레프 씨가 나서줬지만 조리를 할 수는 없었다. 나는 모린 씨가 만든 빵과 안즈가 만든 수프를 꺼냈다.
"제가 나설 일이 없네요."
"젤레프 씨는 마을에 도착하면 열심히 해주시면 돼요."
"기대에 부응하도록 열심히 해보겠습니다."
빵과 수프를 받아든 젤레프 씨는 맛있게 먹었다.
"이 빵과 수프는 유나 님이?"
"아뇨, 크리모니아에 있는 가게에서 판매하고 있는 빵과 수프예요."
"전부, 맛있고 대단하네요."
"왕궁 주방장이 칭찬해줬다고 전해줄게요."
내가 농담처럼 말하자—.
"딱히 겉치레로 말하는 게 아니에요. 정말 맛있습니다. 기본기가 확실해요. 그래서 이렇게 맛있는 거죠."
젤레프 씨가 빵을 먹고 수프를 마셨다.
"다음번에는 크리모니아도 가보고 싶네요."
"제 마을은 아니지만 언제든 환영이에요."
"그땐 잘 부탁드리겠습니다."
식사를 마치고 딱히 할 것도 없어서 곰돌이와 곰순이에게 빗질을 해줬다. 그 모습을 보고 있던 젤레프 씨가 말을 건네 왔다.

"그런데 제가 타도 곰돌이 님과 곰순이 님은 지친 기색이 없네요."

젤레프 씨는 웃으면서 볼록한 자신의 배를 문질렀다.

"젤레프 씨는 조금 과식한 거 아니에요?"

요리사는 자주 맛을 보니까 살이 찐다는 이야기를 들은 적 있다.

"그 이야기를 들어서 귀에 딱지가 생길 정도예요. 그래도 부하들이 만든 요리를 먹는 것은 주방장으로서의 역할이니까요. 제대로 시식을 해서 어디가 안 좋은지 지적을 해야 하죠."

"제대로 가르치시고 계시군요. 보고 배우라는 방식이 아니네요."

"분명, 그렇게 가르치는 요리사들도 있지만 저는 안 돼요. 게다가 왕궁의 요리사가 되는 자들은 기본이 되어 있으니까. 한번 가르쳐주면 어느 정도의 것은 기억하죠."

그건 그러려나. 왕궁에서 요리를 하는 사람들이다. 신입이라도 그 나름의 기술이 없으면 안 되는 거겠지.

"유나 님은, 어디에서 그 요리를 배우셨나요?"

질문하기 어려운 순간이었다.

남에게는 배운 적 없었다. 대부분이 독학으로 인터넷과 책을 통해 얻은 지식이었다. 그래서 스승은 없다. 그렇지만 그렇게 말할 수는 없었다.

"죄송해요. 대답하기 곤란하시면 안 하셔도 돼요. 다만, 유나 님이 만드는 요리에는 이상한 부분이 많아서……."

내가 입을 다물고 있던 것을 눈치 챈 건지 젤레프 씨가 고개를 숙여 사과했다.

"아니에요. 요리는 누구에게도 배우지 않아서 어떻게 대답해야 할지 생각하고 있었던 것뿐이에요."

"그러면, 그 요리는 유나 님이 생각한 건가요?"

나는 고개를 가로로 저었다.

"멀리 떨어진 곳에 있는 제 고향의 요리라서 알고 있는 거예요."

"유나 님의 고향이요?"

"네, 그래서 제가 생각해낸 게 아니예요."

"그랬군요. 세계는 넓네요."

응, 넓어요. 이세계가 있다고는 생각지도 못했습니다. 정말 세계는 넓어요.

"언젠가는 유나 님의 고향에도 가보고 싶네요."

나는 그 젤레프 씨의 아무렇지 않은 말 한마디에 대답할 수 없었다.

계속 침묵이 흘렀다.

젤레프 씨는 무언가를 느꼈는지 그 이상은 아무것도 물어오지 않았다.

"슬슬 잘까요?"

"그렇죠. 하지만 보초를 서는 건 어떻게 하죠? 자랑은 아니지만 저는 밤에는 약하거든요."

분명 자랑할 내용은 아니네요.

"괜찮아요. 곰돌이와 곰순이가 있으니까요. 위험하면 바로 알려줄 거예요."

내 쪽에 있는 곰돌이와 곰순이를 바라봤다.

"그런가요. 곰돌이 님과 곰순이 님은 보초까지 설 수 있으시군요."

"그러니 안심하고 자도 돼요. 그리고 저를 덮치면 저 아이들이 덮칠 거니까요."

웃는 얼굴로 충고해줬다.

"그건 무섭군요. 저는 죽고 싶지 않으니 그런 짓은 하지 않겠습니다. 무엇보다 유나 님은 물론이고, 곰돌이 님과 곰순이 님에겐 미움을 사고 싶지 않거든요."

젤레프 씨는 웃으면서 담요를 덮고 누웠다. 나는 곰돌이와 곰순이 사이에 껴서 잠에 빠져들었다.

193 곰 씨, 왕궁 주방장을 데리고 돌아오다

이른 아침, 곰돌이와 곰순이에게 안겨 기분 좋게 자고 있는데 아침 햇살이 눈으로 들어왔다.

벌써 아침인가. 쉽게 잠드는 만큼 나는 일어나는 것도 빨랐다.

"좋은 아침이야, 모두."

곰돌이와 곰순이에게 인사를 하고 몸을 일으켜 기지개를 켰다. 곰돌이와 곰순이의 침대도 좋지만 역시 이불 속에서 제대로 자고 싶다. 내가 곰돌이와 곰순이에게 인사를 건네는 목소리에 깬 건지 담요를 둘둘 말고 있던 젤레프 씨도 일어났다.

"유나 님, 잘 잤나요?"

"좋은 아침이에요. 그러면 아침 식사를 마치고 출발할게요."

"알겠습니다."

저녁처럼 간단하게 아침 식사를 하고 곧바로 출발했다.

마물과 도적을 만나는 일도 없이 순조롭게 나아갔다.

"젤레프 씨, 괜찮으세요? 피곤하진 않으시고요?"

"괜찮습니다. 전에 말을 탔을 땐 허리나 여러 곳이 아팠는데 곰돌이 님과 곰순이 님은 승차감이 좋아서 안 피곤하네요."

그렇다면, 이대로 가도 괜찮을 것 같다. 클리프도 기다리고 있으니 서둘러야지. 곰돌이와 곰순이가 힘내줄 거다.

곰돌이와 곰순이가 힘을 내준 덕분에 점심에서 조금 지났을 즈음에 시린 마을의 외벽이 보였다.

으음, 이대로 가고 싶지만 문지기에게 소환수에 관해서 설명하는 게 귀찮다.

"젤레프 씨, 여기서부터 걸어가려고 하는데 괜찮으세요?"

"아, 여기서부터 걸어간다고요?"

"문지기에게 소환수에 관해 설명하는 게 귀찮아서 마을 근처에 오면 내리려고 했거든요."

"아, 그렇군요. 알겠습니다. 좋은 운동이라고 생각하면서 걷죠."

젤레프 씨는 자신의 배를 문질렀다.

조금 걷는 거로는 살이 빠지지 않을 텐데요. 게다가 먼 거리도 아니고……. 매일 걸으면 나름대로 좋은 거리일 수도 있지만 하루만 걸어서는 언 발에 오줌 누기다.

뭐, 나는 운동에 관해서는 남한테 얘기할 것이 없었다. 몇 번인가 인형 옷을 벗은 상태로 운동을 하려고 했던 적이 있지만 체력이 형편없어서 금방 지쳤고 운동은 포기했다. 운동은 지속적으로 하지 않으면 체력이 붙지 않고 살이 빠지지 않는다.

곰돌이과 곰순이를 송환하고 나와 젤레프 씨는 걸어서 마을로 향했다.

"너는 저번의 곰?"

여러 가지로 물어보면 성가시니까 길드 카드를 수정판에 대고 바로 마을 안으로 들어왔다.

"여기가 시린 마을인가요?"

젤레프 씨는 주변을 둘러봤다.

"시린 마을에 온 적이 없어요?"

"저는 왕도에서 태어났거든요. 대부분 왕도를 떠나지 않고 요리 공부를 해서……."

그 정도로 요리 공부를 하지 않으면 왕궁 주방장이 될 수 없는 거구나.

한 가지에 집중하지 못하는 나로는 무리였다. 여기저기에 계속 손을 뻗어보지만 끝까지는 뻗지 못하는 게 나였다. 시작하는 건 좋아해도 마지막에는 귀찮아져서 내팽개쳐버린다. 전형적인 몹쓸 인간이다.

그런데 이 세계의 주민들은 한 가지를 끝까지 해내는 사람이 많았다.

하지만 요리에 흥미가 너무 많은 것도 곤란하다. 젤레프 씨는 음식점을 발견하면 그 가게로 향하려고 했다.

"젤레프 씨, 그건 파티가 끝나고 나서 하시죠."

"하지만……."

"「하지만」이 아니예요. 파티가 내일인데 서둘러야죠."

"으……."

젤레프 씨를 데리고 그란 할아버지네 저택으로 향했다.

어쩌면 또 트러블이 일어날 가능성도 걱정했으나 그런 일 없이 무사히 그란 할아버지의 저택에 도착했다.

문지기는 나를 보더니 놀랐다.

"안으로 들어가도 될까요?"

"네, 그란 님께 전달 받았습니다. 손님도 함께 들이라고 하셨습니다."

연락이 된 것 같아서 젤레프 씨도 문제없이 저택 안으로 들어왔다.

"유나 님!"

저택 안으로 들어서자 메슌 씨가 달려왔다.

"다녀왔어요. 그란 할아버지와 클리프 씨를 뵐 수 있을까요?"

"네, 돌아오시면 바로 부르라고 하셨습니다."

메슌 씨의 안내로 저번과 같이 클리프와 그란 할아버지가 있던 방으로 안내되었다.

"그란 님, 유나 님이 돌아오셨습니다."

"유나?!"

"돌아왔나!"

그란 할아버지와 클리프가 내 등장에 놀랐다.

그리고 방 안에는 모르는 인물이 한 명 있었다. 누구지?

"지금, 막 돌아왔어요. 근데, 저 사람은 누구죠?"

젤레프 씨에 관해 얘기해도 되는지 몰라서 물어봤다.

"아들인 레오날드일세. 소심하긴 하지만 내 아들이라네."

"아버지, 소심한 건 지나치셔요. 인사가 늦어서 죄송합니다. 미사나의 아비인 레오날드입니다. 이번엔 딸과 아버지가 신세를 진 듯한데, 고마워요. 저기, 곰 씨?"

"유나예요."

"그랬군요. 죄송합니다. 딸과 아버지에게 곰, 곰 하고 이야기를 들어서……. 게다가 정말 곰의 복장으로 나타나셔서……."

레오날드 씨는 사죄했다. 미사의 아버지였군.

그래도 그란 할아버지와 달리 얄팍한 체형에 소심해 보이는 사람이다. 정말로 귀족인지 의심스러울 정도였다.

"그래서 유나. 요리사는?"

클리프가 진지한 표정으로 물어왔다.

그란 할아버지의 아들이라면 젤레프 씨에 관해 소개를 해도 괜찮겠지.

"모셔왔어요."

내가 그렇게 말하자 나올 타이밍을 기다리고 있던 젤레프 씨가 방 안으로 들어왔다.

"이번에 유나 님에게 부탁을 받아 그란 님의 파티 요리를 만들게 된 젤레프라고 합니다."

젤레프 씨는 가볍게 인사를 했다.

"젤레프……, 실례지만 어디에선가 뵌 적이 있었나. 젤레프 씨를 어디선가 본 것 같은데, 나이 탓인지 기억이 나지 않는구려."

"유나……, 너, 안다는 요리사라는 게……."

그란 할아버지는 젤레프 씨를 보더니 턱에 손을 대고 생각했다. 클리프는 젤레프 씨를 보고 나를 어이없다는 듯 바라봤다. 레오날드 씨는 입을 열고 뻐끔뻐끔 하고 있었다.

"클리프는 젤레프 씨를 알고 있는가?"

"그란 할아버지, 너무 모르시는 거 아니에요? 그란 할아버지도 알고 있는 인물이에요. 레오는 벌써 눈치 챈 것 같은데."

"만난 적이 있다고? 분명 본 기억이 있는데 기억이 나지 않네. 젤레프 씨, 만약 만난 적이 있다면 죄송하게 됐소."

그란 할아버지는 사과를 했다.

아무래도 클리프와 레오날드 씨는 젤레프 씨에 관해 알고 있는 모양이다.

"아뇨, 신경 쓰지 마세요. 아마도 얼굴을 맞대고 이야기하는 건 처음일 겁니다."

"그런가요?"

"저는 왕궁 주방장을 맡고 있는 젤레프라고 합니다. 아마도 국왕 폐하의 파티 때에 뵀을 겁니다."

"왕궁 주방장?!"

다시 자기소개를 하는 젤레프 씨에게 그란 할아버지는 눈을 동그랗게 뜨고 놀라했다. 클리프와 레오날드 씨는 역시라는 얼굴을 하고 있었다.

"유나, 아는 사람이라는 게 젤레프 씨를 말하는 거였나?!"

"네, 일류 요리사는 젤레프 씨 밖에 모르거든요."

"유나 님에게 일류라는 말을 듣다니 영광입니다."

젤레프 씨는 쑥스러운 듯한 제스쳐를 했다.

그란 할아버지는 젤레프 씨의 정체를 알자 당황해 하며 의자에 앉으라고 권유했다. 그 말에 따라 우리는 자리에 앉았다.

"그래서, 정말로 요리를 만들어 주시는 겁니까?"

"유나 님에게 부탁을 받았습니다. 게다가 국왕 폐하께서도 유나 님을 돕도록 해주셨고요."

"국왕 폐하……."

국왕이라는 말이 나온 순간, 방에는 침묵이 흘렀다. 그란 할아버지와 아들은 놀랐고 클리프는 어이없다는 표정을 지었다.

"너, 어떻게 하면 왕궁 주방장을 데려올 수 있는 거냐."

"네? 평범하게 부탁했을 뿐인데요."

"보통은 국왕 폐하에게 부탁을 하는 것도 불가능할뿐더러, 왕궁 주방장이 다른 귀족의 파티 요리를 만들었다는 이야기는 들은 적이 없다고."

"이것도 인덕이 만들어 낸 기술이겠네요."

"이봐."

클리프가 어이없다는 듯 한숨을 쉬었다.

"분명, 국왕 폐하께서 스스로 제게 부탁을 하러 오셨을 때는 놀랐습니다. 그만큼 유나 님을 신뢰하시고 있다는 거겠죠."

"아, 그래도 이번 일에 관해서는 클리프 씨가 엘레로라 씨에게 부탁을 한 거로 되어 있어요."

나는 국왕에게 들은 이야기를 클리프에게 얘기했다.

"나중에 국왕 폐하께 감사 인사를 하러 왕도에 가야겠군."

"왜요?"

"엘레로라를 통해 젤레프 씨가 도움을 주시는 것으로 되어 있다면 감사 인사를 하는 건 당연한 거지."

"그건 겉으로만의 이유인 걸요. 뭔가 젤레프 씨를 움직이는 이유가 필요했던 모양이에요."

"그러니까 가야 한다고……."

"그 전에 찾아봬도 되겠냐는 편지를 보내야겠지."

그란 할아버지는 작게 한숨을 쉬었다.

어쩐지 귀족이란 건 명분이라던가, 겉으로 보이는 거라던가, 배경이라던가 성가시군. 내가 혼잣말로 중얼거리자 클리프에게는 들린 모양이다.

"보통은 말이지, 국왕 폐하를 만나러 간다고 해도 곧바로 만날 수 없어. 며칠 전부터 편지 등을 보내서 약속을 잡아야 하지. 그러니까 네가 이상하다는 거야. 이게 보통인 거고."

그런 말을 해도, 나는 그런 거 모르는데.

플로라 님을 만나러 가면 제멋대로 방으로 오고, 이번에도 엘레로라 씨에게 부탁을 했더니 평범하게 만났는데……. 다시 생각해보니 역시 이상한 건가?

클리프는 피곤하다는 얼굴을 했고, 그란 할아버지는 곤란하다는 얼굴, 레오날드 씨는 아직도 놀라고 있었다. 그만큼 젤레프 씨가 대단하다는 거겠지.

"그래서, 세 분은 모여서 뭘 하고 있었어요?"

"유나, 네가 제시간에 도착하지 못했을 때에 관해 얘기하고 있었어."

"그래서요?"

"아무것도 정해지지 않았지. 대신할 요리사는 없어. 있다고 해도 실력이 미천하겠지. 두 손 두 발 다 든 상태야."

"상대의 상황도 있으니까 미루는 건 불가능해. 최후의 수단은 술만 내놓는 파티도 생각했어."

"아이들도 참석하잖아요."

"아이들은 쥬스를 줘야지."

상상만 해도 흥이 나지 않는 파티다. 요리를 다 먹은 뒤라면 모르지만 처음부터 마지막까지 음료만 있다니, 역시 별로일 것 같다.

"그래도 젤레프 씨가 와줬으니 어깨의 짐을 덜었습니다."

"감사 인사라면 유나 님에게 하시죠. 저는 유나 님에게 빚이 있어서 조금이라도 갚고 싶었을 뿐인 걸요."

"아가씨. 이번엔 젤레프 씨를 데리고 와줘서 고맙네. 이것으로 아가씨에게 도움을 받는 건 두 번 째로군."

그란 할아버지가 테이블에 손을 대고 고개를 숙였다.

"신경 쓰지 마세요. 만약, 파티가 불가능하면 미사의 생일 파티도 불가능하다는 얘기가 되잖아요. 저는 미사를 위해서 한 것뿐이니까. 게다가 저 이상으로 미사의 파티가 안 열리면 슬퍼하는 아이들이 있거든요."

무엇보다도 그 세 명의 아이들이 슬퍼하는 모습은 보고 싶지 않다는 게 가장 큰 이유였다.

"그래서, 젤레프 씨. 파티는 내일인데 시간을 맞출 수 있을 것 같소?"

"식재료도 왕도에서 준비해 왔습니다. 지금부터 사전 준비를 해두면 맞출 수 있습니다."

젤레프 씨는 든든하게 대답해줬다. 믿음직할 따름이다.

"고맙소. 어떻게든 잘 부탁드리겠소."

나는 식재료라는 말로 생각이 났다.

"아, 맞다. 식재료 말인데요. 나중에 그란 할아버지에게 청구서 보낼게요. 국왕님이 제게 청구하기로 되어 있어서요."

"국왕 폐하에게서 청구……."

"네, 그러니까 잘 부탁드릴게요."

내 말에 말문이 막힌 그란 할아버지와 레오날드 씨.

"이건 빠른 시일 내에 국왕 폐하를 만나 뵙게 해달라고 부탁드려야겠군."

그란 할아버지의 말에 클리프는 깊게 고개를 끄덕였다.

194 곰 씨, 젤레프 씨와 주방으로 향하다

젤레프 씨의 소개도 끝나고, 젤레프 씨는 참석하는 인원수와 어떠한 사람들이 참석하는지 물었다.

파티에 참석하는 사람 수는 50명 내외, 주로 가까운 이웃의 귀족이 몇 명, 마을 상인, 유력자들이 많이 차지하고 있는 모양이었다.

참석 인원을 확인한 젤레프 씨는 곧바로 사전 준비를 하고 싶다는 뜻을 그란 할아버지에게 전했다. 내일이 파티 날이라서 서둘러 사전 준비를 해야 했다.

젤레프 씨는 메슌 씨의 안내로 주방으로 향했다. 나도 식재료를 가지고 있어서 같이 따라갔다.

"여기가 주방입니다. 자유롭게 쓰셔도 좋습니다. 이제부터 젤레프 씨의 보조를 할 사람을 불러올 테니 잠시만 기다려주십시오."

메슌 씨는 우리를 주방으로 안내하고 곧바로 나갔다.

조리 보조는 젤레프 씨가 부탁을 한 부분이었다. 식재료를 운반하거나 식재료를 씻고, 많은 인원의 요리를 만들려면 여러 가지로 도와줄 사람이 필요하기 때문이다. 그란 할아버지가 인원을 묻자 젤레프 씨는 세 명이라고 대답했다.

적은 것 같다고 생각했지만 메인은 혼자서 만든다고 했다. 그래서 보조를 해주는 사람이 세 명만 있으면 충분했다.

"그러면 유나 님, 부탁드리겠습니다."

"여기에 꺼내면 될까요? 냉장 창고에 넣어드릴 수도 있는데."

여기에 꺼내면 두 번 일을 하게 될 가능성도 있었다.

"미리 준비하는 것도 있으니까 여기여도 상관없습니다. 곧바로 쓸 것과 쓰지 않을 것을 여기에서 판단할 거거든요."

젤레프 씨는 내게 식재료를 꺼내 달라고 부탁하더니 조리 기구를 확인하기 시작했다. 나는 주방 구석에 왕도에서 가져온 식재료를 꺼냈다. 내가 식재료를 곰 박스에서 전부 꺼냈을 무렵, 문 쪽이 소란스러워졌다.

"보츠 씨, 아직은 절대 안정하셔야 합니다."

"비켜! 내가 그란 님에게 부탁을 받은 거야. 그란 님과의 약속이라고."

"하지만 그 팔로는……."

"어디의 누구인지도 모르는 요리사에게 맡길 수는 없어."

"새로 오신 분이라면 괜찮습니다. 그란 님이 인정하신 분이에요."

"그건 내가 확인하지. 문을 열게나."

문 밖의 목소리가 여기까지 들려왔다.

아무래도 이 저택의 주방장이 화를 내고 있는 모양이다. 제대로 설명이 되지 않은 것 같다. 내가 어떻게 된 일인지 생각하고 있는데 젤레프 씨가 문을 향해 걸어갔다.

"젤레프 씨?"

"요리사가 자신의 일을 빼앗겨서 화를 내는 건 당연한 일입니다. 제가 이야기를 나누죠."

젤레프 씨가 문을 열자 메슌 씨와 팔에 붕대를 감은 남자가 주방으로 들어왔다.

"네 녀석이 부탁을 받았다는 요리사인가……."

들어온 남자는 젤레프 씨의 얼굴을 보더니 말을 멈췄다.

"……젤레프?"

"……보츠, 인가요?"

"어째서 젤레프가 여기에?"

어쩐지 서로 아는 사이인 모양이다.

젤레프 씨는 왕궁 주방장이다. 그러니 알려져 있더라도 이상한 일은 아니지만. 젤레프 씨도 상대에 관해 알고 있는 것 같았다.

"어째서라뇨, 지금 보츠가 불만을 내뱉고 있는 그란 님의 파티 요리를 만들 요리사가 접니다."

"아니, 젤레프가? 하지만, 분명, 자네는 왕궁 주방장을 하고 있는 거 아니었나?"

"지금도 하고 있습니다. 이번엔 저쪽에 계신 유나 님에게 부탁을 받고, 팔에 부상을 입은 요리사를 대신해 파티 요리를 만들게 됐습니다."

보츠라고 불린 남자는 나를 바라봤다. 그리고 한 마디 했다.

"곰?"

"유나 님이에요. 그리고, 저는 유나 님에게 빚을 진 게 있어서 이번 파티 요리를 승낙하게 됐습니다."

"곰에게 빚? 젤레프가 요리를 만든다고?"

보츠 씨가 머리 위로 물음표를 만들었다. 상황이 이해되지 않는 모양이다.

"젤레프 씨, 그란 할아버지의 요리사를 알고 계세요?"

"네, 제가 왕궁에 들어가기 전에 일했던 레스토랑에서 같이 일했었죠."

"그때 젤레프는 부 주방장으로 있었지. 나는 그 밑에서 일하고 있었고."

보츠 씨가 설명을 덧붙여 주었다. 어라, 보츠 씨가 부 주방장이 아니었나?

어렴풋한 기억이지만…….

"하지만 저는 얼마 지나지 않아 당시의 왕궁 주방장님의 눈에 들어 왕궁 요리사로 일하게 됐습니다."

그렇군, 그런 경위가 있었구나.

"그래도, 보츠는 분명 부 주방장이 됐다는 이야기를 들었는데. 왜 여기에……."

아, 역시 보츠 씨는 부 주방장이었네.

"주방장과 싸워서 잘렸어."

"싸워요?"

"자신의 실수를 다른 요리사의 탓으로 돌리고, 여러 가지로 괴롭히고, 다른 요리사들을 때렸거든. 그래서 열받아서 싸우게 됐고 잘렸지."

"몰그 주방장은 그런 짓을 할 사람으로는 보이지 않았는데……."

"나이가 있어서 은퇴 했어. 지금 주방장은 볼삭이라는 남자야. 젤레프가 그만둔 뒤에 들어온 남자지. 요리 솜씨는 좋았지만 성격이 안 좋았어."

"그래서, 싸우게 돼서 그만 뒀다고요?"

"부 주방장이라는 위치라 참고 있었는데 인내심의 한계를 넘어서, 나도 모르게……."

"나도 모르게, 라뇨……."

"게다가 볼삭이라는 녀석, 정성껏 길드에 압력을 넣어서 내가 왕도에서 일을 못하도록 만들었어."

당시의 일이 떠올랐는지 보츠 씨는 분노하기 시작했다.

"상사에게 폭력을 휘두른 요리사라고 소문이 퍼지는 바람에 왕도에서 일을 못하게 됐지."

"부정은 안 하셨어요?"

"했지. 하지만 주방장과 부 주방장의 위치 차이라는 것도 있었지. 그 녀석 편을 들어주는 사람들도 많았어. 열받지만 요리 솜씨랑 입에 발린 말은 잘 했지. 나는 말솜씨가 없으니까 말이야."

"그래서, 여기에 있는 거예요?"

"그래, 왕도에서 일을 못하게 된 내가 술집에서 자포자기가 되어 있을 때 그란 님이 구제해 주셨어."

그란 할아버지, 술집이라니……. 그란 할아버지답지 않은데. 귀족이 가는 곳이 아니잖아요.

"그래서, 나는 그란 님에게 은혜를 갚기 위해 파티를 성공시켜야 한다고 생각했는데……."

보츠 씨는 자신의 팔을 바라봤다. 팔에는 붕대가 칭칭 감겨 있었다.

"그래서 부상은 괜찮은 건가요?"

젤레프 씨는 걱정스럽게 붕대에 감긴 보츠 씨의 팔을 바라봤다.

"그래, 당분간 요리는 못하지만 괜찮아."

"그 말을 들으니 다행이네요."

젤레프 씨가 미소를 짓자 보츠 씨도 웃었다.

"좋지 않아. 은혜를 갚고 싶을 때 갚지 못하는 건……. 내 자신이 싫어져."

"하지만, 보츠 씨는 공격을 당한 거잖아요."

내가 끼어들었다. 부상을 당한 건 보츠 씨의 책임이 아니었다.

"분명 공격을 당했지만 파렌그람 가와 살바드 가의 상황을 생각하면 위기감 없이 인적이 적은 곳을 걸었던 나에게도 잘못이 있어. 그란 님이 밖에 나갈 때는 조심하라고 하셨었지. 그 주의를 소홀히 한 내가 나빠."

“보츠. 저는 자세한 건 듣지 못했지만 당신을 습격한 건 살바드가의 사람인 건가요?”

“증거는 없어. 다만, 양 가문의 상황과 내가 습격을 당하고 집중적으로 팔을 다치게 된 상황을 생각해본다면 그렇지. 물론 전혀 관계가 없는 곳에서 원한을 샀을 가능성도 있지만…….”

웃으면서 대답했다. 부상은 입고 있어도 활기차보여서 다행이다.

“알겠습니다. 보츠, 안심하세요. 이번 파티 요리는 제가 보츠의 마음을 담아 만들겠습니다.”

“젤레프…….”

“저로는 부족할까요?”

“아니, 젤레프라면 맡길 수 있어.”

보츠 씨는 고개를 가로 저었다.

“네. 맡겨주세요.”

젤레프 씨는 보츠 씨에게 미소 지었다.

“그건 그렇고, 한동안 못 만난 동안에 또 살이 쪘군그래.”

보츠 씨는 웃으면서 젤레프 씨의 배를 바라봤다. 젤레프 씨는 웃으면서 넘겼다.

“젤레프, 오랜만에 자네가 요리하는 모습을 봐도 될까?”

“옛날에도 서로가 요리 만드는 모습을 보면서 솜씨 겨루기를 했었죠.”

“옛날 생각나는군…….”

"그럼, 보츠의 기대를 져 버리지 않는 요리를 만들어 볼까요."

젤레프 씨의 밑 작업이 시작됐다. 그 모습을 부상을 입었는데도 기뻐하며 바라보고 있는 보츠 씨. 그리고 도움을 주는 고용인 세 명. 나는 방해가 되지 않도록 조용히 주방을 나왔다.

방으로 돌아오자 안에는 피나와 아이들 세 명이 있었다.

"다녀왔어. 아무 일 없었지?"

"있었어요!"

노아가 손을 들었다. 조금 화가 난 듯 보였다.

"어, 설마, 그 바보 귀족에게 뭐라도 당한 거야?!"

"아뇨. 아침에 일어났더니 유나 님이 없었어요. 아침에, 유나 님과 피나를 만나러 왔는데 피나가 혼자서 쓸쓸해하고 있었어요. 무슨 일인지 물었더니 유나 님이 아버님에게 요리사를 데리고 오라는 부탁을 받았다고 했어요."

아무래도 내가 아무 말 않고 나갔다 온 것에 관해 화를 내고 있는 모양이다.

"아무 말 않고 나간 건 미안해. 서둘러야 했거든."

"유나 님이 나쁘지 않다는 건 알고 있어요. 하지만, 쓸쓸했을 뿐이에요."

노아는 조금 쑥스러워하며 말했다. 그런 노아의 머리를 쓰다듬었다.

"일류 요리사를 데리고 왔어. 뭔가, 보츠 씨랑도 아는 사이인 모양이지만 말이야."

"보츠 씨랑요?"

보츠 씨의 이름에 미사가 반응했다.

"아무래도 왕도에 있는 레스토랑에서 함께 일했던 적이 있다는 것 같아."

세상은 좁다.

"분명, 커다란 매의 석상이 있는 레스토랑에서 일을 했다고 할아버님께서……."

"그 매가 상징인 레스토랑이라면 저도 알고 있어요. 왕도에서 유명한 레스토랑이에요. 한 번 뿐이지만 가본 적이 있어요."

두 사람에게 자세한 이야기를 들으니 왕도에서도 유명한 레스토랑이라고 했다. 예약을 하지 않으면 먹을 수 없는 메뉴도 있다고 했다. 두 사람 모두 그런 유명한 레스토랑에서 일을 했었군. 그거라면 젤레프 씨의 실력도 수긍이 되고 그란 할아버지가 보츠 씨의 요리를 인정했을 법하다. 다음번에 먹으러 가보는 것도 좋을지도. 주방장의 성격은 나쁘지만 요리의 실력은 좋다고 하니까. 하지만 그런 일류 레스토랑에는 인형 옷으로 출입해도 되나? 상상해보니 출입 거부를 당하는 모습밖에 떠오르지 않았다. 역시 관두자. 일부러 마음에 상처를 입을 필요는 없다.

"그래서, 모두들 뭐하고 있었니?"

"아무것도 하지 않았어요."

노아의 말에 다른 두 사람도 고개를 끄덕였다.

"보츠 씨가 공격당해서 부상을 입고, 파티의 개최가 위험해지고, 유나 님은 요리사를 찾으러 가고, 세 명이서 외출하는 것도 아버님에게 금지당해서 방안에서 조용히 있었어요."

"미안."

분명 밖으로 나가는 건 위험하니까 밖에 나가지 말라고 피나에게도 말했었지.

보츠 씨를 공격한 범인이 살바드 가의 관계자인지 확실하지 않지만 위험성은 있었다. 하지만 내일까지 방안에 가만히 있는 것도 가여웠다. 무언가 시간을 보낼 것이 없는지 생각했다. 한 가지 아이디어가 떠올랐다.

"그러면 우리도 파티에 선보일 요리를 만들어볼까?"

"파티 요리 말인가요?"

"응, 평험한 요리는 만들지 못하지만 푸딩 같은 건 괜찮지 않을까? 푸딩이라면 간단하게 만들 수 있고, 국왕 폐하의 만찬회 요리로도 화제가 됐잖아."

푸딩에 생크림과 과일을 토핑하면 고급스러워질 거다. 국왕의 만찬회에서는 200개 이상을 혼자서 만들었지만 네 명이서 만들면 빨리 만들 수 있다.

"그러니까, 아무것도 하지 않은 채 방안에만 있지 말고 다 같이 푸딩을 만드는 건 어때?"

기분이 우중충할 때 가만히 있는 건 좋지 않다. 즐거운 것을 해서 기분 전환을 하는 편이 좋다.

"만들래요!"

"네, 만들고 싶어요."

"저도 만들래요."

세 명은 활기차게 손을 들었다.

나는 기뻐하는 세 명의 소녀들을 데리고 조금 전 지나온 통로를 돌아가 주방으로 향했다.

195 곰 씨, 세 명의 소녀들과 푸딩을 만들다

"그 상자는 냉장 창고에 놓아주세요. 그쪽 상자에 담긴 건 사용할 테니까 이쪽으로……."

세 명을 데리고 주방으로 돌아가니 젤레프 씨가 내가 가지고 온 식재료의 구분을 지시하고 있었다.

그런 젤레프 씨의 모습을 조금 떨어진 위치에서 보츠 씨가 의자에 앉은 채 바라보고 있었다.

젤레프 씨에게 주방의 사용 허가를 받고 싶어 말을 건네려고 하는데 보츠 씨가 우리의 존재를 알아차렸다.

"조금 전의 곰이랑 미사나 님?"

보츠 씨가 소리를 내자 젤레프 씨가 나를 알아차려 주었다.

"유나 님? 무슨 일이세요?"

젤레프 씨가 손을 멈추고 물었다.

"젤레프 씨, 방해되지 않도록 할 테니까 주방 구석을 사용해도 될까요?"

"안 돼."

"괜찮아요."

보츠 씨와 젤레프 씨가 동시에 대답했다. 젤레프 씨에게 물었는데 어째서 보츠 씨가 대답하는 거지.

"젤레프에게 방해가 될 테니까 안 돼."

보츠 씨가 다시 말했다.

"보츠, 저는 괜찮아요. 유나 님은 뭘 만드시려는 거죠?"

"이 아이들이 심심해하고 있어서 같이 푸딩이라도 만들까 싶어서요. 젤레프 씨가 허락해 주시면 내일 파티에 선보일 생각이에요."

"그런 거 당연히 안 되지."

"오~ 그거 좋군요."

또 다시, 두 사람의 말이 겹쳐졌고 대답이 반대였다.

"젤레프, 무슨 말을 하는 거야! 중요한 파티의 요리라고. 저런 곰이 만든 요리를 내보일 수 있을 리 없잖아."

"보츠, 괜찮다니까요. 유나 님의 요리는 국왕 폐하의 탄신제 만찬회 때도 나갔었어요."

"……농담이지? 이런 곰이 만든 요리가 국왕 폐하의 탄신제 만찬회에?"

"심지어 제가 만든 요리보다도 높은 평가를 받고 파티에서는 난리가 났다니까요."

"젤레프, 나를 놀리는 건가?"

"아뇨, 놀리는 게 아니에요. 사실인 걸요. 그 맛은 국왕 폐하도 인정하셨어요."

젤레프 씨의 말에도 보츠 씨는 믿어지지 않는 모양이었다.

뭐, 나도 파티를 보지 않아서 믿기지 않지만…….

"유나 님은 우수한 모험가이기도 하고, 우수한 상인이기도 하며, 우수한 요리사이기도 하세요."

그렇게 우수한, 우수한 이라고 연거푸 말하지 않아줬으면 좋겠는데. 그걸 믿어버리는 아이들이 여기에 있으니까 말이지. 세 명의 소녀들을 보니, 눈을 반짝이며 나를 바라보고 있었다. 나는 그렇게 대단한 사람이 아니란다. 어디에나 있는 곰 인형 옷을 입은 평범한 여자아이야, 라고 마음속으로 말해보지만 곰 인형 옷을 입은 여자아이 같은 건 어디에도 없겠지. 그렇게 생각하니 보츠 씨가 나를 의심하는 건 어쩔 수 없다.

내 겉모습은 곰의 인형 옷을 입은 여자아이. 일단 요리사로는 보이지 않았다. 게다가 모험가로도 보이지 않았고, 상인으로도 보이지 않았다. 머리에 『직업 곰』이라는 글자가 떠올랐다. 나는 길드카드에 적혀 있는 직업만큼은 알려지지 않도록 하자고 맹세했다.

하지만 이대로 의심의 눈초리를 받으면서 푸딩을 만드는 것은 성가실 것 같다. 여기선 한 번 맛보게 해주는 편이 나으려나?

"이게 푸딩이에요. 드셔 보세요."

곰 박스에서 푸딩을 하나 꺼내 테이블 위에 두었다. 재고라면 대량으로 가지고 있다. 실은 파티용도 충분히 있었다. 하지만 모처럼의 파티니까 다 같이 만드는 편이 선물로 가치가 있을 거다.

"이게 푸딩이라고?"

보츠 씨는 다가와 손을 뻗으려고 했지만 불가능하다는 것을 알아차렸다. 나도 잊고 있었는데 팔을 다쳤었지. 그걸 보고 있던 메이드 중 한 명이 다가왔다.

“보츠 주방장님. 제가 도와드려도 될까요?”

“미안하네. 부탁하지.”

메이드는 푸딩을 스푼으로 떠서 보츠 씨의 입으로 옮겼다. 익숙한 느낌이었다. 지금의 행동을 보고 있으니 부상을 당한 보츠 씨의 식사를 도와주고 있는 건가?

“……이건 뭐지.”

“보츠, 맛있죠? 국왕 폐하도 왕비님도 마음에 드셔하는 음식이랍니다.”

메이드가 한 번 더 떠서 보츠 씨의 입으로 옮겼다.

“맛있어. 이걸 정말 저 곰이…….”

의심의 눈초리에서 신기한 것을 보는 눈으로 바뀐다. ……어, 그다지 바뀌지 않았어?

“보츠 주방장님, 정말 맛있나요?”

메이드 중 한 명이 물었다. 맛있다고 들으면 먹고 싶어지기 마련이지. 보츠 씨가 먹던 걸 먹게 하는 건 가여우니까 도움을 주고 있는 메이드들에게도 꺼내줬다.

“괜찮으신가요?”

“네, 그러니까 확실하게 젤레프 씨를 도와주셔야 돼요.”

“물론입니다.”

메이드 세 명은 푸딩을 먹었다.

"엄청 맛있네요."

"맞아요. 이렇게 맛있는 건 처음 먹어봅니다."

메이드들에게도 호평인 것 같아서 다행이다.

"유나 님은 대단해요! 푸딩 이외에도 맛있는 음식을 만들 수 있다고요!"

노아가 자신 있는 태도로 자랑을 했다. 그 말에 피나와 미사가 찬성했다. 칭찬해 주는 건 고맙지만 너무 띄워주진 마렴.

푸딩을 먹은 보츠 씨는 떨떠름해 하면서 부엌 사용을 승낙해주었다.

"젤레프가 허락을 한다면 나는 상관없네. 하지만 젤레프를 방해하지는 말도록."

"알고 있어요. 모두들, 허락도 받았으니 만들어볼까?"

"""네."""

활기차게 대답하는 세 명의 소녀들. 곧바로 우리는 방해가 되지 않게 구석으로 이동했다.

나는 곰 박스에서 꼬끼오 알을 50개 정도 꺼냈다. 많이 만들어서 곤란한 일은 없다. 남으면 곰 박스에 보관해도 되고, 그란 할아버지 댁에서 일하는 사람들에게 나눠줘도 된다. 미사의 생일 파티에 내보내도 되고…….

"그러면, 피나는 꼬끼오 알을 깨고, 노아와 미사는 피나가 깬 꼬끼오 알을 저어줘."

피나는 익숙한 손놀림으로 꼬끼오 알을 깼다. 그걸 노아와 미사가 따라서 저었다.

"이봐, 젤레프. 꼬끼오 알이 저렇게 많이 있어."

"그거야 많겠죠. 이야기를 들어보니 유나 님은 꼬끼오 알을 위한 꼬끼오를 키우고 있어서 하루에 몇 백 개의 꼬끼오 알을 얻는다고 해요."

"몇 백 개?!"

꼬끼오 알은 푸딩, 케이크, 팬케이크나 그 외의 요리에도 사용된다. 가게에서만 하루에 몇 백 개의 꼬끼오 알을 소비하고 있다. 더구나 현재도 꼬끼오의 수는 계속 늘고 있었다.

보츠 씨는 믿기지 않는다는 듯 피나의 꼬끼오 알 깨는 모습을 바라봤다.

"그리고, 저런 꼬마애가 꼬끼오 알을……."

보츠 씨에게 꼬끼오 알은 고급 식재료인 거겠지.

티루미나 씨에게는 꼬끼오 알이 필요하면 가족끼리 먹을 수 있는 만큼 가지고 가도 된다고 말해뒀다. 고아원에서도 마음대로 먹을 수 있게 되어 있어서 친밀한 식재료가 되었다.

처음에 꼬끼오 알을 깨면서 긴장했었던 피나가 그립군. 심지어 손이 떨려 몇 번이나 실패해서 몇 번이고 사과했었더랬지. 그때의 모습을 떠올리니 웃음이 나왔다.

지금은 톡, 빠직. 톡, 빠직. 하고 평온한 리듬으로 깨간다. 응, 성장했네, 피나.

“유나 언니, 뭐예요. 그 미소는?”

“내가 웃고 있었어?”

“네. 뭔가, 가끔 어머니와 아버지가 지을 법한 미소를 짓고 있었어요.”

티루미나 씨와 겐츠 씨의 마음을 알 것 같다. 성장하는 딸을 바라보는 느낌이겠지.

“유나 님. 저도 꼬끼오 알 깨보고 싶어요!”

“저, 저도요.”

“좋아. 피나, 알려줘. 실패해도 괜찮으니까 껍질 조심하고.”

“네.”

기뻐하며 꼬끼오 알을 깨기 시작하는 노아와 미사.

꼬끼오 알은 50개 정도 있었다. 기술만 익히면 곧바로 잘 할 수 있게 될 거다.

“젤레프 씨. 혹시 꼬끼오 알을 사용하시려면 말씀하세요. 더 가지고 있으니까요.”

“그거 도움이 되겠군요. 왕궁에도 있긴 했지만 아무래도 가지고 오는 건 불가능했었거든요.”

“그러면, 냉장고에 적당히 담아둘 테니까 사용하세요.”

나는 커다란 냉장고에 꼬끼오 알이 들어있는 팩을 넣어뒀다.

이 정도면 될까?

"어이, 이봐. 진심인가. 그렇게나 많이."

보츠 씨의 말은 흘려들었다.

"젤레프, 저 곰 아가씨는 대체 뭐야?"

"보츠. 유나 님에 관해서 하나하나 놀라고 있으면 요리가 불가능해질 거예요. 요리사가 미지의 것을 부정하면 진화는 없어질 겁니다."

"저 곰, 정체가 뭐야……."

"유나 님에게 이것저것 묻는 건 국왕 폐하에 의해 금지되어 있습니다. 그러니 물을 경우엔 목숨을 걸어주셔야 돼요. 저는 도와주지 않을 테니까요."

"뭐야, 그건……."

"유나 님이 국왕 폐하에게 보츠에 관해 나쁘게 보고하면 당신의 머리가 날아 갈 거라고요."

젤레프 씨는 웃으면서 목을 톡톡 쳤다. 그런 짓 안 해요. 기분이 상하면 때리긴 하겠지만.

"……농담이지?"

"농담입니다. 하지만 국왕 폐하가 유나 님을 위해서 힘을 빌려주시는 건 사실이에요."

보츠 씨는 놀란 듯 나를 바라봤다.

"그 증거는 제가 여기에 있는 거죠. 일반인이 국왕 폐하를 만날 수 있다고 생각하세요? 왕궁 주방장인 저를 빌리고 싶다고 해서 곧장 결단을 내려서 저를 보내시거나 할 것 같나요? 성의 식재료를 가지고 오는 걸 허락하실 것 같으세요? 이번엔 유나 님의 부탁이라서 제가 여기에 있는 거예요. 애당초 보통이라면 국왕 폐하를 만나지 못하죠."

젤레프 씨의 말에 침을 삼키는 보츠 씨.

어라, 나의 위치가 그렇게 대단한가?!

분명 국왕이 내게 빚이 몇 개 있긴 하지만……. 마물 1만 마리라든가, 음식이라든가, 그림책이라든가……. 그래도 모두 작은 빚이였다. 이번의 부탁으로 빚을 갚은 것뿐이다.

"그러니 제가 충고하죠. 유나 님이 싫어하는 짓은 하지 않는 걸 권장합니다."

"……알았네. 아무것도 묻지 않지. 나도 아직 죽고 싶지는 않으니까."

그 말대로 그 후부터는 궁금해 했지만 보츠 씨가 무언가를 물어오는 일은 없었다. 성가신 일을 피할 수 있어서 젤레프 씨? 국왕? 에게 마음속으로 감사했다.

보츠 씨는 조용히 젤레프 씨가 밑 준비를 하는 모습을 지켜봤다. 가끔 우리 쪽을 보기도 했다. 특별히 입을 열지는 않아서 푸딩 만들기도 순조롭게 진행됐다.

"나머진 냉장고에서 식히면 완성이야."

하지만 비어 있는 냉장고가 없었다.

어쩔 수 없어서 예비의 곰 모양을 한 냉장고를 꺼내 푸딩을 담아갔다.

아, 어째서 곰 모양이냐고? 곰 하우스에 있는 냉장고도 곰 모양을 하고 있으니까 그렇지.

"기대돼요. 얼른 먹고 싶어요."

"일단, 파티용이다?"

"알겠어요."

"피나는 모두가 파티를 하고 있을 때 함께 먹자."

"네!"

"유나 님, 정말 참석하시지 않을 거예요?"

"안 할 거야. 내가 온 건 미사의 파티에 참석하기 위해서 였으니까."

"피나는?"

노아의 질문에 피나는 고개를 가로로 저었다.

미사의 파티에 참석하는 것도 그렇게 싫어했으니 귀족이나 부자들이 모이는 파티에 참석해봤자 즐기지 못할 거고, 피나의 위에 구멍이 나버릴 가능성도 있었다.

게다가 피나가 참석을 하면 나까지 참석해야 될 것 같았다. 피나만 참석시킬 수는 없었다. 노아와 미사는 아쉬워했지만 이번엔 참아줬으면 한다.

그 날 모두가 잠에 빠져든 밤, 곰이 옥상 위로 올라간 것을 아무도 몰랐다.

곰 이동문을 제거하기 위해서 간 것뿐이다.

196 클리프, 파티에 참석하다

유나 덕분에 요리사를 확보할 수 있었다.

심지어 데리고 온 건 왕궁 주방장이었다. 도대체 저 곰은 무슨 생각을 하고 있는 거지? 왕궁의 평범한 요리사라면 어떻게든 이해할 수 있었다. 하지만 데려온 게 가장 대단한 주방장이라니. 보통이라면 있을 수 없는 일이다.

출발한 건 삼일 전 밤이었다. 그 소환수인 곰이 어느 정도의 속도인지 알 수 없지만 왕도에 도착해서 바로 국왕 폐하를 찾아뵀어야 할 거다. 아무리 엘레로라가 옆에서 거들었다고 해도 국왕 폐하의 허락이 바로 내려지는 건 보통 생각할 수 없다.

국왕 폐하에게 사전에 연락을 하지 않고 만나다니. 주방장을 빌려달라고 부탁을 하다니. 곧바로 허락이 내려지다니. 식재료는 왕궁에서 구입을 하다니. 더할 나위 없다. 도대체 어떻게 하면 국왕 폐하가 그런 요청을 허락해주는 거지? 도무지 이해가 안 된다.

곰이 행동하면 사태가 호전되긴 하지만 동시에 성가신 일도 생긴다. 감사는 하지만 마음을 담아 감사할 수 없는 건 그 탓이겠지. 왕궁 주방장을 데리고 오는 거라면 상담을 해줬으면 좋았을 걸. 그란 할아버지도 나처럼 머리를 감싸고 있었다. 왕도로 가서 국왕 폐하께 얼굴을 내비춰 감사 인사를 해야겠지. 한 번 엘레로라에게 자세한 이야기를 들어야겠다.

앞으로의 일을 생각하니 머리가 아파왔지만 최고의 요리사를 데리고 와준 것에는 틀림없었다. 지금은 이 기회를 잘 살리는 것만 생각해야 한다. 이번 파티 참석자를 이쪽으로 얼마나 데리고 오느냐가 승부처가 될 거다.

그란 할아버지와 레오날드가 상인들에게 사전 교섭을 하고 있었으나 좋지 못했다. 현재의 마을 상태를 보면 어쩔 수 없다. 누구든 힘이 약한 쪽에는 붙고 싶지 않겠지. 하지만 이제껏 그란 할아버지에게 신세를 졌던 자들도 적지 않다. 파티 때 이쪽에 힘이 있다는 것을 보여서 그 부분에서부터 조금이라도 데려와야 했다. 되도록 많은 중립파를 데리고 오고 싶은 상태이다.

파티장에는 빨리 입장해서 출석자들을 기다리기로 했다. 메인은 어디까지나 그란 할아버지들이고 나는 파렌그람 가문의 보좌에 머물렀다.

나는 파티장 전체가 보이는 위치로 이동했다. 개장 시간이 되니 참석자들이 서서히 모여들었다. 가까운 이웃의 귀족부터 상인, 마을의 유력자들이다. 입구를 보고 있는데 두꺼비와 비슷한 얼굴을 한 남자가 들어왔다. 가쥴드 살바드다. 이 마을의 또 다른 한 명의 영주이고 그란 할아버지의 정적이기도 하다.

그런 가쥴드의 옆에는 유나와 아이들에게 싸움을 걸었던 아들도 있었다. 아이들에게 싸움을 걸었다는 이야기를 들었던 것만으로도 주먹을 날리고 싶어졌다. 가쥴드의 측근은 두 명뿐이다. 부인은 몇 년 전에 사별했다고 들었다.

가쥴드가 회장으로 들어서자 곧바로 다가가는 자가 있었다. 가쥴드 옆에 붙어 있는 상인들이겠지. 아부를 떨 듯 고개를 숙이고 있었다.

저렇게 숨기지도 않고 가쥴드에게 붙은 바보는 무섭지 않았다. 가장 무서운 건 내 편이라고 생각했던 인물에게 배신을 당하는 것이다. 이쪽의 정보는 가쥴드에게 흘러가고 믿고 있던 내 편의 수도 줄어들게 된다. 한번 생각하면 의심은 의심을 낳게 돼버린다. 그런 자가 없기를 빌 뿐이다.

물론 그란 할아버지에게 인사를 하는 자도 많지만 지금 것은 파티에 초청받은 예의 같은 거다. 승부는 파티가 시작되고 나서겠지. 그란 할아버지가 손님과 담소를 나누고 있는데 가쥴드가 그란 할아버지에게 다가갔다.

"이번에 50세 생신을 맞이하신 것을 축하드립니다."

가쥴드가 상스러운 미소를 지으면서 인사를 했다.

저 미소의 아래에서 무슨 생각을 하고 있는지 알 수가 없다.

"그래, 잘 왔네. 요리도 준비를 하고 있으니 기대해주게."

"왕도의 유명한 레스토랑 부 주방장의 요리를 기대해보지요."

서로에게 인사를 나누고 있지만 그란 할아버지의 손을 보니 강하게 쥐고 있었다. 그 기분은 알아도 여기에서 싸울 수는 없었다. 보츠에게 부상을 입힌 인물이 가쥴드의 관계자라는 증거는 없다. 통행이 적은 곳에서 공격을 당한 탓에 목격자도 찾지 못했다. 의심스럽지만 아직 이쪽에서 고소하는 건 불가능했다. 지금은 참을 수밖에 없다.

슬슬 파티 개시의 시간이 될 무렵, 그란 할아버지에게 아들인 레오날드가 귓속말을 하고 있는 모습이 보였다.

"무슨 일 있나요?"

신경이 쓰여서 물어봤다.

"몇 명 오지 않은 사람들이 있군. 그것도 나에게 호의적이었던 사람들이 말일세."

"와 준다고 약속 했었습니다."

"가쥴드인가?"

"모르지. 지금은 시간이 없네."

협박을 당한 걸지도 모른다. 부상을 입었을 가능성 또한 있다. 단지 그란 할아버지에게 호의적이었던 사람들이 참석하지 않았다는 사실만이 남았다. 하지만 지금은 오지 않은 사람들에 관해 생각하고 있을 겨를은 없다. 파티가 시작할 시간이다.

그란 할아버지는 레오날드를 데리고 파티 인사를 했다.

"이번에 바쁘신 와중에 제 생일 파티에 참석해주셔서 감사합니다."

그란 할아버지의 인사가 시작됐다. 간단한 감사 인사말을 파티장에서 말했다.

"요리도 준비했으니 천천히 즐겨주세요."

그란 할아버지와 레오날드의 인사가 끝나자 요리가 옮겨져 왔다. 스탠딩 파티라 한 사람 당 한 요리가 배분되지는 않는다. 회장 중앙의 테이블에 메이드가 요리를 나열했다. 역시 왕궁 주방장이다. 냄새도 좋고 겉으로도 맛있어 보였다. 메이드 중 한 명이 음료를 운반해 와서 글라스를 받아들었다. 요리가 나열되고 악단이 음악을 연주하기 시작하자 참석자들은 즐겁게 대화를 시작했다.

지인들에게 인사를 나누는 사람, 그란 할아버지에게 인사를 하는 사람, 살바드 가에 인사를 하는 사람.

그리고 내게 인사를 하는 사람.

"이런, 클리프 님, 오랜만입니다."

"국왕 탄신제 이후 처음이군요."

가까운 이웃의 귀족이다. 내게 인사를 마치고 다음 상대에게 인사를 하러 향했다. 그는 중립의 입장이었다. 파렌그람 가에게도 살바드 가에게도 한 발 물러서서 접하고 있다. 우리 쪽으로 데리고 올 수 있다면 좋겠지만 어려울 거다. 그건 살바드 가도 같았다. 돈 같은 걸로는 움직이지 않는 만큼 역으로 신용할 수 있었다.

그란 할아버지 쪽을 바라보니 레오날드와 그의 아내가 한 사람 한 사람에게 인사를 하고 있었다.

그 모습만 봤을 때는 호의적인 듯 보이지만 실제로는 모른다. 그란 할아버지와 레오날드의 교섭력이 중요할 것이다.

내가 할 수 있는 건 포슈로제 가가 파렌그람 가 쪽에 붙어 있다는 것을 나타내어 그란 할아버지의 교섭을 유리하게 진행시키는 정도였다.

여기에서 내 이름에 어느 정도의 영향력이 있을지는 모르지만 없는 것보다는 낫겠지.

인사도 다 마치고 딸을 보니 미사나와 사이좋게 요리를 먹고 있었다.

노아에게는 미사나의 옆에 있도록 말해두었다. 살바드의 바보 아들이 다가올지도 모른다. 미사나를 혼자 내버려 두는 것보다는 낫다. 그 가쥴드의 아들은 다른 아이를 세 명 정도 데리고 요리를 맛있게 먹고 있었다. 가쥴드의 아들이 무언가를 할 거라고 생각했지만 지금은 쓸데없는 걱정으로 끝났다.

사실은 유나가 곁에 있길 바랐지만 파티에 참석하는 걸 거절당했다. 뭐, 그 모습으로 참석하면 반대로 시비가 붙을 가능성이 높았다. 애당초 그 녀석은 곰 옷을 벗기는 하는 건가?

아무래도 곰의 이미지가 남아 버려서 곰 이외의 모습을 상상할 수 없었다.

아들 쪽은 가만히 있지만 아버지인 가쥴드 쪽을 보면 상당한 인원에게서 인사를 받고 있었다. 생각했던 것보다 수가 많았다. 이 모습을 보면 중립파라 할지라도 살바드 가에 붙을 가능성이 높았다.

이렇게 될 수 있기 때문에 그란 할아버지에게 살바드 가를 참석시키지 않는 것이 좋다고 말해봤지만 이미 초대장을 보낸 뒤라고 했다. 조금 더 빨리 상담을 해주었으면 좋았을 것을…….

"감정적인 면은 둘째 치고, 같은 마을의 영주일세. 부르지 않을 수는 없지 않은가."

—라고 말했다. 하지만 적당한 이유를 붙여서 참석시키지 않으면 된다. 측근들만 부르는 작은 파티라고 한다던가, 여러 가지로 방법은 있었을 것이다.

"주변의 귀족들과 클리프, 자네도 불렀는데 살바드 가를 부르지 않을 이유는 없어."

그란 할아버지가 말하고 싶은 것은 알지만 납득을 할 수는 없었다. 실패한다면 이 파티의 세력 구도가 확실해지게 된다. 지금까지는 중립이었던 사람들도 이 파티에서 어느 쪽에 붙는 것이 이익이 될지 판단할 것이다.

이미 파티는 시작되었다. 불러버린 것을 불평해도 어쩔 수 없었다. 반대로 파렌그람 가를 호의적으로 생각하고 있는 사람이 많다는 것을 과시하는 수밖에 없었다.

파티도 중반이 되고 새로운 요리가 옮겨져 왔을 때였다.

"더는 참을 수 없군. 뭐지, 이 요리는!"

소리가 난 쪽을 보니 가쥴드가 고함을 지르고 있었다.

"파렌그람 가는 이런 맛없는 요리를 파티에 내놓는가!"

가쥴드의 큰 목소리 때문에 회장은 고요해졌다. 방금까지 맛있게 먹은 주제에 잘도 말하는군. 하지만 가쥴드가 떠드는 대로 놔두면 좋지 않다는 것은 분명했다.

"내가 준비한 요리가 입에 맞지 않았나?"

그란 할아버지가 가쥴드에게 말을 건넸다.

"그래요, 맛이 없군요. 소문에 듣자하니 왕도의 유명한 레스토랑의 부 주방장으로 지내고 있던 자의 요리라고 들었는데 유감이로군요. 그게 아니라면 다른 요리사가 만들었나?"

비열한 미소를 지었다.

요리사가 다쳐서 음식을 만들 수 없다는 것을 알고 있는 듯한 기분 나쁜 미소였다. 증거는 없었지만 요리사를 덮친 것은 가쥴드라고 확신했다.

"분명 다른 요리사가 만들고 있긴 하네. 하지만 보츠에게 절대 뒤지지 않는 요리사가 만들고 있다네."

"호오, 다른 요리사라. 그래서 이렇게 맛이 없는 거로군."

수프를 한 입 먹더니 맛없는 표정을 지었다.

"분명 맛이 없군요."

"맞아요, 맛이 이류예요. 아뇨, 삼류의 요리사인 것 같군요."

가쥴드에 맞춰 한 패거리들도 요리에 트집을 잡기 시작했다.

「조금 전까지 맛있게 먹고 있었잖아!」라고 소리 치고 싶었지만 너무나도 유나의 예상대로 흘러가서 화도 나지 않았다.

파티가 시작되기 전에 유나가 한 가지의 가능성을 말했다.

요리 안에 쓰레기나 곤충을 넣어 불평을 말하거나, 맛있는 음식을 맛이 없다며 말해오는 등 여러 가지 방식이 있다고 조언했었다.

귀족들의 파티에서 그렇게 저질스러운 짓을 한다는 이야기는 들은 적이 없었다.

하지만 유나의 말대로 됐다. 그래서 대응책도 존재했다.

하지만 유나 왈, 평범하게 등장하는 게 아니라 어느 정도 연기를 해줘야 한다고 했다. 그 이야기를 듣고 있던 젤레프 씨는「재미있겠네요」라고 말하며 호쾌하게 받아들여줬다. 그 후 유나가 젤레프 씨에게 연기 지도를 했는데 어디에서 그런 지식을 얻은 건지 모르겠다. 희한한 곰이다.

"이 정도의 요리밖에 만들지 못하는 자에게 파티 요리를 맡긴다는 건 파렌그람 가문의 지위도 땅에 떨어졌군그래."

그 말에 웃는 자도 있었다. 멀리에서 보고 있는 자들은 어떻게 하면 좋을지 몰라 상황을 지켜보고 있었다. 그런 와중에 대기하고 있던 젤레프 씨가 회장으로 들어왔다.

젤레프 씨는 웃는 얼굴이었지만 그 웃는 얼굴이 화내고 있는 것처럼 보이는 건 기분 탓일까?

197 왕궁 주방장 젤레프, 화를 내다

언제나처럼 왕궁의 주방에서 일을 하고 있는데 국왕 폐하와 유나 님이 찾아왔다. 정말로 보기 드문 조합이다. 그것도 부엌으로 오시다니 드물군.

이야기를 들어보니 시린 가의 영주가 파티를 여니까 요리를 만들어 달라고 부탁 받았다.

원래라면 귀족의 요리를 만드는 일은 없다. 하지만 유나 님의 부탁이고 국왕 폐하가 허락을 해주셔서 시린 마을에 가게 됐다.

처음엔 마차로 이동하나 했지만 시간이 없어 유나 님의 소환수인 곰으로 이동한다고 들었다.

소환수, 유나 님의 귀여운 곰 소환수를 말하는 것이다. 플로라 님과 함께 있는 것을 본 적이 있었다. 전에도 작은 곰들과 놀고 있는 모습을 발견했었다.

들은 이야기론 크기를 키울 수 있어 사람을 태울 수 있다고 했다.

곰을 탄다고 생각하니 두렵기도 하고 즐겁기도 했다.

파티에 필요한 재료의 준비를 마치고 바로 출발하게 됐다.

왕도를 나서자 유나 님은 손에 끼고 있던 곰의 입에서 소환수인 곰을 소환했다.

크다. 분명히 이 크기라면 사람도 편하게 탈 수 있을 거다. 곰의 얼굴을 보니 플로라 님과 함께 있었던 곰과 같았다. 어느 쪽에 태워주실 거냐고 묻자 하얀 쪽이라고 했다.

검은 쪽이 곰돌이 님이고, 하얀 쪽이 곰순이 님이라고 소개를 받았다.

내가 곰순이 님에게 인사를 하자 부드럽게 울더니 등을 보이며 몸을 구부려주었다.

머리가 좋은 곰이다.

내가 곰순이 님에게 올라타자 체중이 조금 무거운 나를 태워도 가볍게 몸을 일으켜줬다.

서서히 유나 님의 말에 움직이기 시작했다.

오오, 빠르다. 서서히 속도가 올라갔지만 몸이 확실하게 곰순이 님에게 붙어 있어서 떨어질 낌새는 없었다.

휴식할 때마다 곰돌이 님과 곰순이 님을 번갈아 탄다고 들었다. 어째서인지 물어보니 한 쪽만 계속 타면 다른 한 쪽이 토라진다고 했다. 분명, 나 같은 아저씨를 태우는 것보다는 주인인 유나 님을 태우고 싶을 거다. 나는 납득을 하고 다음은 곰돌이 님에 올라탔다.

도중에 야영을 한 뒤, 다음 날 점심에 시린 마을에 도착했다. 빠르다. 어제 오전에 왕도에서 출발해서 다음 날 점심 지나서 도착을 하다니 역시 유나 님의 소환수들이다.

시린에 도착하고 이번 파티의 주최자인 그란 님에게 인사를 했다.

그리고 시간이 없어서 곧바로 주방을 빌려 사전 준비를 하기 시작했다. 부엌 작업을 하고 있는데 이 저택의 요리사가 찾아왔다. 아무래도 화를 내고 있는 모양이다.

본 적 없는 요리사가 주방을 멋대로 쓴다면 요리사가 화내는 것도 당연하다.

나는 이야기를 나누기 위해 주방의 문을 열었다. 그곳에는 본 적 있는 얼굴이 있었다. 오랜만에 보는 얼굴이었다. 내가 왕궁에 들어가기 전에 같은 레스토랑에서 일했던 보츠였다. 설마 보츠가 여기 주방장을 하고 있을 줄은 몰랐다. 옛 추억을 떠올릴 시간도 없었기 때문에 여기에 온 경위를 설명했다.

나도 여러 일이 있었지만 보츠도 여러 사정이 있었던 모양이다.

국왕 폐하께는 시간을 허락 받기도 했고 파티가 끝나면 옛날이야기를 나누는 것도 나쁘지 않으리라.

하지만 당장은 시간이 없어서 요리를 준비했다.

조금 있자 유나 님이 푸딩을 만들고 싶다고 해서 허락을 했다.

그것에 관해 보츠는 화를 냈지만 유나 님에 관해 모른다면 화내는 것도 어쩔 수 없으리라.

나도 유나 님이 요리를 준비해서 플로라 님의 요리를 만들지 않아도 된다고 들었을 때는 화를 냈던 기억이 있다. 옛 추억이다.

사전 준비를 마친 뒤 그란 님에게 보고를 하러 가려는데 푸딩을 다 만든 유나 님도 푸딩을 보고하겠다고 하셔서 같이 그란 님이 계신 곳으로 향했다.

방으로 향하니 그란 님과 클리프 님이 내일 파티에 관해 이야기를 나누고 있었다.

"젤레프 씨, 정말 고맙구려. 이제 안심하고 파티를 열 수 있겠소."

"아뇨, 이것도 유나 님에게 부탁을 받아서인 걸요. 감사 인사라면 유나 님께 해주세요."

"네? 됐어요. 그것보다도 내일의 대책은 만드신 거예요?"

유나 님은 성의 주방장인 내가 여기에 있는 의미를 잘 이해하고 있지 않은 모양이다. 뭐, 유나 님 답기는 하지만…….

"아, 어떤 인물과 우선적으로 이야기를 할지……."

"아뇨, 살바드 가가 무언가 일을 꾸미고 오지 않겠어요?"

"그건 어쩔 수 없지. 이미 몇 명인가는 살바드 가에 붙어 있어. 그 자들은 포기할 수밖에 없잖아."

"저기, 그러니까 그런 게 아니라요."

유나 님은 그란 님이 잘 모르는 것 같아서 한숨을 쉬고 있었다.

"일을 꾸민다니? 이미 젤레프 씨 덕분에 요리도 있는 걸. 무슨 짓을 한다는 건가?"

"요리에 벌레를 넣거나 쓰레기를 넣어서 불만을 말해올지도 몰라요."

"그런 짓을 할까요?!"

"괴롭히는 거라면 보통 그렇지 않나요?"

유나 님이 당치도 않은 말을 꺼냈다. 완성된 요리에 벌레와 쓰레기를 넣어서 불만을 말하다니, 그건 요리사에 대한 모독이다. 아무리 사이가 나쁘다고 해도 그런 짓은 하지 않을 거라고 생각하고 싶다.

"하지만, 요리사가 바뀌었다는 걸 알고 있을 가능성도 있으니까 맛없다고 말해올지도 모르죠? 그란 할아버지의 말에 의하면 눈에 띄는 요리사들에게는 거절을 당했다고 했잖아요?"

"그렇긴 하지만, 왕궁 주방장인 젤레프 씨의 요리를 먹고 그런 말을 할 거라고는 생각할 수 없네."

"그래도 상대는 왕궁 주방장인 젤레프 씨가 만들었다는 걸 모르죠."

"그렇긴 하지만……."

그런 뒤 유나 님은 여러 가지를 말해주었다. 「괴롭히는 거라면 이런 건 상식이잖아요」라는 말을 들었지만 요리에 쓰레기나 벌레를 넣는 상식 같은 건 들은 적이 없었다.

만약 요리에 그런 짓을 한다면 요리사로서 용서치 않을 거다.

"뭐, 상대가 요리를 맛없다고 말을 꺼냈을 땐 젤레프 씨가 좀 나서주면 어떻게든 될 거예요."

유나 님이 그런 말을 꺼내기 시작했다. 내가 귀족을 상대할 수는 없었다.

분명 나는 왕궁 주방장이지만 귀족은 아니다. 오히려 왕가의 힘을 빌어서 거만하게 굴고 싶지는 않았다. 내가 그렇게 말하자 유나 님의 생각은 달랐다.

"자신의 요리를 무시당하면 화를 내야죠. 맛있게 먹어 주는 사람에게 실례예요. 물론 맛없는 요리라면 어쩔 수 없지만. 젤레프 씨는 모두에게 인정받아서 지금의 위치에 있는 거잖아요? 젤레프 씨를 왕궁 주방장으로 만들어준 분과 국왕 폐하와 왕비님, 플로라 님도 맛있다고 하면서 먹어주잖아요. 그런 사람들에게 실례되는 거예요."

그런 말을 들었다. 분명 그렇긴 하다. 내 요리를 맛있다고 칭찬해주는 국왕 폐하의 미각을 무시당하는 것과 같은 것이다. 내 요리를 인정해서 주방장의 자리를 양보해준 전 주방장, 내 지시를 따라 공부하고 있는 사람들. 내가 부정당하면 그 모두가 부정당하는 것이다. 지금의 나는 예전의 내가 아니다. 나는 유나 님의 말을 확실하게 가슴에 새겼다.

그런 뒤 유나 님이 괴롭힘을 받았을 때의 대처 방법을 알려주었다.

파티 당일, 나는 요리를 착착 만들어갔다.

지금까지는 회장에서의 연락은 없다. 만약 요리에 관해 소란스러워지게 된다면 곧바로 내가 달려가기로 되어 있었다. 유나 님의 걱정도 괜한 걱정으로 끝날 것 같다.

나는 보조를 해주는 사람들에게 지시를 내렸다. 왕궁의 주방과는 달리 스피드는 없지만 제대로 움직여줬다.

파티도 중반에 들어섰을 무렵, 부엌으로 달려오는 자가 있었다.

"젤레프 님, 가줄드 님이 젤레프 님의 요리를…… 혹평하고 있습니다."

호출하러 온 여성이 말하기를 꺼려하면서 전해줬다.

설마, 정말로 유나 님의 말대로 될 줄이야. 만약 마음의 준비가 되지 않았더라면 당황해서 사죄를 하러 갔을지도 모른다.

"그렇군요. 알겠습니다."

그 말만 한 뒤 요리를 중단하고 회장으로 향했다.

문의 틈 사이로 안을 훔쳐보니 그란 님과 또 다른 한 명의 남자가 언쟁을 벌이고 있는 모습이 있었다. 이 인물이 살바드 가의 가줄드 님인 건가.

주위에서도 맛없다는 둥, 간이 이류라는 둥 삼류라는 둥의 이야기도 들려왔다. 단순한 괴롭힘이라는 걸 알고 있어도 듣고 있으니 기분이 좋지 않았다. 지금이라면 유나 님이 말한 의미를 알 것 같았다. 왕궁 주방장으로서 내 요리를 인정해주시고 있는 모든 분들을 위해서라도 화를 내야 했다.

나는 심호흡을 하고 회장으로 들어섰다.

“실례합니다. 이번에 요리를 만들게 된 젤레프라고 합니다. 그 정도로 제 요리가 마음에 들지 않으셨나요?”

유나 님은 연기로 화를 내도록 주문을 하셨지만 연기를 할 필요도 없이 화가 들끓어 올랐다. 내 목소리에는 분노가 섞여 있었다.

“당신이 이 요리를 만들었나!”

“네, 만들었습니다.”

“잘도 이런 맛없는 요리를 내놓았군.”

가쥴드 님은 내가 만든 요리를 손가락으로 가리키며 불만을 말했다.

어제부터 시간을 들여서 확실하게 국물을 내어 만든 수프다. 그런 수고를 들인 수프가 맛없다는 말을 들으니 화가 났다. 나는 분노하고 있는 가쥴드 님에게 직설적으로 물었다.

“어떠한 부분이 맛이 없으셨는지 알려주시겠습니까? 제가 시중을 드는 주인님을 위해서 앞으로 참고하도록 하겠습니다.”

어제, 유나 님에게 내 요리는 맛있으니까 절대로 사과를 해서는 안 된다고 들었다. 만약, 유나 님에게 듣지 못했다면 사과했을지도 모른다.

“전부 별로군. 당신네 주인도 뻔하겠어. 이런 요리로 만족하고 있다니. 이런 요리사에게 맡기는 파렌그람 가문의 지위도 땅에 떨어졌어.”

“그렇군요. 그러면 전달해 드릴까요? 제 주인이신 국왕 폐하께.”

"……국왕 폐하?"

내 말을 들은 가쥴드 님은 굳었고 주변도 웅성거리기 시작했다.

"맞네. 어디선가 본 적 있다고 생각했더니 왕궁 주방장인 젤레프 씨였어……."

아무래도 나에 관해 알고 있는 사람이 있는 듯 했다.

요리를 만들었을 때 마지막으로 인사를 했던 적이 있어서 그때 내 얼굴을 기억한 것일지도 모른다.

"왕궁 주방장……."

"네, 왕궁 주방장을 맡고 있는 젤레프라고 합니다. 제 요리의 어디가 별로였는지 알려주시겠습니까? 항상 맛있다고 말씀해주시는 국왕 폐하께 맛없는 요리를 만들어 드릴 수는 없으니까요."

사실은 멋대로 왕족의 권위를 이용하는 건 좋지 않다고 생각한다. 하지만 내가 물러선다면 왕족의 모두가 무시당하게 된다.

"그건……."

"그쪽의 분들이 말하셔도 괜찮습니다. 어느 부분이 삼류의 맛이었을까요? 알려주시면 감사하겠습니다."

나는 정중한 어조로 가쥴드 님 옆에 있는 남성에게 물었다.

"아니……."

"조금 전, 맛없다고 소란을 피우셨지 않습니까? 그 내용을 알려주시면 됩니다. 국왕 폐하께 맛없는 음식을 내보일 수는 없으니까요."

내 요리를 무시하는 것도 화가 나지만, 몰랐다고 해도 나의 주인인 국왕 폐하를 무시했다고 생각하니 화가 치밀어 올랐다.

남을 함정에 빠뜨리기 위해서 거짓말을 하다니. 내가 못 왔을 경우, 이 일을 내가 아닌 다른 요리사가 당했을 거라 생각하니 더욱 분노가 차올랐다. 정말 맛이 없다면 상관없다. 하지만 맛있는 것을 맛없다고 해버리면 요리사는 길을 잃고 틀린 길로 들어설 수도 있다. 그것이 얼마나 심한 짓인지 모르고 있었다.

이 자들은 요리사들의 적이다. 나는 요리를 맛없다고 한 자들을 노려봤다.

"아뇨, 그게……."

"앞으로 참고를 할 테니 부탁드리겠습니다."

눈에 힘을 주고 물었다.

"콜록, 콜록. 젤레프 님 죄송합니다."

손님 중 한 사람은 기침을 한 뒤 머리를 숙였다.

"사실은 저는 감기에 걸려서, 미각이 이상해진 모양입니다."

"그러신가요?"

"네, 이번엔 그란 님에게서 중요한 상담이 있으니 어떻게든 참석을 해달라고 하셔서 감기에 걸렸는데도 불구하고 참석하게 됐습니다. 그렇죠, 그란 님?"

손님은 도움을 청하듯 그란 님을 바라봤다.

"맞습니다. 제가 중요한 이야기가 있으니 참석해달라고 했죠."

"그란 님, 몸이 좋지 않아서 얼른 이야기를 들어도 될까요?"

"물론이죠."

손님은 내게 머리를 숙인 후 그란 님이 있는 곳으로 향했다.

"몸조리 잘 하세요."

유나 님이 말한 대로다.

내가 이렇게 물으면 아무런 말도 못하고 입을 다물고 있든가, 그란 님 쪽으로 도망치든가, 가쥴드 님의 탓으로 돌리고 도망치든가 세 가지 중 하나라고 했다.

그란 님 쪽으로 도망친다면 쫓지 않아도 된다고 했다.

뭐, 거짓말이라는 건 알지만 이번엔 유나 님의 지시를 따르기로 했다. 사실은 조금 더 캐묻고 싶었는데 그에게 맛없다고 말하게 시킨 것은 가쥴드 님이었다.

이어서 다른 사람들도 움직이기 시작했다.

"젤레프 님, 사실은 저도 몸이 안 좋아서, 맛을 잘 모르게 됐습니다. 저도 그란 님과 중요한 이야기를 하러 온 거랍니다. 이 이상 몸이 더 나빠지기 전에 그란 님과 이야기를 하러 가봐도 될까요?"

"네, 몸조리 잘 하세요."

"감사합니다."

또, 한 사람, 두 사람, 떠나갔다.

지금가지 신경 쓴 적이 없었지만 왕궁 주방장의 이름에는 영향력이 있는 모양이다.

어릴 적부터 맛있는 요리를 만드는 것으로 인정을 받아 왔고 지금의 자리에 있었다. 내 자리와 영향력에 관해서는 생각하지도 않았다. 단지 맛있는 요리를 만들어왔을 뿐이다. 결코 내가 귀족보다 대단하다고는 생각하지 않는다.

다만 나를 인정해준 분들을 무시하는 건 용서할 수 없었다. 왕족 분들과 내 요리를 먹어주신 분들. 모두들 맛있다고 말해줬다. 그리고 나를 일류의 요리사로 믿어주고 있는 유나 님이 있다. 그러니 내 요리를 거짓으로 폄하하는 것은 용서할 수 없다.

내가 가쥴드 님에게 한 발 다가서자 다른 사람은 기침을 하면서 조용히 떠나갔다.

남은 건 살바드 가의 가쥴드 님뿐이었다.

"가쥴드 님. 제 요리의 어디가 맛이 없었는지 알려주시겠습니까? 앞으로 참고하도록 하겠습니다."

"어, 어째서 왕궁 주방장인 젤레프 씨가 여기에 있는 건가요? 이번 일은 국왕 폐하도 알고 계신가요?"

"제가 여기에 있는 거라면 물론 국왕 폐하도 알고 계시죠. 하지만 이번엔 개인적인 이유로 왔습니다. 여기의 요리사가 제 오랜 벗이거든요."

입장 상, 국왕 폐하의 지시라고는 말할 수 없었다.

"오랜 벗?"

"네. 그란 님의 요리사 보츠와는 왕도에 있는 『매의 발톱』이라는 레스토랑에서 함께 일했었죠."

"……."

"그리고, 클리프 님의 부인이신 엘레로라 님의 부탁도 있었고, 국왕 폐하께서 휴가를 주셔서 이번 파티의 요리를 만들게 됐습니다."

"요리사가 부상을 당하고 나서 달려왔다고. 그런 바보 같은……, 시간적으로……."

"실례지만 가줄드 님은 요리사 보츠가 부상을 입은 걸 알고 계셨나요?"

"아니, 몰랐네. 조금 전 그란 님이 이야기를 해서 알았네."

"그렇군요. 혹시 습격을 당했다는 것을 알고 있고, 목격자를 알고 있다면 알려주시면 좋겠습니다만."

"힘이 되지 못해서 미안하네."

"아뇨, 인적이 적은 곳에서 공격을 받은 모양이라서요."

내가 요리사가 공격을 당했다고 말하자 회장이 소란스러워졌다. 유나 님과 다른 분들이 말했었지만 보츠에게 부상을 입힌 건 틀림없이 이 가줄드 님이다. 부상에 관해 알고 있었기 때문이다.

요리사의 소중한 팔에 상처를 입혔다. 보츠는 나을 거니까 괜찮다고 했지만 당분간은 칼은 못 쥐리라.

"젤레프 씨, 오해하지 말아주시게. 정말로 맛이 없었던 게 아니야. 요리는 엄청 맛있었네."

"하지만 저는 가줄드 님이 맛없다고 말씀하시는 걸 들었는걸요. 참석하신 모든 분들도 그렇죠? 딱히 가쥴드 님에게 불만을 얘기할 생각은 없습니다. 하지만 요리사로서 이 파티를 맡게 된 사람으로서, 맛없다는 이야기를 들으면 사죄를 해야지요. 그러려면 어떤 부분이 맛이 없었는지 알려주셔야 합니다."

나는 똑바로 가쥴드 님을 바라봤다. 가쥴드 님은 입을 열고 무언가를 말하려고 했으나 말하지 못했다.

"젤레프 씨, 미안하게 됐소. 아무래도 나도 몸 상태가 좋지 않은 모양이군."

그렇게 말하더니 조금 떨어진 위치에서 이야기를 하고 있는 그란 님 쪽을 바라봤다.

"그란 님, 몸이 안 좋아서 이만 돌아가고 싶은데, 괜찮겠습니까?"

"물론이오. 몸도 안 좋은데 와 주다니 미안하네. 서로 영주인 몸이니 건강은 잘 챙기게."

"그러면 젤레프 씨, 실례하겠소."

가쥴드 님은 태연하게 이야기하는 것 같았지만 분한 듯 입술을 강하게 무는 모습이 보였다. 하지만 나도 태연하게 응수했다.

"다음에는 몸이 좋을 때 제 요리를 드시고 감상을 들려주세요."

가쥴드 님은 아들로 보이는 소년을 불렀다. 그는 분함을 숨기지도 않고 파티장을 노려본 뒤 떠났다.

"여러분, 소란스러우셨죠? 조금 예정보다 빠르지만 입가심으로 국왕 폐하 탄신제 파티에서도 나왔던 푸딩을 맛봐주시기 바랍니다. 이후에도 제가 솜씨를 발휘해서 요리를 내보일 테니 즐겨주시기 바랍니다."

푸딩을 내보낼 타이밍은 유나 님이 내게 맡기셨다. 사실은 조금 더 뒤에 내보일 예정이었으나 이 타이밍이 좋을 것 같았다.

내가 모자를 들고 고개를 숙이자 연회장에서 많은 박수가 쏟아졌다.

198 가쥴드, 분노하다

보르날드 상회에 많은 돈을 내고 상업 길드의 길드 마스터를 바꿨다.

그 대가로 보르날드 상회에 속한 상인에게서 물건을 사게 됐다. 전부를 사들이는 대신 그란이 경영하는 지역 쪽에는 물건을 팔지 못하도록 만들었다. 보기 좋게 성공시켜서 그란이 경영하는 영토에서 물건들이 사라졌다. 그리고 내 영토에서의 매출이 올랐다. 이대로라면 이 마을 전부가 내 것이 되는 것도 시간문제다.

그란 녀석에게서 파티 초대장이 도착했다.

후후, 이 지경이 되었는데 아직도 포기하지 않은 것 같다. 상업 길드는 손에 넣었고 유력자들도 몇 명이나 우리 편으로 들어왔다. 이제 와서 파티를 해봤자 늦었다. 하지만 만약을 대비해야겠지.

분명 그곳의 요리사가 왕도의 유명 레스토랑에서 부 주방장을 했다는 소문이 있었다. 그렇게 생각하니 즐겁지 않았다. 하지만 그 요리사가 요리를 만들지 못한다면 어떻게 될까. 그란 녀석이 당황하는 모습이 떠오른다. 파티에 음식이 나오지 않는다니…… 상상하는 것만으로도 웃음이 나온다.

곧바로 고용인인 브래드를 불러들여 요리가 불가능해지도록 지시를 내렸다.

"죽이지 않아도 될까요?"

"죽이면 파티를 중지시킬 구실을 주는 거야. 팔을 다치게 해서 요리를 못 만들게만 하면 돼. 그리고 공격은 파티 날짜와 가까워졌을 때 하는 게 좋을 것 같군. 그렇게 되면 새로운 요리사를 찾기도 어려울 테니까 말이야."

"알겠습니다."

브래드가 방에서 나갔다.

브래드는 랭크 C의 모험가다. 왕도에서 모험가들끼리 싸움을 하고 있는 것을 목격했었다. 상대가 사과를 해도, 용서를 구해도 계속 때리고 있는 장면을 봤다. 그 일이 있은 후 브래드에 관해 알아보니 문제가 있는 모험가라는 걸 알게 됐다. 평소엔 점잖지만 자신의 피를 보게 되면 이성이 무너진다고 했다. 흉폭해지고 제어가 안 돼서 그 때문에 실력은 있지만 어느 파티에도 끼질 못했다. 나는 그를 곁에 두고 싶어 브래드에게 권했더니 흔쾌히 승낙했다.

이유를 들어보니 모험가는 질렸다고 했다. 그래서 질릴 때까지는 내 곁에 있어도 좋다고 말했다.

브래드는 써먹기 좋았다. 지시를 내리면 말한 대로 수행했다. 성격에는 문제가 있지만 혼자서 랭크 C가 된 우수한 모험자이다. 근래에는 내 말을 듣지 않는 상인들을 습격한 적도 있었는데 아무에게도 들키지 않고 수행을 마쳤다. 이렇게나 우수한 부하를 손에 넣은 건 행운이다. 불필요해지면 치워버리면 그만일 뿐이다. 제아무리 뛰어나다고 해도 죽일 방법은 얼마든지 있으니까.

파티 며칠 전, 브래드에게서 보고가 들어왔다. 요리사의 팔을 부상 입혀 요리를 할 수 없게 만들었다고. 이것으로 그 요리사는 못쓰게 됐다. 웃음이 멈추질 않는다. 그란이 어떻게 대처할지 상상만 해도 웃음이 흘러나왔다.

하지만 파티 개최까지 앞으로 며칠 있었다. 다른 요리사에게 부탁은 하겠지만 시간적으로 다른 마을에서 데리고 오는 건 불가능하겠지. 요리사를 찾으면 무조건 이 마을에서 찾게 될 거다.

그란 녀석이 찾기 시작하기 전에 실력 있는 요리사들에게는 협박, 매수를 해두어야겠다.

모든 요리사들에게 할 필요는 없다. 이류, 삼류 요리사에게 요청을 한다면 오히려 잘된 일이었다. 계략에 빠뜨릴 수 있는 방법은 얼마든지 있으니까.

예상대로 그란 녀석이 요리사를 찾으려고 한다는 보고가 들어왔다. 물론 요리사들은 모두 거절했다고 했다. 이젠 이류, 삼류의 요리사들에게 만들어 달라고 할 수 밖에 없겠지.

하지만 크리모니아에서 온 포슈로제 가문이 마음에 걸렸다. 나는 그란의 저택에 사람을 붙여 크리모니아로 향하는 자가 있으면 공격을 하도록 명령했다.

보기 좋게 내 예상이 들어맞았다. 크리모니아로 향하는 말이 있었던 모양이다. 하지만 말에 화살을 맞춰 크리모니아로 못 가도록 만들었다는 연락이 있었다. 이것으로 됐다. 잘못해서 죽이면 큰일이 된다. 파티 요리만 못 만들게 하면 되는 거다.

파티 당일, 그란의 저택으로 향했다. 내 저택과 비슷한 정도의 크기였다. 항상 생각하는 거지만 이 마을에 영주의 저택은 한 개로 족하다. 아버지는 돌아가시기 전에 사이좋게 지내라고 말씀하셨지만 어째서 사이좋게 지내야 하지? 다른 영주와 귀족에게 하나의 마을을 두 가문이 다스리고 있다고 무시당한다. 얼른 쫓아내버리고 내가 마을을 차지해야겠다.

파티 회장으로 들어서자 이미 사람들이 모여 있었다. 내가 들어가자 상인들이 다가왔다. 이 녀석들은 내게 아부를 떠는 잔챙이들이다. 그리고 내 끄나풀로 일하고 있는 중요한 장기말들이다. 다가오는 녀석들에게 적당히 대응하다가 그란이 있는 곳으로 향했다. 이 저택에서 파티를 여는 건 이것이 마지막이다. 마지막 정도는 인사를 해줘도 되겠지. 이 녀석의 평화로운 얼굴을 보니 웃음이 삐져나올 것 같았다.

바보 같이 착해빠진 인간이야.

뭐, 내 아버지도 사람이 착했지만 이 그란도 착해빠졌다. 뭘 어떻게 해도 믿었다. 그래서 계략에 빠뜨리기 쉬웠지.

나는 인사를 다 마치고 그란에게서 벗어났다. 그란에게 이야기를 거는 자들을 확인하기 위해서였다. 가장 골치 아픈 건 크리모니아 영주, 포슈로제 가문의 클리프겠지. 그쪽은 최근에 미릴러 마을과 교류를 맺게 되어 힘을 가지기 시작했다. 크리모니아로 향하는 상인이 있으면 정보를 얻어 오라고 상업 길드에 명령한 상태이다. 하지만 들어오는 정보를 확인해보면 의미를 알 수 없는 것뿐이었다.

터널에 곰 석상이 있다든가, 바다 마을인 미릴러에 커다란 곰의 석상이 있었다는 둥, 곰이 가게를 만들었다는 둥, 곰 모험가가 있다는 둥, 곰에게는 거역할 수 없다는 둥, 이상한 정보뿐이다.

뭐, 본격적으로 크리모니아를 조사하는 건 이 마을이 전부 내 것이 되고 나서부터라도 괜찮겠지. 지금 신경 써야 하는 건 이상한 곰의 정보가 아니라 크리모니아에서 유입되는 상인들이었다. 모처럼 순조롭게 진행되어 왔다. 방해받고 싶지 않았다.

그란의 인사가 끝나고 요리가 회장으로 운반되어 왔다.

어떤 맛없는 요리가 나오려나 싶었는데 냄새도 좋고 겉보기에도 맛있어 보이는 요리가 운반되어 왔다. 이 정도의 요리를 만들 수 있는 요리사가 이 마을에 있었나? 있었다고 해도 막아놨을 텐데.

설마, 부상에서 완치됐나?

아니지, 부하에게 알아보라고 시켰는데 틀림없이 요리사는 부상을 입은 상태였고 요리가 불가능한 상태라고 보고를 했었다. 보고가 틀렸는지 요리가 가능해진 건지는 알 수 없었다.

요리를 먹어보니, 맛있잖아. 어디에서 이런 맛있는 요리를 하는 요리사를 데리고 온 거지? 이건 보초로 세워둔 자에게 벌을 내려야겠다.

어차피 대단한 요리가 나올 거라 생각하지 못해서 폄하하면 될 거라 생각했다. 하지만 예상외로 맛있는 요리가 나와버렸다.

한동안은 상황을 지켜봐야겠다.

요리를 먹으면서 인사를 했다. 내게로 오는 자들도 많았다.

뭐, 머리가 좋은 자들이라면 어느 쪽에 붙어야 할지는 알겠지. 지금 상황을 봐도 그란에게 붙는 건 바보 밖에 없었다. 앞으로의 세세한 이야기는 나중에 하기로 하고 인사를 마치고 아무 생각 없이 문 쪽을 봤는데 회장 안을 지켜보는 남자가 있었다. 자세히 보니 팔에 붕대를 감고 있었다.

보고로 들었던 빨간 머리의 남자, 그란의 요리사였다. 부상을 당해있었다. 그렇다면 역시 다른 요리사가 요리를 만들고 있다는 게 된다. 어디의 누구인지는 모르지만 이 정도의 요리를 만들 수 있는 건 대단하다.

그란 녀석에게 힘을 보태고 있는 것은 마음에 들지 않지만 나중에 내 요리사로 고용해도 좋으리라. 하지만 오늘은 그란에게 붙은 자기 자신을 탓하겠지.

요리사가 다르다는 것도 확인이 됐으니, 슬슬 파티를 망치기로 했다. 나는 주변에 신호를 보냈다.

"더는 참을 수 없군. 뭐지, 이 요리는!"

내가 소리치자 회장이 조용해졌다. 그리고 미리 이야기를 해두었던 상인들이 내 말에 찬성하듯 요리를 폄하했다. 그게 서서히 퍼져갔다.

그란이 내게 다가왔지만 파티를 실패로 돌리면 그만이다.

내가 요리에 대한 불만과 요리사가 다르다는 것을 말하자 그란 녀석은 순순히 다른 요리사가 만들고 있다고 인정했다. 그 부분은 거짓말을 해서라도 숨겨야지. 그러고 나서 내가 요리사를 부르라고 따져야 하는데 밀고 당기기를 모르는 건가. 재미없는 양반이군.

내가 일방적으로 불만을 토로하고 있자 요리사 복장을 한 남자가 파티장으로 들어왔다.

응? 어디선가 본 적이 있는 것 같은데 떠오르지 않는다. 어딘가의 레스토랑에서 봤을지도…….

"실례합니다. 이번에 요리를 만들게 된 젤레프라고 합니다. 그 정도로 제 요리가 마음에 들지 않으셨나요?"

이 녀석이 만든 거로군. 짓누르기는 아까운 요리사야. 하지만 예정대로 진행하기로 했다. 내가 불만을 말하면 사과할 거라고 생각했는데 이 남자는 사과를 하지 않고 어디가 맛이 없었는지 물어왔다.

보통 귀족이 맛없다고 하면 맛이 있더라도 없는 게 된다. 이 남자는 자신의 위치를 모르는 모양이다. 귀족과 요리사에게는 위치의 차이가 있다는 것을 모르다니.

"전부 별로군. 당신네 주인도 뻔하겠어. 이런 요리로 만족하고 있다니. 이런 요리사에게 맡기는 파렌그람 가문의 지위도 땅에 떨어졌어."

"그렇군요. 그러면 전달해 드릴까요? 제 주인이신 국왕 폐하께."

"……국왕 폐하?"

지금, 이 남자가 뭐라고 했지. 국왕 폐하라고 하지 않았나?

남자의 발언에 의해 회장이 조금 술렁거리기 시작했다. 그리고 누군가가 입을 열었다.

"맞네. 어디선가 본 적 있다고 생각했더니 왕궁 주방장인 젤레프 씨였어……."

"왕궁 주방장……."

내가 작게 말을 하자 남자는 다시 자기소개를 시작했다.

"네, 왕궁 주방장을 맡고 있는 젤레프라고 합니다. 제 요리의 어디가 별로였는지 알려주시겠습니까? 항상 맛있다고 말씀해주시는 국왕 폐하께 맛없는 요리를 만들어 드릴 수는 없으니까요."

어째서 여기에 왕궁 주방장이 있는 거지. 이상하잖아. 있을 수 없는 일이잖아.

내가 대답에 곤란해 하고 있는데 왕궁 주방장은 나와 같이 폭언을 토하고 있던 자들에게 요리에 관해 묻기 시작했다. 표정은 화내고 있지 않았지만 기분이 좋지 않다는 감정이 뿜어져 나오고 있었다.

"조금 전, 맛없다고 소란을 피우셨지 않습니까? 그 내용을 알려주시면 됩니다. 국왕 폐하께 맛없는 음식을 내보일 수는 없으니까요."

내게 협력해줬던 남자는 어떻게 하면 좋을지 내게 시선으로 물어왔다.

그런 건 알지 못한다. 어쩌면 좋을지는 오히려 내가 묻고 싶다!

내가 남자에게서 시선을 피하자 남자는 기침을 하기 시작했다.

그리고 남자는 감기에 걸려 미각에 이상이 있다며 도망쳤다. 게다가 도망친 곳은 그란이 있는 곳이었다. 배신을 하다니. 하지만 지금의 나는 입을 열 수 없었다.

한 명이 도망치자 다른 녀석도 거짓 기침을 하면서 그란 쪽으로 도망쳤다.

젠장, 어째서 이렇게 된 거지!

"어, 어째서 왕궁 주방장인 젤레프 씨가 여기에 있는 건가요? 이번 일은 국왕 폐하도 알고 계신가요?"

국왕 폐하가 알고 있다면 큰일이다. 어디까지 알려져 있는 거지?

"제가 여기에 있는 거라면 물론 국왕 폐하도 알고 계시죠. 하지만 이번엔 개인적인 이유로 왔습니다. 여기의 요리사가 제 오랜 벗이거든요."

벗. 아무래도 국왕 폐하의 지시는 아니었던 모양이다. 그 부분에 관해서는 안도했지만 내가 왕궁 주방장의 요리를 맛없다고 한 사실은 지워지지 않는다.

더욱이 이야기를 들으니 포슈로제 가의 엘레로라의 사주였던 모양이다. 역시, 포슈로제 가문인 건가.

하지만 이상하지 않나? 여기서부터 왕도까지는 거리가 멀다고.

부상 소식을 듣고 나서 달려왔다고 해도 시간에 맞출 수 있을 리 없다.

"요리사가 부상을 당하고 나서 달려왔다고. 그런 바보 같은……, 시간적으로……."

"실례하지만, 가쥴드 님은 요리사 보츠가 부상을 입은 걸 알고 계셨나요?"

내가 중얼거리는 게 젤레프에게 들린 모양이다.

"아니, 몰랐네. 조금 전 그란 님이 이야기를 해서 알았네."

젠장, 위험해. 분명 의심했다고…….

"그렇군요. 혹시 습격을 당했다는 것을 알고 있고, 목격자를 알고 있다면 알려주시면 좋겠습니다만."

"힘이 되지 못해서 미안하네."

"아뇨, 인적이 적은 곳에서 공격을 받은 모양이라서요."

젤레프의 「공격을 받았다」라는 발언으로 회장이 소란스러워졌다. 조금 전의 내 발언을 들었으면 나를 의심하는 자들도 나오겠지. 젠장, 뭐가 됐든 왕궁 주방장이 나온 탓에 꼬이기 시작했다.

눈앞에 있는 인물 때문이다, 라는 분함에 견딜 수 없었다. 고작 한 요리사 때문에 내 계획이 모두 망가졌다.

“젤레프 씨, 오해하지 말아주시게. 정말로 맛이 없었던 게 아니야. 요리는 엄청 맛있었네.”

“하지만 저는 가쥴드 님이 맛없다고 말씀하시는 걸 들었는걸요. 참석하신 모든 분들도 그렇죠? 딱히 가쥴드 님에게 불만을 얘기할 생각은 없습니다. 하지만 요리사로서 이 파티를 맡게 된 사람으로서, 맛없다는 이야기를 들으면 사죄를 해야지요. 그러려면 어떤 부분이 맛이 없었는지 알려주셔야 합니다.”

젠장, 이제 와서 맛있다 해도 소용없다는 건 알고 있다. 나는 주위에 다 들리도록 큰 소리로 맛이 없다고 말했었다. 그렇다고 해서 지금 같은 상황에 맛없다고는 할 수 없었다. 그 말은 국왕의 미각을 부정하는 게 되고 왕족 모두의 미각을 부정하는 것이 될 거다.

조금 더 알아봐 뒀어야 했다. 도대체 어떻게 왕도에서 온 거지. 시간적으로 있을 수 없는 일이잖아.

내가 할 수 있는 건 그란 쪽으로 도망친 남자들과 같은 변명을 하는 것뿐이었다.

“젤레프 씨, 미안하게 됐소. 아무래도 나도 몸 상태가 좋지 않은 모양이군."

분하지만 물러설 수밖에……. 나는 그란에게 사죄의 말을 건네고 아들을 데리고 나왔다. 내 뒤를 따라오는 자는 아무도 없었다. 입술을 세게 깨물어서 입술이 터지고 입 안에 피 맛이 퍼졌다.

"아버지."

아들이 내 쪽을 바라봤지만 그럴 상황이 아니었다.

"돌아가자."

"아버지!"

"조용히 있어."

시끄러운 아들을 조용히 시켰다.

저택으로 돌아와 방으로 들어서자 참고 있던 걸 내뱉듯 소리쳤다.

"웃기지 마! 왕궁 주방장이라니! 어째서 왕궁 주방장이 나오는 거냐고! 게다가 그 상인들, 아까까지는 내 옆에서 아부 떨던 주제에, 그란 쪽으로 가다니!"

떠올리는 것만으로도 열이 받았다. 이익을 보게 해준 은해도 모르고…….

하지만 역시 포슈로제 가문의 클리프와 엘레로라 라는 건가. 방해를 하다니. 그 녀석들만 없었어도 모든 게 성공했을 텐데. 그 금발의 남자 얼굴을 떠올리니 화가 났다.

그란을 처리하면 다음은 네 녀석이다.

"아버지!"

"란돌, 있었니?"

"그런 말 하실 때가 아니에요. 어째서 나온 거예요. 일개 요리사잖아요."

"왕궁 주방장이야. 보통의 요리사와는 달라. 주방장을 통해 국왕 폐하의 귀에 이야기가 들어가게 된다면 살바드 가의 인상이 안 좋아질 거다."

"그렇다고 그런 얘기를 듣고 있기만 하다니 아버지답지 않으세요."

"란돌, 조금 더 입장을 생각해봐라."

아들인 란돌은 혼내는 사람이 없어서인지 뭐든 생각대로 이루어질 거라고 여긴다. 분명 귀족이 대단하다고 가르치긴 했다. 그렇지만 왕궁 주방장을 보통의 요리사로 생각하는 바보일 줄은 생각지도 못했다. 적으로 둬도 좋은 자와 아닌 자를 구별하지 못한다. 14살이나 됐으면 그 정도는 이해해야지.

"그러면, 이대로 둘 거예요?"

"당분간은 상황을 지켜볼 거다. 이번 일로 흐름이 바뀌었어. 꽤 대단한 자가 그란 옆에 붙어 있을 가능성이 있다."

"그런 거라면 또 협박이든 돈이든 쓰면 되잖아요."

"왕궁 주방장인 젤레프가 돌아가기 전까지는 움직일 수 없어."

섣불리 소동이라도 일으켜서 국왕의 귀에 들어간다면 큰일이다. 지금은 움직일 때가 아니다. 기회는 언제든지 있다.

나는 아들에게 당분간은 문제를 일으키지 않도록 일러두고 방에서 쫓아냈다.

199 곰 씨 오셀로로 놀다

그란 할아버지의 파티가 시작하고 저택은 떠들썩했다. 손님들을 대접하기 위해 메이드들과 도우미들은 매우 바빴다. 돕고 싶어도 파티에 관해 잘 알지 못하는 나와 피나가 도울 수 있는 건 없었다. 게다가 인형 옷차림으로 파티 회장 근처에 있다가 들키기라도 한다면 소동이 일어날 것이다. 그러니 적어도 방해는 되지 않도록 방에 틀어박혀 있기로 했다.

"따분하네."

"그러게요, 크리모니아라면 집안일을 하거나 고아원에서 일을 돕거나 안즈 언니네 가게 일을 도울 텐데."

피나의 입에서는 일에 관한 이야기만 나왔다. 피나는 너무 일을 많이 한다. 가끔은 놀 줄도 알아야 하는데.

"그러면, 게임이라도 하면서 놀까?"

"게임이요?"

나는 침대 위로 이동해서 피나를 불렀다. 테이블이 커서 얼굴을 마주보며 게임을 하기에는 조금 불편했기 때문이다. 피나를 정면에 앉도록 하고 곰 박스에서 선이 들어간 두 개의 작은 박스를 꺼냈다.

"오셀로라는 게임이야."

나는 작은 상자 하나를 피나에게 건네줬다. 내가 작은 상자를 여니 피나도 따라하듯 작은 상자를 열었다. 안에는 동그란 말이 들어 있었다. 그 말에는 원래 세계의 오셀로와 조금 다른 점이 있었다. 평범하게 앞뒷면이 흑백인 말이 아니라 앞뒷면에는 검은 곰과 하얀 곰의 그림이 그려져 있었다.

"앞과 뒤에 곰이 그려져 있네요. 귀여워요."

피나는 동그란 말을 뱅뱅 돌리면서 즐거워했다.

"이걸로 어떻게 노는 거예요?"

"말로 서로의 영역을 뺏는 게임이야. 피나는 검은 곰과 하얀 곰 중에 어떤 게 좋아?"

피나는 검은 곰과 하얀 곰을 몇 번이고 번갈아 봤다.

"그런 거 못 정해요. 검은 곰이면 곰돌이고, 하얀 곰이면 곰순이잖아요. 어느 한 쪽을 고를 수 없어요."

나도 못 정한다. 말의 그림은 곰돌이와 곰순이가 아니라 디포르메된 곰의 얼굴이었다. 하지만 다른 곰이라고 해도 곰돌이와 곰순이가 어느 한 쪽을 골랐다는 걸 알게 된다면 남겨진 한 쪽이 토라질 가능성이 있었다. 그래서 피나가 고르도록 했던 건데, 피나도 무리였던 모양이다.

"그러면, 바꿔가면서 쓸까?"

"그래요."

평소처럼 교대하기로 했다. 평등은 중요하지.

“그러면 하는 방법을 설명해줄게. 우선은 이 무늬 중앙에 이렇게 말을 두는 거야.”

나는 검은 곰의 말을 바둑판 중앙에 비스듬히 두 개 두었다.

“피나는 하얀 곰의 말을 똑같이 둬봐.”

피나는 들은 대로 두었다. 나는 맛보기로 하얀 곰의 말을 검은 곰의 말들 사이에 두고 하나를 뒤집었다.

“피나도 검은 말을 사이에 끼듯이 하얀 말을 둬봐.”

“어디든 상관없나요?”

“붙어 있다면 어디든 상관없어. 하지만 상대의 말을 사이에 끼듯이 둬야 돼.”

피나는 검은 곰을 사이에 끼듯 하얀 곰을 두었다. 그리고 사이에 있는 검은 곰을 뒤집었다.

“이렇게 번갈아가며 말을 두고 최종적으로 자신의 색의 말이 많은 쪽이 이기는 거야.”

“알겠어요.”

그리고 시간을 때우기 위한 오셀로 대회가 시작됐다.

사실은 트럼프를 만들고 싶었지만, 아직 킹, 퀸, 잭의 도안을 어떻게 할지 모색 중이다. 후보로는 킹의 도안은 국왕님, 퀸은 왕비님, 잭은 플로라 님이 좋을 것 같다고 생각하고 있다. 하지만 크리모니아에서 쓸 거라면 가까운 클리프, 엘레로라 씨, 노아로 해도 괜찮으리라. 조커는 곰으로 하면 되려나.

나와 피나는 오셀로로 놀며 어제 만든 푸딩을 먹거나, 오랜만에 피자를 먹으면서 방에서 빈둥거리며 지냈다.

시간적으로 파티가 끝났을 거라 생각한 무렵, 예쁜 드레스를 입은 노아와 미사가 방으로 들어왔다. 노아는 붉은 색의 드레스를 입고 있었다. 금색으로 반짝이는 머리와 어울렸다. 미사는 푸른 색으로 보이는 드레스를 입었고 이 또한 은색 머리에 어울렸다. 미사의 생일 파티에는 피나도 드레스를 입겠지. 피나의 드레스 모습도 기대 된다.

"두 사람 모두 귀엽네."

"고맙습니다."

"파티는 괜찮았어?"

두 사람의 미소를 보면 아무 일 없이 끝난 모양이다. 상대의 귀족이 괴롭혀올 거라고 생각했는데 예상이 빗나갔나?

"젤레프 씨, 멋있었어요."

노아와 미사가 파티에서 일어났던 일을 이야기해주었다.

역시 그 귀족이 요리에 불만을 말해왔던 모양이다. 쓰레기를 넣지 않아서 다행이라 여겨야 하나. 이야기를 듣는 것만으로도 전형적인 바보 귀족이군. 잘도 젤레프 씨의 요리를 먹고 맛없다는 말을 했네. 몰랐다고는 하지만 미각을 의심받아도 어쩔 수 없는 레벨이다.

"젤레프 씨 덕분에 란돌이 자기 아버지와 같이 회장에서 떠날 때가 가장 기뻤어요."

미사가 기쁜 듯 말했다.

란돌……. 아, 얼마 전 우리에게 싸움을 걸어왔던 바보인가.

뭐, 그런 녀석이 있었으면 파티도 즐기지 못했겠지.

키우는 부모가 다르면 아이도 다르게 자라는군. 나는 세 명의 소녀들을 바라봤다. 이대로 자라주길 바란다.

"하지만 회장에서 빠져나갈 때 우리들 쪽을 노려봐서 조금 무서웠어요."

"분하다는 듯 노려보고 있었어요."

당분간은 조심하는 편이 좋으려나. 그 일가의 패턴으로는 보통 역으로 앙심을 품을 테니까 말이다. 마주치게 되면 트집을 잡을 것 같다.

그리고 미사와 노아는 살바드 가가 없어진 후의 파티 이야기를 즐겁게 해주었다.

"그리고 저희가 만든 푸딩을 모두들 맛있게 먹어줬어요."

"하지만 다들 젤레프 씨가 만들었다고 생각하고 있었어요. 사실은 우리가 만든 건데."

두 사람은 조금 억울해 보였다.

"그건 어쩔 수 없어. 그래도 모두들 맛있게 먹어줬잖아."

"네, 모두들 연신 맛있다며 먹어줬어요."

자신들이 만든 푸딩이 호평이었던 게 기뻤던 모양이다. 젤레프 씨의 요리도 호평으로 맛있었다고 한다. 파티에 참석하고 싶지는 않지만 다음번에 젤레프 씨의 파티 음식은 먹어보고 싶다. 부탁하면 만들어 주려나.

"유나 님과 피나도 참석하면 좋았을 텐데."

노아의 말에 나와 피나는 쓴웃음을 지었다.

그런 귀족과 유력자들의 파티 같은 거엔 참석하고 싶지 않았다. 주위의 시선이 신경 쓰여서 식사를 못할 가능성이 높았다. 게다가 파티의 매너도 모른다. 그건 피나도 마찬가지일 테고. 무엇보다도 곰 옷차림으로는 나가지 못하겠지.

노아와 아이들과 이야기를 나누면서 알아차린 게 있었다.

젤레프 씨의 예정을 묻지 않은 것. 곧바로 왕도로 돌아가야 하는 건가?

미사의 파티가 이틀 후에 있다. 갑자기 내일 돌아간다고 해도 곤란하기 때문에 젤레프 씨에게 확인을 하러 가기로 했다.

젤레프 씨를 찾으러 부엌으로 가자 정리를 하고 있는 메이드는 있었지만 젤레프 씨의 모습은 보이지 않았다. 바빠 보이는 메이드에게 물으니 그란 할아버지의 호출이 있었던 모양이다.

그란 할아버지가?

으음, 어쩌지. 어제 클리프와 그란 할아버지가 있던 방에 있나?

"유나 님, 이런 곳에서 무슨 일이신가요?"

"메슌 씨?"

뒤를 돌아보니 메슌 씨가 파티에서 사용한 그릇 등을 옮기고 있었다.

"잠깐 젤레프 씨에게 용건이 있는데, 그란 할아버지에게 불려간 모양이라서요."

"파티가 끝나고 그란 님이 젤레프 님에게 말을 건네고 계셨습니다. 저번에 유나 님을 안내해드린 방에 계실 거예요."

젤레프 씨가 있는 곳을 알게 되어 곧바로 향했다.

"아가씨, 무슨 일인가?"

방 안에는 젤레프 씨와 그란 할아버지가 있었다. 클리프의 모습은 없었다.

"젤레프 씨에게 앞으로의 예정을 물으려고요."

"제 예정이요?"

"네, 혹시 급하게 왕도로 돌아가야 되는 건가요? 가능하다면 미사의 생일 파티가 끝날 때까지 계셔줬으면 좋겠는데."

"미사나 님의 생일 파티도 있나요?"

"이틀 후에 있어요. 괜찮다면 끝나고 왕도로 돌아가셨으면 좋겠는데……."

"그런 거라면 괜찮습니다. 국왕 폐하께는 허가를 받았으니 괜찮아요. 게다가 보츠와도 오랜만에 만났으니 이야기를 나누고 싶고요."

"고마워요."

"그러면 미사나 님의 파티 요리도 제가 만들겠습니다."

"괜찮겠습니까?"

내가 아니라 그란 할아버지가 물었다.

"네, 보츠도 당분간 요리를 못 만들 테니까요. 요리는 제가 드리는 선물이라고 여겨주세요."

"고맙소."

그란 할아버지는 고개를 숙였다.

오, 젤레프 씨의 파티 요리를 먹을 수 있게 됐다. 조금 기쁜데.

"노아와 미사에게 들었는데, 젤레프 씨, 오늘 활약하셨다면서요?"

"활약 같은 거 안 했어요. 저는 제 요리를 맛없다고 들었기 때문에 어디가 맛이 없었는지 물었을 뿐이죠. 유나 님의 말씀 덕분입니다."

"제 말이요?"

"자신의 요리를 맛없다고 인정해버리면 자신의 요리를 인정해 준 사람들에게 실례라는 말씀이요."

분명 말했었다.

"그렇게 생각하니 제가 아니라 국왕 폐하와, 같이 요리를 만드는 동료들, 제 요리를 맛있다고 말해주셨던 분들의 미각을 부정당하는 기분이 들어 조금 화를 내버렸습니다."

젤레프 씨는 웃으면서 대답했다.

파티에 참석하고 싶지는 않았지만 젤레프 씨가 활약하는 모습을 못 본 것은 조금 아쉬웠다.

"그래도 무사히 파티가 끝나서 다행이에요."

"이것도 아가씨가 젤레프 씨를 데리고 와준 덕분이지. 정말 고맙네."

"뭐, 저도 그 바보 귀족의 아들에게는 화가 났으니까요."

"이번 일로 그 녀석들도 잠잠해지겠지."

그 동안에 그란 할아버지가 힘을 내줬으면 좋겠다.

젤레프 씨에게서 예정을 들은 내가 방으로 돌아가자 계속 꺼내놓았던 오셀로로 놀고 있는 세 명의 소녀들이 있었다. 심지어 노아와 미사는 드레스 모습으로 놀고 있었다.

두 사람 모두 놀기 전에 옷부터 갈아입어야지.

200 곰 씨, 여성 모험가와 재회하다

그란 할아버지의 파티 다음 날, 방에 미사를 데리고 그란 할아버지와 클리프가 찾아와 다시 한 번 고맙다는 말을 했다.

어제 노아와 그란 할아버지에게도 이야기를 들었지만 파티는 젤레프 씨 덕분에 대성공으로 끝이 났다고 했다. 많은 상인들과 유력자들이 그란 할아버지의 이야기를 들어줬다고 했다.

더욱이 이야기 내용의 대부분은 젤레프 씨와의 관계를 묻는 것이었다고 한다.

뭐, 보통 왕궁 주방장이 나타나면 뒤에서 나쁜 짓을 하고 있던 상인들과 유력자들은 신경 쓰이겠지. 만약 국왕이 연관될 것 같으면 그란 할아버지와 적대하고 싶지 않을 터. 국왕에게 싸움을 거는 바보는 없다.

그러니 정보를 얻기 위해 모여들었다고 한다.

젤레프 씨가 불려온 경위는 보츠 씨와 지인이었다는 것을 포함하여 왕도에서 일하고 있는 포슈로제 부인인 엘레로라 씨의 부탁에 의해 온 것으로 되어 있다. 내가 젤레프 씨에게 부탁을 했다는 것은 숨기고 있었다.

애당초 곰이 데리고 와줬다고 해도 거의 모든 인간들이 의미를 몰라 고개를 갸웃거리겠지. 나로서도 성가신 일은 거절이므로 그

설명에 문제는 없었다.

파티 분위기는 푸딩 이야기로도 고조됐다고 한다. 개중에는 크리모니아의 내 가게에 관해 알고 있는 사람도 있었다고…….

작은 목소리로 「곰과 아는 사이인가요?」라는 물음을 받아서 그란 할아버지는 작은 목소리로 「그렇소, 손녀의 친구요」라고 대답했다고 한다. 그 사람은 꽤나 놀랐다고 했다. 그 사람에게 놀란 이유를 따지고 싶군.

그건 그렇고 작은 목소리로 물어봐야 하는 내용인가?

큰 소리로 이야기를 하는 것보다는 낫지만…….

“그래서, 유나. 당분간 그란 할아버지를 도와줘야 하니 노아를 부탁하지. 떼를 쓰거든 방에 가둬놔도 상관없어.”

“저, 떼 같은 거 안 써요.”

“그렇다면 곰과 관련된 것도 참을 수 있겠지.”

“그건…….”

노아는 말이 막혔다.

애초에 곰과 관련된 떼라는 게 뭐야?

“약속했다.”

“아버지, 너무해요.”

노아는 조금 입을 삐죽거렸다. 이어서 그란 할아버지에게서도 미사에 관해 부탁을 받았다.

“그래서 확인하는 건데, 바보 귀족은 괜찮은 거예요?”

"뭐, 당분간은 잠잠해져 있겠지."

"젤레프 씨가 있는 동안엔 살바드 가도 멍청한 짓은 못하겠지. 만약 젤레프 씨의 입을 통해 국왕 폐하의 귀에 들어간다면 인상이 나빠질 테니까 말이야."

그렇게 말하니 귀족인 클리프와 그란 할아버지의 말보다 젤레프 씨 쪽의 말이 중요한 것처럼 들린다.

"그러면, 집을 나가도 괜찮나요? 이번에야 말로 마을을 산책하려고 하는데."

뭐, 나 혼자라면 어떻게든 될 거다. 하지만 내가 마을 산책을 하러 가고 싶다고 하면 꼬맹이들이 할 말도 정해져 있다.

"저도 가고 싶어요!"

노아가 가장 빠르게 입을 열었다. 그리고 뒤늦게 미사와 피나도 같이 가고 싶다고 말을 꺼냈다.

"모처럼 다른 마을에 왔는걸요. 아버지, 다른 마을을 이것저것 보는 것도 공부예요. 자주 하시는 말씀이잖아요."

"그렇긴 하지만……."

클리프는 딸을 보며 생각에 잠겼다. 그리고 내 쪽을 바라봤다.

"유나한테서 떨어지지 않는다고 약속할 수 있니?"

"그럼요!"

"유나, 딸을 부탁해도 될까? 만약, 멋대로 떨어지려고 하거든 미안하지만 집으로 데리고 돌아와 줘. 그렇게 해주면 방에 가둬

놓지."
호위는 괜찮지만 멋대로 떨어진 노아를 찾는 건 성가실 것 같다.
"노아, 방에 남아 있을래?"
"유나 님, 너무해요. 제멋대로 떨어지거나 하지 않아요."
"알았어. 절대로 나한테서 멀어지면 안 된다."
"할아버지."
노아를 데리고 가는 것으로 정해지자 미사도 그란 할아버지에게 부탁했다.
"노아 양처럼 말을 잘 들을 수 있겠니?"
"네!"
미사도 함께 가게 됐다. 피나에게는 내가 허락을 내려 같이 가게 됐다.

나는 세 명의 소녀들을 데리고 저택을 나왔다. 저번엔 방해가 있었지만 오늘은 천천히 둘러보고 싶다. 사실은 세 명이 따라오지 않았다면 모험가 길드를 보러 가려고 했었다. 하지만 이번엔 포기할 수밖에 없다. 의뢰를 받을 생각은 없으나 재밌는 의뢰가 있다면 다음번에 받으러 와도 괜찮지 않을까 생각하고 있었는데.
나로서는 모험가 길드가 안 된다면 식재료를 팔고 있는 가게를 둘러보러 가고 싶었다. 채소, 고기, 과일, 희귀한 것이 있다면 확보하고 싶다. 원래 세계에서도 본 적이 없는 것을 발견한 적도 있었다. 매운 조미료나 단 과일 등, 모르는 게 많이 있다. 그런 식재료가 있다면 조금 사두고 싶다. 피나는 둘째 치고 노아와 미사를 그런 곳에 데리고 가면 즐거워하지 않겠지만 말이다.

"어딘가 가고 싶은 곳이 있니?"

내 질문에 세 사람은 서로를 보며 조금 고민하더니 입을 열었다.

"저는 어디든 괜찮아요."

"저도."

"……저, 한 번 더 포장마차에 가고 싶어요."

미사가 말하기 어려운 듯 희망을 말했다.

"……저번에 갔던 포장마차의 음식이 맛있었거든요. 저, 별로 포장마차에서 음식을 사 먹어본 적이 없어서……."

"그렇구나."

귀족의 딸이라면 제멋대로 밖을 돌아다닐 수 없는 건가?

아니면 그 바보 귀족 때문에 외출을 못하고 있었을 가능성도 있다.

"두 사람은 거기로 가도 괜찮아?"

"괜찮아요."

"네."

행선지가 정해졌기 때문에 우리는 포장마차가 있는 광장으로 향했다.

"노아는 포장마차 같은 곳에서 자주 사 먹니?"

"먹어요. 어머니와 자주 먹었어요."

분명 엘레로라 씨라면 포장마차에서 자주 사 먹을 것 같다.

"지금도 가끔 혼자서 먹으러 가기도 해요. 최근엔 포장마차에 가지 않고 유나 님의 가게로 가지만요."

처음엔 귀족의 딸이 혼자서 괜찮을까, 라고 생각했었는데 자주 혼자서 먹으러 오는 걸 발견했다. 가끔 메이드인 라라 씨가 데리고 가기 위해 방문하기도 했다.

이세계의 귀족도 여러 가지구나.

"노아 언니, 너무해요. 저도 유나 언니네 가게에 가고 싶어요."

"다음에 크리모니아에 오면 안내해줄게."

"정말인가요? 약속이에요."

미사는 기뻐했지만 크리모니아를 방문하는 일이 있으려나?

우리는 포장마차가 있는 광장에 도착한 뒤 미사가 먹고 싶어 하는 걸 중심으로 사 먹으며 걸었다. 내 모습을 본 노점상들은 모두들 나를 쳐다보며 굳었다.

응, 알고 있었어. 저번에 왔을 때도 그랬으니까. 그 반응은 무시하고 주문했다. 광장을 둘러보고 있는데, 우동을 발견했다.

오, 이 세계에도 있구나. 뭐, 밀가루를 반죽해서 얇게 만들기만 하면 되니까.

내가 조금 감동하고 있는데 피나가 말도 안 되는 소리를 하기 시작했다.

"안즈 언니네 가게에서도 먹을 수 있어요."

"……피나 님, 지금 무슨 말을 했지요?"

"안즈 언니네 가게에서도 먹을 수 있다고요."

"……농담이지?"

"수프는 다르지만 먹을 수 있어요. 유나 언니는 안즈 언니네 가게에서 식사할 때 항상 밥을 먹으니까 눈치 채지 못했을지도 몰라요."

분명 그렇긴 하다. 안즈네 가게에 갈 때는 메뉴도 보지 않고 밥이 중심인 주문을 하고 있었다. 애초에 메뉴 작성은 안즈와 티루미나 씨에게 맡겨두고 있었다.

설마 안즈네 가게에서 우동을 먹을 수 있을 줄은 생각도 못했다. 돌아가면 먹어봐야지.

일단 눈앞에 있는 우동을 주문하기로 했다.

맛있긴 하지만 국물이 조금 아쉽다. 안즈 네라면 다시마 육수가 있으니까 맛있겠지. 얼른 돌아가고 싶어졌다.

우동을 다 먹고 배가 불러서 벤치에서 휴식을 취하고 있는데 본 적 있는 두 사람이 다가왔다.

"정말로 있었네."

"있었네요."

으음, 분명 그란 할아버지네 호위를 했었던 모험가 마리나와 다른 한 명은 거유의 마법사. 이름은 잊어버렸다. 한 번 자기소개를 했었지만 그 뒤로 한 번도 만나지 않으면 잊게 되지.

나는 나쁘지 않아, 라고 자신에게 변명한다.

"마리나, 엘."

미사가 두 사람의 이름을 말했다.

응. 그래, 엘이었지. 그런 이름이었다. 미사에게 마음속으로 감사 인사를 건넸다.

"미사나 님, 오랜만이에요."

미사에게 인사를 하는 두 사람.

"그래서, 있었다니? 설마, 나를 찾고 있었던 거예요?"

"그래, 모험가 길드에서 곰 옷차림을 한 여자아이가 화제가 되고 있었거든."

"귀여운 복장이라고 소문이 나 있었어요."

"웃고 있던 녀석도 있었지만 말이지."

엘이 잘 포장해주고 있었는데 마리나가 방해를 했다.

"뭐, 바로 유나라고 생각했어. 그래서 유나는 어째서 미사나 님과 같이 있는 거야?"

"미사의 생일 파티에 초대 받았거든요."

"미사나 님의 생일 파티?"

마리나가 미사를 바라봤다.

"응, 이번에 10살이 되요."

"정말인가요? 축하드려요."

"고마워요."

"그래서, 마리나와 엘은 나를 찾고 있었던 거예요?"

"아니야. 마을 밖 논밭에 나타난 두더지를 퇴치하러 가던 중이었어. 그러던 중에 잠깐 곰 복장을 한 유나를 발견한 거고."

"두더지요?"

두더지라는 건 그 땅속에 숨는 두더지를 말하는 거지? 마리나의 이야기를 들으니 두더지가 작물을 먹어버려서 두더지 퇴치를 하러 간다고 했다. 하지만 두더지가 작물을 먹던가?

그 이전에 모험가가 두더지 퇴치?

"먹어."

"물론 종류에 따라 먹지 않는 두더지도 있지만 이번에 나타난 두더지는 작물을 훼손하고 있는 모양이야."

"그래서 우리가 퇴치를 하러 가는 거고."

"유나는 두더지 본 적 없어?"

"없어요."

도시 소녀인 나는 두더지 같은 건 본 적이 없었다.

"이렇게 커다란 두더지도 있어."

마리나가 양 손을 크게 벌렸다. 너무 크잖아. 그런 건 두더지가 아니지. 그렇지만 이세계라면 있으려나?

그렇긴 해도 모험가가 두더지 퇴치라. 뭐, 마물 토벌과 호위 같은 일이 아니라 잡다한 일도 많이 존재한다.

하지만 어떻게 땅속에 있는 두더지를 퇴치한다는 거지? 예상이 가는 건 흙 마법으로 대처하는 방법이지만…….

……어떻게 두더지를 퇴치하는지 보고 싶다. 하지만 세 명의 소녀가 같이 있으니 무리일까.

내가 세 명의 소녀를 바라보자 나 이상으로 흥미를 가지고 있는 인물이 두 명 있었다. 노아와 미사다. 피나는 매우 평범했다. 귀족과 평민의 차이인가.

"유나 님!"

미사와 노아가 내 곰 옷을 잡아당겼다.

그렇게 가고 싶어 하는 눈으로 보지 말아줘.

"밭은 멀어요?"

"문을 나가서 오른쪽을 향해 걸으면 금방 보여."

가까운 건가.

"위험한가요?"

"그렇지 않아. 주변에는 마물도 없고, 숲하고도 떨어져 있어서 동물들도 없어. 하지만 어디든지 두더지가 나타나서 작물을 헤집어 놓거든."

"식재료는 어느 마을에서든 중요하니 이렇게 가끔 모험가들이 두더지 퇴치를 하러 가는 거야."

위험은 하지 않다. 장소도 가깝다.

"모두들, 가볼래?"

"네."

"갈래요!"

노아와 미사가 활기차게 대답했다. 그 모습을 피나가 흐뭇하게 바라보고 있었다. 이렇게 보니 피나가 가장 똑 부러진 언니로 보인다.

"미사나 님, 봐도 재미없을 거예요. 엘이 마법으로 땅속에 있는 두더지를 쫓아내고 그걸 제가 퇴치하는 것뿐이거든요."

"안 돼요?"

"으, 안 되는 건 아니지만……."

마리나가 곤란한 듯 나를 바라봤다.

"내가 확실하게 돌볼게요. 두 사람 모두 그란 할아버지와 클리프 씨의 말을 기억하고 있지?"

"네."

"유나 님에게서 떨어지지 않을 거예요."

노아가 내게 안겼다.

정말 알고 있는 걸까?

웃는 얼굴을 보니 정말로 알고 있는지 의문이 들었다.

201, 곰 씨 두더지 퇴치를 돕다

앞을 걷는 마리나의 옆을 미사가 기쁜 듯 걷고 있었다. 마리나를 신용하고 있는 모양이네. 오크에게 공격당했을 때도 도망치지 않고 미사가 탄 마차를 지켜줬던 마리나다. 신뢰를 받겠지.

“다른 멤버는 없는 거예요?”

앞을 걷는 마리나에게 물었다. 그란 할아버지를 호위했을 땐 네 명이 있었다. 이름은 기억나지 않지만 말이다.

“마스리카랑 이티아는 다른 일을 하고 있어. 이쪽엔 엘과 내가 있으면 충분하니까.”

반대로 마법사인 엘이 없으면 안 되는 모양이다.

문을 나와 한동안 걸으니 밭이 보였다. 넓네. 농사일을 하고 있는 사람들이 몇 명 보였다. 마리나는 작업하고 있는 사람들에게 뒤에서부터 말을 건넸다.

“실례할게요. 두더지가 나온다는 이야기를 듣고 모험가 길드의 의뢰로 왔는데요.”

“와 주셨군요. 고맙소…….”

“남자는 뒤돌아 마리나를 바라봤지만 시선은 곧바로 뒤에 있는 내게 고정되었다.

“곰?”

"이 곰은 신경 쓰지 마세요."

마리나는 아주 잠깐 나를 바라보더니 그렇게 대답했다. 고맙긴 한데 조금은 나에 대한 취급이 너무한 거 아냐?

하지만 남자는 내가 신경이 쓰이는지 흘깃흘깃 나를 바라봤다.

"그럼, 그쪽의 아이들은?"

내 옆에 있던 피나와 아이들을 바라봤다.

뭐, 모험가와 함께 곰 옷차림을 한 나와 피나와 아이들이 있으면 신경 쓰이겠지.

"그쪽도 신경 쓰지 말아주세요. 그래서 두더지는 어디에서 나타났나요?"

"아, 저쪽이오. 작물들을 많이 훼손했으니 잘 부탁하겠소."

남자는 나와 피나와 아이들을 보는 것을 그만두고 두더지가 나타난 쪽을 가리켰다. 마리나는 남자가 알려준 방향으로 걷기 시작했다.

나는 마물이 없는지 확인을 하기 위해 탐지 스킬을 사용했다. 마리나가 말한 대로 근처에는 마물의 반응이 없었다. 그리고 유감스럽게도 두더지를 탐지할 수는 없었다.

탐지 스킬은 마물과 사람에게만 반응했다. 그렇기 때문에 마물이 아닌 두더지는 탐지 스킬로는 발견할 수 없다.

지금 탐지 스킬에 반응이 있는 건 농사일을 하는 사람들 정도다. 새삼 보니 농사일을 하고 있는 사람이 많네. 스쳐 지나간 건지 후방에도 사람이 있었다. 나는 뒤를 바라봤지만 모습은 보이지 않았다. 반응은 커다란 나무가 있는 부근이었다. 나무 그늘에서 쉬고 있는 걸까. 어쩌면 농땡이 치고 있는 걸지도. 농사일은 힘드니까 말이다.

"이 부근이란 거죠. 엘, 부탁해. 미사나 님과 여러분은 조금 물러나주세요."

남자가 알려준 장소에 도착하자 마리나가 지시를 내렸다.

"그러면, 주변을 확인할게."

엘은 밭의 주변을 걷기 시작했다.

"구멍이 몇 개 있네."

엘이 지나간 곳을 보니 분명 구멍으로 보이는 게 있었다.

"어떻게 두더지를 찾죠?"

미사가 흥미롭게 엘에게 물었다.

"물 마법으로 빨아들일 거예요. 그러면 지금부터 할 테니 조금 물러나주세요."

엘의 말에 우리는 살짝 물러났다.

우리가 물러난 것을 확인하자 엘은 구멍에 손을 가까이 대어 마법을 사용했다. 엘의 손에서 나온 물은 땅 속으로 들어갔다. 물은 흙에 흡수되는 일 없이 구멍으로 쑥쑥 흘러갔다.

어떻게 되는지 지켜보는데 이번엔 물이 역류하기 시작했다. 물을 되돌리고 있어?

그 현상을 세 명의 소녀들은 놀라며 바라봤다.

"참고로 엘이 사용하고 있는 마법은 어려운 거예요."

진지한 눈으로 바라보고 있는 세 명의 소녀들에게 마리나가 약간 자랑하듯 말했다.

"그런 거예요?"

"물 마법을 내뿜는 것만이라면 간단하지만, 내보낸 물을 조종하는 건 어려워요."

마리나는 친절하게 미사에게 설명했다.

분명 나도 마법을 날리는 것만이라면 간단했다. 하지만 골렘을 만들 경우의 조작은 조금 어려웠다. 조작하는 상상력이 추가되기 때문인가.

"마리나, 잡담은 그만. 슬슬 나올 거야."

엘의 말에 마리나는 검을 감아쥐었다.

우리는 구멍으로 시선을 향했다.

"뭐, 뭔가 나왔어요!"

미사가 소리치자 구멍에서 빠져나오는 물과 함께 검은 물체가 튀어나왔다.

두더지였다. 하지만 내가 TV에서 본 적 있는 두더지보다도 한 단계 정도 컸다. 빨려 올라온 두더지가 지면에 떨어지자 마리나가 검을 꽂았다. 두더지는 절명했다. 이어서 구멍에서 나온 두 마리의 두더지를 마리나가 퇴치했다.

“세 마리네.”

“성과가 훌륭한데. 자, 다음 구멍으로 이동할까요.”

엘이 다음 구멍으로 이동했다.

“미사나 님. 그다지 재밌는 게 없었죠?”

미사는 고개를 좌우로 저었다.

“두더지를 죽이는 건 가엽지만, 식재료들이 중요하다는 건 알고 있으니까요. 게다가 엘의 마법도 대단했어요.”

“미사나 님. 고맙습니다. 하지만 그다지 대단하지 않아요.”

“그래도, 아까 마리나가 엘의 마법은 대단하다고…….”

“분명 조금은 어렵지만 저는 마법으로 만들어 낸 물을 만지지 않으면 물을 조작할 수 없어요. 상급자가 되면 떨어져 있어도 물을 조작할 수 있게 될 거예요.”

응? 혹시, 골렘을 조작하고 있는 나는 대단한 걸 하고 있는 건가?

“그러니까 조금만 대단한 마법사라고 생각해주세요.”

엘은 싱긋 미소 짓고 말했다. 그때 엘이 미사에게 시선을 맞추며 몸을 숙이자 풍만한 가슴이 강조되었다.

크다. 언젠가는, 나도…….

그런 뒤 우리도 두더지 퇴치를 돕기로 했다.

돕는다고는 해도 구멍을 발견하는 일이다. 퇴치는 어디까지나 마리나와 엘의 일이니 토벌을 돕지는 않는다.

"마리나, 여기에도 구멍이 있어요."

미사가 조금 떨어진 곳에서 외쳤다.

"네. 이 구멍이 끝나면 갈 테니 기다려주세요. 엘, 시작하자."

엘은 주문을 외웠고 조금 전과 같은 행동을 반복했다.

여러 명이 같이 찾고 있어서인지 구멍들은 금방 발견됐다. 하지만 두더지 굴과 굴의 사이가 너무 가까우면 안타깝게도 아무것도 없을 때도 있었다. 그렇게 순조롭게 두더지를 처리해갔다.

"그건 그렇고, 생각보다 수가 많네."

"그러게. 아직 반도 돌지 않았는데, 꽤 많아."

통상적으로는 어떨지 모르지만 이미 서른 마리에 가까운 두더지를 제거했다. 그렇게 생각하니 많을지도 모른다.

"어쩌면 빅 두더지가 있는 건가."

"빅 두더지?"

커다란 두더지? 새로운 두더지의 이름이 나왔다.

"가능성은 있지. 두더지의 구멍 찾기는 중단하고 빅 두더지의 구멍을 찾는 편이 나을지도 몰라."

"마리나, 빅 두더지라는 게 뭐예요?"

미사가 물었다.

미사, 나이스. 나도 빅 두더지에 관해서 묻고 싶었다. 만약 일반상식이었다면 창피하니까 말이야.

"빅 두더지는 두더지의 엄마 같은 거예요. 한 번에 대량의 새끼들을 낳기 때문에 얼른 토벌하지 않으면 작물을 다 먹어 치우기도 하죠."

"그렇게 생각하면, 우리만이 아니라 다른 사람들의 손도 빌리는 게 나을지도 모르겠어. 때를 놓치면 곤란하니까."

"구멍을 찾고 나서 정하기로 하자."

"그래. 그러면 빅 두더지의 구멍을 찾기로 하죠."

엘의 지시로 커다란 구멍을 찾게 됐다. 아무래도 인간 꼬마들이 들어갈 정도의 구멍이라고 한다. 얼마나 큰 거야. 우리가 분담해서 찾으려고 한 무렵, 남자가 이쪽으로 달려오는 모습이 보였다.

"잠시만요~!"

남자가 숨을 헐떡이며 여기까지 달려왔다.

"왜 그러세요?"

남자는 숨을 고르더니 입을 열었다.

"저쪽에 커다란 구멍이 있는데 작물들이 다 먹히고 있어요."

"커다란 구멍?"

"어쩌면 빅 두더지일 수도?!"

"네. 가능성이 있을 것 같아서 여러분에게 전하려고 왔습니다. 이대로라면 큰일이 될 거예요. 어떻게든 도와주세요."

남자는 고개를 숙였다. 아무래도 찾으려고 했던 빅 두더지의 구멍으로 보이는 게 있는 모양이다. 구멍을 확인하기 위해 남자에게 안내를 받았다.

"크네요."

떡하니 커다란 구멍이 뚫려 있었다. 분명 아이들이 들어갈 정도의 구멍이었다.

엘이 구멍과 그 주변을 확인했다. 주변의 작물들이 꽤 먹혀 있었다.

"역시 빅 두더지가 있는 것 같아."

마물이 아니구나. 탐지 스킬을 사용해보지만 마물의 반응은 없었다. 반응이 있는 건 사람 뿐. 으음, 저 사람 아직 나무쪽에서 농땡이 치는 모양이네.

"엘, 부탁할게."

마리나가 엘에게 부탁하자 엘은 지금까지와 똑같이 주문을 외우고 구멍에 물을 흘려보냈다. 하지만 역류가 시작해도 아무것도 나오지 않았다.

"없는 건가?"

"모르겠어. 없을 지도……."

마리나는 주위의 침입을 당한 밭을 봤다.

"이건 분명히 있어."

"크기가 커서 내 마법으로는 끌어당기지 못하는 걸지도 몰라."

엘이 물을 몇 번이고 당겨봤지만 두더지가 나올 기색은 전혀 없었다. 사실은 도울 생각은 없었는데 이대로 작물들이 먹히는 건 곤란하겠지.

“제가 할까요?”

“유나가?”

“가능하다면, 부탁해도 될까? 나로는 무리인 것 같아.”

“유나의 흙 마법이 대단하다는 건 알고 있지만 물 마법도 사용할 수 있는 거야?”

“일단은요.”

나는 엘이 한 것처럼 물 마법을 사용했다. 곰 인형 장갑의 입에서 물이 나왔다. 물은 커다란 구멍으로 들어갔다.

“대단한 물의 양이야.”

“나의 몇 배 이상은 되는 것 같아.”

물 마력을 통해서 어쩐지 안의 모습을 알 수 있었다. 물이 무언가에 닿는 감촉이 있었다.

“뭔가 커다란 게 있네요.”

“그걸 알아?”

“그냥 느껴져요.”

나는 엘이 한 것처럼 물을 빨아들였다.

응, 큰 무언가가 빨려오는 감각이 있다.

“마리나, 무언가 나오고 있으니까 부탁할게요.”

“맡겨줘.”

검을 감아쥐는 마리나.

이제 곧 나올 거야.

나온 건…… 두더지?!

“빅 두더지!”

마리나가 외쳤다.

크지 않아?

울프 정도인 것 같아. 절대로 두더지의 크기가 아니야.

“마리나! 놓치면 안 돼!”

“알고 있어.”

마리나는 튀어나온 빅 두더지에게 검을 꽂았다. 마리나의 검이 빅 두더지의 몸을 관통했다. 빅 두더지는 움직이지 않게 됐다. 일격으로 끝난 모양이다.

“크다.”

“이렇게 커다란 두더지가 있었구나.”

피나는 그렇다 치더라도 두더지의 사체를 봤는데 미사도 노아도 아무렇지 않구나. 처음 이 세계에 온 나는 울프 사체에 놀랐는데. 이세계의 아이들, 강해.

“유나, 고마워.”

“내 마법으로는 무리였는데, 덕분이야.”

두 사람에게 감사 인사를 들었다.

“작물이 먹히면 농가가 곤란해지잖아요.”

열심히 농사일을 해서 키운 작물들이다. 게다가 눈앞에서 농가의 사람들을 보고도 못 본 척할 수는 없었다. 원래 세계에서도 태풍 등의 피해를 받아 큰일에 닥쳐 있는 걸 뉴스로 본 적이 있었다.

나도 여기 농작물들을 먹을지도 모르고, 지킬 수 있는 거라면 지키고 싶었으니까.

202 곰 씨, 엘레로라 씨와 재회하다

무사히 빅 두더지를 퇴치할 수 있었다.

"이걸로 괜찮겠지."

마리나가 말하길, 빅 두더지는 한 곳에 두 마리 이상은 나타나지 않는다고 했다. 먹을 게 많이 있는 곳에 나타나 새끼들을 낳는다. 빅 두더지가 낳은 새끼의 수는 많기 때문에 제거가 늦어지면 식자재들이 뿌리 채 먹혀 피해가 커진다고 했다. 역시 이세계. 원래의 세계와는 여러 가지로 다르네.

나머진 빅 두더지가 낳은 두더지를 퇴치하는 것뿐이다. 하지만 시간이 많이 지나 있었다. 돌아가는 게 늦어지면 걱정하는 사람이 있을지도 모르니 우리는 슬슬 돌아가기로 했다.

"마리나, 엘, 오늘은 고마웠어요."

"아뇨, 저도 오랜만에 미사나 님과 함께 있을 수 있어서 기뻤습니다."

"미사나 님, 무슨 일 있으면 언제든지 불러주세요."

마리나와 엘은 아직 돌아가지 않고 엘의 마력이 다할 때까지 두더지 퇴치를 한다고 했다. 두더지 찾기를 계속하는 마리나와 엘과 헤어진 뒤 세 명의 소녀들을 데리고 걷기 시작했다.

도중에 낮잠에 적절한 커다란 나무 옆을 지나갔다. 그러고 보니 여기에 있던 사람은 어떻게 됐지? 걸으면서 확인해 봤지만 아무도 없었다. 빅 두더지를 퇴치하기 전에는 있었는데……. 혹시, 빅 두더지 소동으로 이동한 건가?

저택에 돌아가는 도중, 옆을 걷는 세 명의 소녀를 보니 옷과 얼굴이 더러워져 있었다. 뭐, 밭 안을 걸으면 더럽혀지겠지. 특히 다리 쪽이 심하게 더러웠다. 이대로 돌아가면 혼날 것 같다. 이대로는 좋지 않으려나? 옷은 무리지만 얼굴에 묻은 것은 닦아두자.

"세 사람 모두, 가만히 있어봐."

물 마법으로 수건을 적셔 세 사람의 얼굴을 닦아줬다. 얼굴은 깨끗해졌지만 옷은 무리였다. 혼나려나?

변명 거리를 생각하면서 저택으로 돌아가자 본 적 있는 인물이 저택으로 들어가려고 했다.

"어머니!"

노아가 저택으로 들어서려 하는 엘레로라 씨를 향해 달려갔다. 노아의 목소리를 알아차린 엘레로라 씨는 뒤를 돌아봤다.

"노아?!"

돌아본 엘레로라는 노아의 얼굴을 보더니 미소를 지었다.

"잘 있었나 보네."

"네. 잘 있었어요. 그런데, 왜 어머니가 여기 계신 거죠?"

"물론, 사랑하는 딸을 보러 왔지."

딸을 껴안으려고 하는 엘레로라 씨. 하지만 도중에 멈췄다.

"노아, 너 더럽잖아."

노아는 새삼 자신의 모습을 봤다.

예쁜 옷이 조금 더럽혀져 있었다. 변명 거리도 생각나지 않았기 때문에 보호자인 내가 혼나기로 했다.

"엘레로라 씨, 미안해요. 제가 이 아이들을 밭으로 데려갔거든요."

"아니에요. 제가 가고 싶다고 했어요."

내 말에 바로 미사가 부정했다.

"저도 가고 싶다고 얘기한 거니까, 유나 님도, 미사도 잘못 없어요."

내가 두 사람을 감싸줬는데 반대로 감싸줬다.

"후훗, 딱히 화내는 게 아니야. 게다가 내가 어릴 적엔 더 거칠게 놀았는걸."

엘레로라 씨는 웃으면서 더러워진 걸 신경 쓰지 않고 노아를 끌어안았다.

"어머니, 더러워져요."

"더럽다고 딸을 껴안지 않는 엄마는 없어."

"어, 어머니!"

노아는 숨막혀 보였지만 미소 짓게 하는 광경이었다.

"그런데, 정말로 어째서 엘레로라 씨가 여기 있는 거예요?"

"으음, 딸을 만나러 온 건 진짜야. 10퍼센트는 일로, 다른 10퍼센트는 클리프를 만나러, 그리고 80퍼센트가 노아를 만나러 온 거지."

저기, 어디서부터 태클을 걸면 될까요? 적어도 클리프와 노아를 반반으로 해주세요. 그 이전에 일은 중요한 거잖아요.

"나중에 유나에게도 얘기할 게 있어. 그런데 그 전에 그란 할아버지에게 인사를 해야 하니 안으로 들어가자."

엘레로라 씨와 같이 저택 안으로 들어서자 메슌 씨가 급히 다가왔다.

그리고 우리를 보더니 비명을 질렀다.

"어째서 모두들 그렇게 더러운 거죠!"

더럽혀진 세 명의 소녀를 보고 조금 화가 난 얼굴을 했다.

"메슌, 미안해요. 저 때문이에요."

미사는 사과했고 마리나와 밭에 갔던 일을 전했다.

"저도 가고 싶다고 얘기 했으니까 미사 때문만이 아니예요."

"저도 잘못했어요."

노아와 피나가 미사를 감싸줬다.

그렇게 서로를 감싸는 세 명을 보고 메슌 씨는 상냥한 얼굴이 됐다.

"딱히 혼내는 게 아니예요."

"정말요?"

그 말에 미사는 의심스러운 듯 물었다.

"네. 화내지 않으니까 미사나 님과 여러분은 따뜻한 물로 깨끗이 씻으세요. 그대로는 식사도 못하니까요."

세 사람은 대답을 하고 사이좋게 욕실로 향했다. 그 모습을 메슌 씨는 미소 지으며 지켜봤다.

"저렇게 즐거워하는 미사나 님은 오랜만이에요. 유나 님도 함께 들어가세요."

"저는 나중에 가도 돼요. 엘레로라 씨와 이야기를 한 후에 들어갈게요."

"……엘레로라 님?!"

메슌 씨의 눈에는 더럽혀진 세 명의 소녀만 보였던 모양이다. 엘레로라 씨를 보고 놀란 얼굴이 됐다.

"메슌, 오랜만이야."

"알아차리지 못해 죄송합니다."

고개를 깊게 숙이는 메슌 씨.

"괜찮아. 갑자기 온 내가 더 미안해. 그란 할아버지에게 인사를 하고 싶은데, 만날 수 있을까?"

"네. 괜찮을 거예요. 오늘 만날 손님은 모두 만나셨으니까요."

아침 이야기에 따르면 여러 사람들을 만나고 있다고 했었지.

"유나, 나는 그란 할아버지에게 인사를 하고 올 테니까 애들하고 먼저 씻고 있어도 돼."

"가능하다면 부탁드릴게요. 더러운 채로 걸으시면 곤란하니까……?"

메슌 씨가 내 쪽을 바라봤다.

"유나 님도 밭에 가셨던 거죠?"

"네, 갔었는데요?"

"그렇지만 전혀 더러워지지 않았네요. 검은 발은 잘 모르겠지만 하얀 발도 깨끗해요."

메슌 씨는 내 발 부분을 보고 내 발을 들어 올려 곰 발의 뒷면을 봤다.

"특수한 소재로 되어 있어서 안 더러워져요."

빨래가 필요 없는 인형 옷이다. 일 년 내내 입고 있어도 청결하고 오염도, 냄새도 배지 않는 뛰어난 옷. 행여 흙탕물을 뒤집어쓴다 해도 더럽혀지는 일은 없다.

"신기하네요."

메슌 씨는 고개를 갸웃거리며 곰 장비를 바라봤다.

"유나, 천천히 목욕하고 와. 저 아이들 보살피느라 피곤하잖아?"

같이 목욕한다고 피로가 풀릴지는 모르겠지만…….

뭐, 노아도 미사도 귀족이니까 교육은 되어 있는 것 같으니 욕실에서 소란스럽게 행동하지는 않을 거다(주의, 곰 욕실에서는 소란스러움). 피나는 점잖으니 괜찮다. 엘레로라 씨와는 나중에 만날 약속을 하고 욕실로 향했다.

욕실에 도착하자 이미 나체가 되어 있는 세 명이 있었다.

"유나 언니, 늦어요."

"잠깐, 메슌 씨와 엘레로라 씨랑 얘기를 나누느라."

"얼른 들어오세요."

"바로 갈 테니까 먼저 들어가."

세 명을 먼저 들어가게 하고 탈의실에서 곰 옷을 벗고 욕실로 향했다. 마을 반쪽의 영주라고 해도 저택에는 훌륭한 욕실이 있었다. 우리 네 명이 들어가도 여유인 넓이. 노아가 미사의 몸을 씻겨주기 시작한 무렵이었기 때문에 나는 피나를 불렀다.

"피나, 이리와, 씻겨줄게."

"괜찮아요. 혼자서 씻을 수 있어요."

"괜찮아."

억지로 피나를 내 앞에 앉히고 등과 머리를 감겨주었다. 다음으로 내 몸을 씻고 머리를 감으려고 하니, 세 명의 소녀가 도와주려 했지만 정중히 사양한 뒤 욕조에 들어가라고 말했다. 노아가 불만을 토로했으나 신경 쓰지 않았다.

욕조에서 나온 우리는 드라이기로 머리를 바짝 말렸다. 감기에 걸리면 큰일이니까 말이다.

욕실에서 나와 방으로 돌아가자 세 명의 소녀들은 오셀로를 하기 시작했다.

그런 세 명의 모습을 지켜보면서 쉬고 있는데 엘레로라 씨가 방으로 찾아왔다.

"어머니!"

"모두들 말끔해졌네. 나중에 나도 욕실 좀 빌릴까."

깨끗해진 딸의 머리를 쓰다듬으면서 방 안으로 들어왔다.

"유나, 이번엔 고마웠어."

"……?"

무슨 일로 감사 인사를 듣는 건지 몰랐다.

"클리프와 그란 할아버지한테서 이야기 들었어. 유나가 젤레프 씨를 데리고 와 주지 않았다면 꽤 위험했다면서?"

그 이야기였군.

"데리고 온 건 저였지만 파티에서 힘을 내준 건 젤레프 씨예요."

"그래, 들었어. 요리에 볼멘소리를 한 가쥴드에게 젤레프가 화를 냈다고. 그 광경을 보고 싶었는데……."

엘레로라는 아쉬운 듯 말했다. 그 기분에는 공감한다. 소문의 바보 귀족이 분해하는 모습을 보고 싶었는데 말이지.

"그래서, 젤레프에 관해서인데. 미사나의 파티 뒤에 왕도에는 내가 데리고 갈 테니까 유나는 안심해."

"괜찮아요?"

"그래, 그 대신 클리프와 노아를 부탁할게."

왕도로 한 번 더 돌아가지 않고 끝나는 건 고마웠다. 뭐가 어떻든 성가신 건 변하지 않을테니까.

"고맙지만, 엘레로라 씨는 혼자서 온 거예요?"

"부하 몇 명이 같이 왔어. 출발하기 전까지 민박에 묵도록 했어."

제아무리 엘레로라 씨라도 혼자서 이런 곳까지는 안 오겠지.

"사실 나는 혼자서도 괜찮았지만. 국왕 폐하가 데리고 가라고 시끄럽게 해서, 어쩔 수 없었거든."

어쩔 수 없었다니. 엘레로라 씨는 귀족이니까 호위가 필요하잖아요.

"어머니, 돌아갈 때까지 같이 있을 수 있는 거예요?"

"일이 있긴 하지만, 조금이라면 괜찮으려나?"

"일이요?"

"그래, 성격 나쁜 국왕 폐하의 명령으로 말이야. 사실은 그런 거 무시하고 노아랑 같이 있고 싶은데……."

미안, 이라며 사과하는 엘레로라 씨. 그러고 보니 일로 왔다고 했었지. 10퍼센트가 일이라고.

"일은 금방 끝나는 건가요?"

"으음, 낮 동안엔 무리일까. 하지만 밤엔 시간이 있으니까 같이 있자. 그러니 유나, 낮 동안은 노아를 부탁할게."

"그래서, 일이라는 게 뭐예요? 말할 수 없는 거라면 안 물을 테지만."

성가신 일에 휘말리는 건 곤란하다. 하지만 피나와 아이들이 성가신 일에 휘말린다면 들어놓는 편이 좋았다.

"이 마을의 시찰이야. 국왕 폐하가 문관을 보내려고 하는 걸 내가 가로채서, 가 아니라, 내가 가겠다고 제안했지."

지금 이 사람, 가로챘다고 했지.

"하지만 잘도 국왕님이 허락해줬네요."

"열심히 부탁을 했으니까. 딸과 만나고 싶다. 남편과 만나고 싶다. 딸과 만나고 싶다. 딸과 만나고 싶다. 딸과 만나고 싶다고 주문처럼 폐하 앞에서 외쳤더니 주문의 효과가 나타나서 허락이 떨어졌어."

국왕도 시끄러웠던 거겠지. 그런데 남편인 클리프의 수가 적었던 건 기분 탓인가.

"그래서 시찰이라면……."

"대단한 건 아니야. 마을을 걸으면서 정보를 수집하는 것 뿐. 그러고 나서는 그란 할아버지와 클리프에게 이야기를 듣고 앞으로의 일을 생각하는 거야. 내일 미사의 파티에는 참석할 생각이기도 하고."

이 얼마나 자유로운 시찰인가.

"그러니, 본격적으로 움직이는 건 파티 후려나? 마을을 둘러보고 모험가 길드와 상업 길드, 살바드 가에도 가야하니까."

그렇게 말한 뒤 메슌 씨가 저녁 호출을 하기 전까지, 오셀로를 발견한 엘레로라 씨가 오셀로 대회에 참석하게 됐다.

203 곰 씨, 드레스를 입다

미사의 파티 당일. 나는 최대의 적과 조우했다. 무찌르는 건 불가능. 도망치는 것도 할 수 없다. 나는 이 세계에 온 이래 최대의 위기에 직면해 있었다.

설마 이런 일이 일어날 줄은 생각도 못했고 상상하지도 못했다. 노아와 피나가 나를 배신할 거라고 어느 누가 생각했겠는가. 여기에는 믿을 수 있는 사람이 아무도 없었다. 가장 신용했던 사람에게 배신을 당했다.

나는 어떻게든 도망칠 방법은 없는지 머리를 굴려봤지만 배신당한 데미지로 사고가 둔해졌다. 심지어 상대는 내게 생각할 시간을 주지 않으려는 듯 드레스를 가지고 다가왔다.

"자, 유나 님. 드레스를 준비했으니 입으셔야죠."

노아의 손에 예쁜 드레스가 들려 있었다.

이게 밀레느 씨와 엘레로라 씨라면 뿌리쳐서라도 도망치겠지만, 오늘은 미사의 생일 파티였고 다가오는 건 10살의 여자아이였다. 공격을 하는 것도 도망치는 것도 불가능하다.

"노아, 얘기를 나누자. 대화하면 이해할 거야."

지금의 나에게는 대화밖에 남아있지 않았다.

"곰 님 차림도 어울리지만 오늘은 미사의 파티잖아요. 유나 님도 드레스를 입으셔야죠."

노아가 흑과 백이 사용된 드레스를 가지고 다가왔다. 노아 왈, 곰돌이와 곰순이의 색이라고 했다. 노아와 피나 두 사람이서 골랐다고 한다.

분명 예쁜 드레스인 건 틀림없다. 나도 여자아이이다. 원래 세계에 있었을 때라면 곰 인형 옷과 예쁜 드레스라는 두 가지 선택지에서 분명 드레스를 선택했을 것이다. 예쁜 드레스를 입고 싶어 하는 마음은 조금이지만 있다. 하지만 지금의 나는 곰 인형 옷을 벗는 것을 망설이고 있었다.

"피나, 어째서 아무 말 안 했던 거야?"

가르쳐줬다고 해도 어떻게 반응하면 좋을지 모르겠지만 생각할 시간은 있었을 거다.

"그렇지만 그때 유나 언니는, 저를 두고 돌아가셨잖아요."

분명 피나의 드레스를 고르는 데에 시간이 걸릴 거라 생각해서 그때는 피나를 노아네 쪽에 두고 왔었다. 결코 자신에게 불똥이 튀지 않게끔 도망친 게 아니다. 피나와 노아 두 사람을 방해해선 안 된다고 생각했을 뿐이다.

"게다가 노아 님이 파티 당일에 유나 언니를 기쁘게 해줄 거니까 비밀로 하라고 하셔서……."

확실히 평범한 여자아이라면 서프라이즈에 기뻐할지도 모른다. 드레스를 입을 일 같은 건 인생에 몇 번 있을지 알 수 없다. 하지만 곰 인형 옷에 익숙해져버린 나에게 있어서, 지금은 곰 인형 옷보다도 드레스를 입는 쪽이 창피했다.

"유나 님, 입어 주시는 거죠?"

"맞아, 사이즈가 안 맞을지도 모르잖아?"

계속 인형 옷을 입고 있었기 때문에 내 정확한 신체 사이즈는 모를 거다. 무엇보다 내 모든 사이즈는 탑 시크릿으로 되어 있다. 아무도 모른다.

"괜찮아요. 신장은 라라가 파악해놨기도 하고 유나 님의 신체 사이즈는 같이 욕실에 들어갔을 때 확인했으니까요."

욕실이라니, 언제?

노아와 욕실에 들어간 건 최근이지.

아니, 아니지, 국왕 탄신제 때인가!

그렇다고 해서 보는 것만으로 사이즈 같은 걸 알 수 있을 리 없잖아.

게다가 그 뒤로 얼마나 지났다고 생각하는 거야? 사람은 매일 매일 성장하는 생물이라고.

신장도 커지고, 체중 쪽은…… 분명 바뀌지 않았어. 하지만 가슴이라든가는 성장해서…….

인형 옷 위로 가슴을 만졌다. 응, 안 바뀌었어.

"곰 님 욕실에서도, 어제 욕실에서도 확인했지만 그때와 다르지 않으니까 괜찮아요."

노아가 자신만만한 미소로 말했다.

아이의 순수한 발언은 사람을 상처 입히는구나. 꽤 커다란 정신적 데미지를 받았다고. 파티가 시작하기도 전에 쓰러질 것 같아.

"어째서 그렇게 싫어하시는 거예요. 미사도 기뻐할 거예요."

"으……."

"게다가 유나 님은 예쁘니까 드레스랑 어울릴 거예요."

"……."

"피나도 유나 님이 드레스 입은 모습을 보고 싶지?"

"네."

피나의 눈은 「저도 입으니까 같이 입어요」라고 말했다.

방에서 도망치는 건 간단하다. 하지만 도망치면 파티에 참석하기 어려워진다.

미사의 파티에는 참석해주고 싶었다. 도망쳐서 참석하지 않게 되면 초대장을 보내준 미사에게 미안하다. 으…… 도망칠 구멍이 없잖아!

"아, 알았어. 하지만, 조건이 있어."

나는 고육지책을 생각해 노아에게 조건을 전했다. 노아는 그 조건을 마지못해 받아줬다.

드레스로 갈아입은 노아와 피나. 며칠 전, 노아의 드레스 모습을 보고 귀엽다고 생각했지만 피나도 지지 않을 만큼 귀엽네. 노아가 빨강, 피나가 연한 녹색의 드레스다. 노아는 옷이 익숙해서 그런지 당당해 보였다. 하지만 피나는 창피한 듯 몸을 웅크리고 있었다.

"으, 창피해요."

창피한 건 내 쪽이야.

내 모습은 흑과 백의 드레스였다. 사이즈도 맞았다. 어째서 보는 것만으로 사이즈를 아는 거야? 게다가 성장하지 않았다니.

"유나 님, 어울리네요! 예뻐요!"

노아가 칭찬해 줬지만 창피했다.

원래의 세계에서도 드레스 같은 걸 입은 적은 한 번도 없었다. 나와 또래에 드레스를 입고 파티를 하는 사람이 얼마나 있을까? 보통, 없겠지.

거울 앞에 서서 자신의 모습을 보니 더욱 창피했다. 익숙하지 않은 모습 때문일지도 모르지만 어울리지 않아 보인다.

"유나 님의 검은 긴 머리가 예쁘니까 흑백 드레스에 어울리네요."

노아의 금빛 머리 쪽이 더 예쁘다.

"으, 유나 언니는 예쁜데. 저는 이런 예쁜 드레스를 입어도 어울리지 않는 것 같은데……."

피나는 내 이상으로 자신을 비하했다. 내가 봤을 땐 피나 쪽이 어울린다. 엄청 귀엽고, 옅은 녹색의 드레스가 피나를 돋보이게 하고 있었다.

"피나는 나와는 다르게 귀여우니까 괜찮아."

"유나 언니 쪽이 귀여워요."

우리 두 사람 모두 창피해져서 얼굴이 새빨개졌다. 서로를 칭찬하는 건 그만 두자.

"두 사람 모두 어울리니까 괜찮아요. 분명 어머니와 아버지도 보면 놀라실 거예요."

이 차림으로 사람들 앞에 나서는 거겠지. 미사에게는 미안하지만 돌아가고 싶어졌다. 그건 피나도 마찬가지인 모양이다. 나는 포기하고 벗어던진 곰 장비로 다가갔다. 그리고는 곰 신발을 신고 양 손에 곰 인형 장갑을 장착했다.

"유나 님, 정말로 끼시는 거예요?"

이게 드레스를 입는 조건이다.

곰 신발과 곰 인형 장갑을 끼는 것을 조건으로 드레스를 입기로 했다.

그러니 지금의 나는 흑백의 드레스에 곰 신발을 신고, 손에는 곰 인형 장갑을 끼고 있는 복장이 된다.

하지만 이 세계로 와서 곰 인형 옷에는 목욕 이외 24시간, 대부분 신세져왔다. 그것을 전부 벗는 건 저항감이 있었다. 「적어도」라고 생각하며 장갑과 신발이 있는 상태로 있어 봤는데 진정이 되지 않는다.

어딘가의 게이머는 가지고 있는 무기는 최강이지만 방어구는 종잇장인 상태로 퀘스트를 깬다고 하는데 지금의 내가 그런 심경이었다. 좋아서 이런 플레이를 하는 플레이어의 마음을 이해할 수 없다.

한 대라도 맞으면 죽는 건데. 역시, 게임과 현실의 차이인 건가.

나는 최강의 방어구, 곰 인형 옷을 부드럽게 만진 후 곰 박스에 담았다.

드레스로 갈아입은 우리는 파티가 이루어지는 방으로 향했다.

파티 회장은 그란 할아버지의 파티가 열렸던 곳과는 다른 곳이라고 했다. 정말로 친한 사람들만 있다고 하며 참석하는 건 미사네 가족과 포슈로제 일가, 나머진 그란 할아버지 쪽에서 일하는 사람들뿐이라고 들었다.

방 안으로 들어서자 이미 클리프와 엘레로라 씨, 그 밖에 몇 명인가가 모여 있었다.

내게 시선이 모이는 기분이 들었지만 자의식 과잉일지도 모른다. 그러던 중 엘레로라 씨가 미소를 짓고 다가왔다.

"어머나, 유나. 오늘은 귀여운 복장을 하고 있네."

당신의 딸 덕분이죠.

"하지만, 뭐지. 그 손과 발은."

클리프가 내 곰 손과 발을 보고 어이없다는 듯 말했다. 알고 있으니까 아무 말도 하지 말아줘.

"아버지도 그렇게 생각하시죠? 하지만 유나 님이 드레스를 입는 조건으로 손과 발은 곰 옷을 입겠다고 요구했어요. 모처럼 이렇게 예쁜데 아까워요."

무슨 말을 듣던지 곰 인형 장갑과 곰 신발은 벗지 않을 거다. 곰 인형 장갑이 없으면 마법을 쓸 수 없고, 곰 신발이 없으면 재빠르게 움직이지 못한다. 그러니 두 가지 만큼은 양보할 수 없다.

초등학생 이후로 뛴 기억이 없다. 곰 신발이 없으면 피나와 아이들에게 질 자신도 있다. 꼬끼오를 쫓아가는 고아원 아이들은 대단하다고 생각한다.

"그건 그렇고 네가 곰 옷차림을 하고 있지 않으니 위화감이 있군."

나도 위화감투성이입니다. 게다가 진정이 안 돼.

"하지만 어울리네. 남자 아이들이 지금의 유나를 본다면 청혼이 쇄도 할 거야."

쇄도 하지 않아도 된다. 필요도 없고…….

"저보다도 자신의 딸을 칭찬해주세요."

"물론, 노아도 피나도 귀여워. 단지, 그 이상으로 유나의 드레스 모습이 충격적이었거든."

나는 한숨을 내쉬고 자리에 앉으려고 했지만 어디에 앉으면 될지 몰랐다.

귀족의 파티에 참석한 적이 없어서 고민하고 있는데 메슌 씨가 다가왔다.

"유나 님과 피나 님의 자리는 여기입니다. 앉아서 기다려주세요."

아무래도 가족 단위로 자리의 위치는 정해져 있는 모양이다.
포슈로제 일가, 파렌그람 일가. 그리고 나와 피나. 조금 떨어진 위치에 저택에서 일하는 사람들의 자리가 있었다.
나는 자리에 앉아 기다렸다.
그건 그렇고 드레스는 춥네. 인형 옷 덕분에 항상 최적의 온도여서 몰랐는데. 심지어 스커트라서 다리 쪽이 휑하다.
아직 벗은지 얼마 되지 않았는데 곰 인형 옷이 그리워졌다.
자리에 앉아 기다리고 있자 그란 할아버지, 미사의 부모님, 마지막으로 미사가 방으로 들어왔다. 그때 방을 둘러보던 그란 할아버지의 시선이 내게서 멈췄다.
"……누군가 했더니, 아가씨였나."
바로 알아차리셔야죠. 할아버지 앞에서는 곰 후드를 깊게 눌러 쓰지 않잖아요.
"유나 언니. 예뻐요."
"고마워. 미사도 예뻐."
아무리 발림소리라도 무시당하는 것보다는 기쁘네.
모두가 자리에 앉아 파티가 시작됐다.

204 곰 씨, 파티에 참가하다

파티가 시작하자 젤레프 씨가 만든 요리가 옮겨져 왔다.

왕궁 주방장의 요리다. 어제 저녁에 요리를 만들어 주시긴 했지만 파티 요리는 처음이었다. 맛있어 보이는 요리들이 테이블에 나열되었다. 예쁘게 만들어진 요리. 색감들로 시각도 냄새로 후각도 즐기게 해줬다. 요리가 다 옮겨지자 미사가 부끄러워하며 일어섰다. 미사의 즐겨달라는 말에 건배가 이루어지고 파티가 시작됐다.

예의 작법은 모르지만 평범하게 먹으면 되겠지.

옆을 보자 피나도 똑같이 어떻게 하면 좋을지 망설이고 있었다. 그리고 나를 곤란하다는 듯 바라봤다. 그런 눈으로 봐도 귀족 파티에서의 음식 먹는 법 같은 건 몰라. 그러니 참고가 될 인물을 따라할 수밖에 없었다. 대각선 앞에 앉아 있는 노아는 포크와 스푼을 사용해서 맛있게 먹고 있었다. 피나에게 작은 목소리로 「노아를 따라하면 될 것 같지 않아?」라고 충고를 해줬다.

그렇다고 해서 이상하게 먹지 않는 한 뭐라고 할 사람도 없을 거다. 만약 주의를 받으면 조심하면 된다. 게다가 매너에 신경을 쓰느라 모처럼의 젤레프 씨 요리의 맛을 느끼지 못해도 곤란했다. 그러니 적당히 신경 쓰면서 먹기로 했다.

제일 먼저 맛있어 보이는 수프를 먹었다. 안즈가 만드는 수프와는 달랐지만 맛있었다. 다음번엔 젤레프 씨에게 파티 요리의 레시피를 물어보고 싶다. 안즈에게 알려주지 않으려나. 그렇게 되면 언제든지 먹을 수 있을 텐데.

그건 그렇고 허벅지와 가슴, 목덜미가 허전해서 진정이 안 된다. 인형 옷은 온도 조절을 해주기도 하고 외관만 신경 쓰지 않는다면 최고의 옷이었다. 그 폭신폭신함이 그리워졌다.

드레스는 빌린 거라 더럽히지 않도록 조심해야 했다. 더럽힐 생각은 없지만 드레스 위로 요리를 흘리기라도 한다면 큰일 날 거다. 드레스가 얼마 정도 하는지는 모르지만 비싼 건 틀림없다.

피나도 신경 쓰이는지 작은 입으로 조금씩 먹고 있어서 먹는 속도가 느렸다.

"이제 미사도 10살이네."

미사의 어머니가 딸을 바라봤다.

"네. 노아 언니와 같아졌어요."

"하지만 몇 개월 후에 나는 11살이 되니까 또 언니가 되겠지."

노아가 「같은 나이」라는 말에 반응해서 언니라고 단언했다. 분명 조금이라도 빨리 태어나면 언니인 건 맞지.

"네, 노아 언니는 앞으로도 언니예요."

그러고 보니 피나도 10살이었지. 생일은 언제지?

피나의 지금까지의 환경을 생각하면 축하 받은 일이 없을지도 모른다. 다음번에 티루미나 씨에게 물어서 서프라이즈 파티를 해 주는 것이 좋을지도……. 피나에게는 이 세계에 와서 가장 신세를 지고 있으니까 말이다. 나는 좋은 생각이라고 여기며 마음속에 새겨두었다.

파티에는 요리 도우미로 일한 메이드들도 참석했고 젤레프 씨와 보츠 씨는 요리를 먹으면서 평론회를 열고 있었다.

간이 어떻다든가, 진하다는 둥 연하다는 둥, 다른 소재를 사용하면 좋을지도 모른다는 둥의 목소리가 들려왔다.

보츠 씨는 포크를 어떻게든 쥘 수 있게 되어 있었다. 하지만 팔을 올릴 때 마다 조금 아픈 표정을 지었다. 아직 칼을 쥐는 건 힘들어 보였다. 요리에는 세세한 작업도 요구되기 때문에 본격적으로 만들게 되려면 당분간은 시간이 걸릴 것 같다.

노아는 오랜만에 만난 엘레로라 씨와 최근에 바빴던 클리프와 함께 즐겁게 대화를 나누고 있었다.

들려오는 대화는 왕도에 있는 시아의 이야기와 내가 학생을 호위했을 때의 이야기를 엘레로라 씨가 하거나, 노아는 노아대로 크리모니아에서의 내 이야기를 하고 있었다. 어째서 내 이야기가 중심이 되어 있는 거지?

보통 오랜만에 만나면 자신들 가족에 관해 이야기하는 거 아닌가?

시간도 흘러서 노아가 미사에게 선물을 건네줬다. 무엇을 선물했나 했더니 리본을 준 모양이다. 나이에 맞는 귀여운 선물이라 안심했다. 만약 선물이 보석이나 드레스 등의 고급품이었다면 두 사람을 보는 눈이 바뀌어버렸을지도 모른다. 물론 저 리본도 고급 실을 사용했겠지만 말이다.

내가 선물 타이밍을 기다리고 있는데 옆의 피나가 「어떻게 하죠?」라는 느낌으로 내 쪽을 바라봤다. 선물에는 케이크와 곰 인형 두 개가 있었다. 노아가 미사에게 리본을 걸어주자 기뻐했다. 나는 테이블을 바라봤다. 파티도 중반에 들어섰기 때문에 요리도 줄어 있었다.

슬슬 케이크를 꺼내도 되려나?

"미사, 잠깐 괜찮을까?"

"네, 왜 그러세요?"

"나와 피나도 선물이 있는데."

"선물이요?!"

내 말에 미사는 기뻐했다.

"피나랑 같이 디저트를 만들었는데 먹어줄래?"

곰 박스에서 피나와 만든 커다란 2단 케이크를 꺼냈다.

처음 보는 케이크에 미사는 흥미진진해졌다. 케이크에는 딸기가 예쁘게 나열되어 있었고, 중앙에 피나가 딸기 크림으로 쓴 『생일 축하해』라는 글씨가 적혀 있었다.

"유나 언니와 피나가 만들어 준 건가요? 기뻐요."

"피나가 미사의 선물로 고민하고 있기에 같이 만들자고 했거든."

"그런데 엄청 예쁜 디저트네요."

미사의 어머니가 케이크의 감상을 말했다.

"네. 먹는 게 아까워요. 그런데 어떻게 먹는 거예요?"

2단 케이크는 자르지 않은 상태였다. 역시나 1인분으로는 생각하지 않겠지. 잘라서 나눈다고 말했다.

"자르나요?!"

"자르지 않으면 나눠 먹을 수 없으니까."

"으~ 모처럼 써준 글도 아까워요."

그 말에 피나가 쑥스러워 했다.

"글자는 케이크의 맛과 함께 마음속으로 기억해주면 기쁘려나."

"알겠어요. 기억해둘게요."

미사는 글자가 적혀 있는 케이크를 보고 끄덕였다. 미사에게 허락을 받았기 때문에 케이크를 잘라서 나누기로 했다.

케이크에 나이프를 꽂자 미사의 입에서 「아아~」라는 조금 슬퍼 보이는 목소리가 흘러나왔다. 이것만큼은 어쩔 수 없기 때문에 견뎌주길 바란다.

나눠 자른 케이크를 그릇에 놓았다. 많이 만들어서 전원에게 다 돌렸다. 다 나누자 모두 포크를 들고 케이크를 먹기 시작했다.

"맛있어요."

"정말 맛있네."

"전에도 먹었지만 맛있어."

"저도 같이 만들고 싶어요."

처음 먹은 미사와 그란 할아버지와 사람들을 포함해서 한 번 먹은 적이 있는 노아와 클리프와 다른 사람들에게도 칭찬을 들었다.

"아가씨, 자네는 이런 맛있는 것까지 만들 수 있으니까 모험가를 하지 않아도 요리사로 먹고 살 수 있는 거 아닌가?"

나에 관해 모르는 그란 할아버지가 물어왔다.

"그란 할아버지. 이 녀석은 이미 자신의 가게를 두 개나 가지고 있고, 다른 장사도 하고 있어요."

"그런가?"

"심지어 크리모니아에서는 인기 있는 가게로 딸도 자주 다녀요."

"그거야 유나 님 가게의 요리가 맛있으니까……."

"노아 언니, 너무해요."

왠지 미사의 생일 파티인데 내 이야기로 고조되기 시작했다. 노아가 자랑하듯 내 가게의 어느 요리가 맛있는지 말했다. 미사는 부러운 듯 듣고 있었다.

그럴 때마다 「너무해요」라는 말이 몇 번이나 들려왔다.

"가장 너무한 건 피나예요."

"저, 저 말인가요?"

노아의 당돌한 말에 피나가 놀랐다.

"그거야, 유나 님하고 같이 케이크를 만들다니. 저도 같이 만들고 싶었는데. 어째서 불러주지 않은 거예요."

노아는 볼을 부풀리고 조금 토라진 제스처를 취했다.

"그건 미사에게 줄 선물을 찾지 못한 피나가 곤란해 하고 있었으니까 그런 거지."

"으, 저도 유나 님에게 상담하면 좋았을 걸."

"그러면 다음번에 같이 만들까?"

"정말인가요?"

"저, 저도 만들고 싶어요."

노아의 말에 미사도 조금 머뭇거리면서 말했다.

"그러면 생일 파티가 끝나고 다 같이 만들까?"

"괜찮아요?"

노아와 미사와 케이크 만들기를 약속하자 기뻐했다.

문득 젤레프 씨와 보츠 씨 쪽을 바라보자 대화 소리가 들려왔다.

"정말 맛있군. 푸딩도 그랬지만 대체 저 아가씨는 뭐하는 사람이지?"

"모험가로 내가 존경하는 요리사예요."

젤레프 씨가 보츠 씨의 물음에 답했다. 존경이라니 그만둬 줬으면 좋겠는데. 왕궁 주방장에게 존경받다니, 그런 이야기가 퍼지기라도 한다면 큰일이 날 거다. 게다가 나는 요리사가 아니다.

"그런데 이건 어떻게 만드는 거지."

보츠 씨는 크림을 스푼으로 퍼서 먹었다.

“저는 유나 님에게 배워서 만들 수 있어요. 하지만 보츠한테는 가르쳐 줄 수 없습니다.”

어쩐지 젤레프 씨가 우월감에 잠긴 채 말했다. 그 태도에 보츠 씨가 분해했다. 사이가 좋군.

케이크는 대체로 호평인 듯했다. 나머진 곰 인형을 건네는 것뿐이다.

205 곰 씨, 곰 인형을 선물하다

케이크도 다 먹고 남은 건 인형을 건네주는 것뿐이었다.

기뻐해주면 좋겠지만 어른스럽게 「인형이군요. 저는 이제 어리지 않아요」라고 할까봐 걱정이다. 이제 와서 생각하지만 10살이라는 나이는 미묘한 나이였다. 어른이 되어도 인형을 좋아하는 사람이 있지만 조금도 흥미가 없는 아이도 있다.

"미사, 하나 묻고 싶은데. 인형은 좋아하니?"

"인형이요? ……좋아해요. 어머니에게 받은 강아지 인형을 아직도 아끼는걸요."

잠깐 텀이 있었으나 좋아한다는 말에 나와 피나는 안도했다.

"그러면 선물을 하나 더 받아줄래?"

"하나 더 있나요?!"

나는 곰 박스에서 곰돌이 인형을 꺼내어 피나에게 전달했고 곰순이 인형은 내가 들었다. 이렇게 하면 두 사람이 주는 선물처럼 보일 거다.

인형을 꺼낸 순간 놀라는 인물이 있었다.

"뭐, 뭐, 뭐예요! 그건!"

미사보다도 먼저 노아가 반응했다.

"곰돌이랑 곰순이 인형이야."

노아가 자리를 박차고 일어나더니 달려와 내가 안고 있는 곰순이 인형을 응시했다.

"귀여워요. 쏙 빼닮았네요. 유나 님, 저 주세요."

"당연히 안 되지. 미사에게 주는 선물이니까."

"그럴 수가~ 적어도 한 쪽만이라도……."

노아가 곰돌이와 곰순이 인형을 번갈아가며 바라봤다.

"안 돼. 두 아이가 같이 있지 않으면 곰돌이와 곰순이가 가엽잖아. 그러니까 양쪽 모두 미사에게 주는 생일 선물이야."

인형이라도 곰돌이와 곰순이가 떨어지게 된다면 가여웠다. 게다가 나와 피나가 준비한 선물이었다.

"어째서 오늘이 제 생일이 아닌 거죠?!"

그런 말을 내게 해도 곤란하다. 불만이라면 클리프와 엘레로라 씨에게 말해주길. 노아는 바닥에 무릎을 꿇으며 풀이 죽었다.

"으~ 곰돌이와 곰순이 인형, 저도 갖고 싶어요."

노아는 슬픈 표정을 지었다.

상상했던 대로다.

"으음, 그렇게 갖고 싶어?"

"네, 엄청 갖고 싶어요……."

얼굴을 들고 호소하듯 나를 바라봤다.

"그러면, 다음번에 선물로 줄게."

"저, 정말인가요?!"

노아는 내 말에 활기를 되찾았다.

뭐, 노아도 갖고 싶어 할 거라고 생각해서 원래부터 선물할 생각이었다. 크리모니아로 돌아갈 무렵에는 셰리가 몇 개 정도 만들어놨을 테니까. 원할 거라고 생각했지만 예상 이상의 반응이었다.

"그러니까 오늘은 참아."

"알겠어요. 떼써서 죄송해요. 하지만 약속이에요."

노아는 순순히 사과하고 약속을 강조했다.

나와 피나는 곰 인형을 가지고 미사가 있는 곳으로 갔다. 뒤에서는 노아가 부러운 듯 보고 있었다. 크리모니아로 돌아가면 선물할 테니 그런 눈으로 보지 말아주겠니. 노아의 시선을 신경쓰며 미사가 있는 곳으로 갔다.

"먼저 줘도 돼."

피나에게 먼저 선물 전달의 순서를 양보했다.

"미사 님, 생일 축하드려요. 열심히 유나 언니랑 같이 만들었어요."

피나가 곰돌이 인형을 내밀자 미사는 기뻐하며 손을 뻗어 받아들었다.

"고마워요. 귀엽네요. 정말 받아도 되나요?"

"미사에게 주는 생일 선물이니까. 인형을 좋아해서 다행이야."

"창피해하지 않고 좋아한다고 말해서 다행이네요. 질문을 들었을 때 순간, 어릴 적엔 좋아했지만 지금은 흥미 없다고 대답할까 생각했었거든요."

"그러면 선물은 없었겠지."

"그랬다면 제가 받았을 텐데……."

노아가 아쉬워했다.

"그러면 곰순이도 소중히 대해줘. 한 쪽만 예뻐하면 가여우니까 같이 귀여워해주면 좋겠어."

실제로 곰돌이와 곰순이도 한 쪽만 신경쓰면 토라져 버린다.

나는 곰순이 인형을 선물했다. 미사는 작은 몸으로 곰순이 인형을 소중히 껴안았다.

"둘 다 소중히 할게요. 고맙습니다."

미사가 오늘 최고의 미소를 보여주었다.

"미사, 귀여운 인형을 받아서 좋겠네."

"네."

미사의 어머니가 딸의 미소를 보고 기뻐했다.

"하지만 곰 인형을 받으면 유나 님에게 부탁을 할 수가 없는 걸요."

미사가 인형을 껴안으며 그런 말을 했다.

"뭔가, 부탁할 게 있었니?"

"네. 곰돌이랑 곰순이를 한 번 더 만나고 싶었어요. 그래서 부탁하려고 했거든요."

"그런 걸 부탁하려고 했었어?"

"네……."

나는 꼬맹이화 한 곰돌이와 곰순이를 소환했다.

"뭐, 뭐예요?! 곰돌이랑 곰순이가, 인형처럼 작아요."

"이 상태의 크기를 바탕으로 인형을 만든 거거든."

곰돌이와 곰순이는 미사가 있는 곳으로 향했다. 미사는 곰돌이와 곰순이, 게다가 인형의 곰돌이와 곰순이까지 4마리의 곰에게 둘러싸였다.

"미사, 치사해."

참을 수 없어진 노아가 곰들과 함께 미사를 껴안았다. 곰들이 미사와 노아 사이에 끼게 됐다.

그리고 노아와 미사는 곰들과 놀기 시작했다. 그 모습을 흐뭇하게 바라보고 있던 미사의 어머니가 내 쪽을 바라봤다.

"유나 씨, 피나 씨. 이번엔 고마워요. 이렇게 기뻐하는 딸을 보는 건 오랜만이에요. 미사는 유나 씨와 피나 씨에게 초대장을 보낸 뒤로 줄곧 기대하고 있었어요."

그런 말을 들으니 거절하지 않고 오길 잘했다는 생각이 들었다. 드레스를 입는 처지가 됐던 건 예상 밖이었지만 말이다.

"앞으로도 딸과 사이좋게 지내주세요."

"네."

나와 피나는 대답했다.

"유나, 딸에게 인형을 주는 건 고맙지만, 플로라 님에게 줄 인형은 없니?"

곰들과 노는 딸을 바라보고 엘레로라 씨가 물어왔다.

"물론, 준비했죠."

"후훗, 다행이야. 이런 걸 봤는데 플로라 님의 몫이 없으면 어쩌나 싶었어."

건네주는 순서가 조금 이상해졌지만 애초에 인형을 만들려고 생각하게 된 계기는 플로라 님이다.

"그건 그렇고, 미사는 좋은 걸 받았네. 나도 아가씨에게 파티 초대장을 보냈으면 좋은 선물을 받을 수 있었을 것을……."

그란 할아버지에게 선물?

"그란 할아버지도 인형이 갖고 싶어요?"

"그게 아니라! 자네는 선물을 해도, 요리를 해도 놀라게 해주질 않나. 만약 내게 선물을 준다면 무엇을 줬을까 싶어서 말일세."

그란 할아버지에게 줄 선물을 생각해 봤지만 어르신이 좋아할 만한 게 떠오르지 않았다. 어깨 안마권? 아니, 아니지, 손녀가 아니니까. 그러면 골동품이라든가, 국왕처럼 진귀한 무기라든가?

그리고 귀족으로서 생각을 해보면, 보석 같은 것인데 그런 건 갖고 있지 않다. 귀족인 그란 할아버지가 기뻐할만한 선물은 떠오르지 않았다.

……응? 아, 좋은 게 하나 있었다.

"그란 할아버지, 장식하는 거라도 괜찮아요?"

"장식?"

"현관이나 눈에 띄는 곳에 장식해두면 멋있는 게 있거든요."

"호오, 그걸 내게 선물해주는 건가?"

"네, 괜찮아요. 필요 없다면 다시 가져갈 테니 말해주세요."

나는 사람이 없는 곳으로 이동해 곰 박스에서 아이언 골렘을 꺼냈다.

"꺄아악."

"뭐야!"

"골렘이잖아!"

"유나, 무슨 짓을 하는 거야!"

골렘을 꺼내자 모두가 소란스러워졌다. 의자를 쓰러뜨리고 도망치는 사람. 소리치는 사람. 기겁을 하는 사람.

모두들 왜 그렇게 소란을 피우는 거야?

"그란 할아버지, 이걸 장식하면 멋있지 않아요?"

나는 아이언 골렘을 콩콩 하고 쳤다. 곰 인형 장갑을 끼고 있어서 그런 소리는 나지 않았다.

"아가씨, 위험하진 않은 건가?"

그란 할아버지가 겁내며 물어왔다.

"뭐가요?"

"그거, 아이언 골렘이지 않나?"

"네, 그런데요."

보면 알거라 생각하는데. 처음 보는 건가? 나도 처음이기도 했고. 하지만 어쩐지 대화가 맞물리지 않는 것 같았다. 내가 고개를 살짝 갸웃거리자 피나가 모두가 놀라고 있는 이유를 설명해줬다.
“유나 언니. 모두들 골렘이 움직일 거라 생각하고 있는 모양이에요.”
아아, 그렇군. 그래서 모두 소란이었구나. 피나가 설명을 해줘서 이제야 이해됐다.
“이 골렘은 움직이지 않으니 안심하세요.”
“정말인가?”
의심이 깊었다. 움직이지 않는 걸 증명하기 위해 몇 번이고 만졌다.
“유나, 혹시 그 골렘은 일전의?”
“맞아요. 상처 하나 없이 쓰러뜨리는 방법이 있었거든요.”
엘레로라 씨는 내가 광산에 나타났던 골렘을 토벌했던 일을 이야기했다.
“자네, 아이언 골렘을 토벌한 겐가. 그래도 이렇게 상태가 좋은 골렘은 처음 보는군.”
그란 할아버지가 다가와서 아이언 골렘을 봤다. 가잘 씨 부부에게 들었었나, 토벌할 때 어떻게든 데미지를 입으니까 원형을 남길 수 없는 경우가 많다고 했었지. 나의 경우, 전격 마법으로 마석을 파괴해서 쓰러뜨렸기 때문에 원형이 그대로 남아 있었다.
“현관에 두는 건 어때요? 눈에 띄어서 멋있지 않나요?”
이미 선물로 받은 두 명은 장식으로 쓰고 있었다.

"분명 눈에 띄긴 하지만 손님이 온다면 모두들 놀랄 거야."

"그러면 필요 없어요?"

좋은 선물이라고 생각했는데.

"주는 거라면 받겠지만, 정말 괜찮은 건가? 이렇게 좋은 상태의 아이언 골렘은 꽤 비싸게 거래된다고. 금속의 양 만으로도 큰 금액이 될 거야."

"아직 많이 있으니까 괜찮아요."

곰 박스에는 아직 몇 마리의 아이언 골렘이 들어 있었다. 현재는 쓸 일이 없었다.

내가 그런 말을 하자 클리프는 머리를 감싸 쥐었고 그란 할아버지와 엘레로라 씨는 웃으며 어이없어 했다. 미사와 노아는 처음 보는 골렘에 흥미가 생겼는지 다가와서 보고 있었다.

다른 사람들은 젤레프 씨와 보츠 씨와 함께 떨어진 곳에서 이쪽을 보고 있었다. 일반인에게 아이언 골렘은 꽤 쇼크였던 모양이다. 대장간을 하는 두 사람은 소리칠 정도로 놀라진 않았기 때문에 신경도 안 쓰고 있었다. 다음번에 꺼낼 땐 조심해야지.

"너를 비상식적인 사람이라고 생각했는데. 이 정도로 비상식적인 사람일 줄은 몰랐어."

"저는 알고 있었어요."

"저도……."

그란 할아버지가 나를 비상식이라고 인정했다. 게다가 클리프와 엘레로라 씨도 동의했다. 거기에 더해져 자세히 보니 젤레프 씨와 보츠 씨도 고개를 끄덕이고 있었다.

어, 이상하네?

곰 인형 옷을 제외하면 나는 평범하잖아? 라는 마음을 담아 세 명의 소녀들을 바라봤다.

하지만 부정하는 말은 나오지 않았다.

곰 씨, 울어버린다?

곰곰곰베어 8

번외편

네린과 엘레나 1

크리모니아에 온 후로 바빴던 날들이 지났다.

가게에서 일하게 된 나는 케이크 만드는 법을 배웠고, 시간이 있을 때는 유나의 말을 참고로 새로운 케이크를 고안하고 있었다. 물론 모린 고모에게도 빵 만드는 법을 배우고 있다. 처음엔 여러 가지 당황하는 일이 많았지만 재미있는 날들이 이어지고 있다. 일에 관해서는 무섭지만 친절한 모린 고모. 내가 곤란해 있으면 도와주는 카린 언니. 그리고 같이 일하는 고아원 아이들. 엄청 즐거운 직장이다.

가게에서 모린 고모는 일을 한다. 돈은 티루미나 씨가 관리하고 있다.

물건들을 사는 거라든가 시기에 따른 식재료, 가격의 상승, 식재료 구입 가격 등을 전부 알아봐준다. 가게에서 부족한 게 있으면 곧바로 대응해줘서 혼란스러운 일은 없다. 그래서 모린 고모는 빵 만들기에 집중할 수 있어서 큰 도움이 된다고 했다.

내 쪽도 항상 케이크를 만들 재료가 준비되어 있어서 만드는 것에만 집중할 수 있었다. 만약 내가 재료 구입부터 해야한다면 매우 힘들었을 거다. 정말로 티루미나 씨에게는 감사할 따름이다.

이 가게에서 일하게 되고 가장 놀랐던 것은 곰 옷차림을 하고 있는 유나였다. 내가 일하고 있는『곰 씨 쉼터』의 오너이기도 하다. 이외에도 미릴러 마을에서 온 안즈 씨의 가게도 경영하고 있었다. 유나는 내가 배운 케이크만이 아니라 치즈라는 식재료를 사용한 피자라는 요리와 푸딩도 생각해냈다고 한다. 과자인 포테이토 칩도 맛있고 요리사로서의 재능도 대단하다. 하지만 자신이 가게를 운영하지는 않는다고 한다. 본인이 말하길 귀찮다나…….

유나는 가게에서 가장 대단한 위치이지만 간섭을 하는 일은 거의 없다. 가끔 모린 고모에게 이런 빵이 먹고 싶다고 요청하는 정도였다.

가게는 6일 동안 일하면 하루 쉬었다. 모두들 피로를 풀고 6일간 일하자, 라는 개념이라고 한다. 유나는 너무 일을 많이 하면 효율이 떨어진다고 했다. 피로가 쌓여서 일이 느려진다나. 「휴일을 만드는 편이 효율도 올라가고 기쁘잖아」라고 말했다. 확실히 휴일이 있으면 기쁘다. 교대를 하는 방식은 가게의 일이 신경 쓰인다. 하지만 전원이 쉰다면 그런 것은 생각하지 않아도 된다. 모린 고모와 카린 언니와 함께 외출을 할 수도 있다.

오늘은 쉬는 날로 숙소에서 알게 된 엘레나 씨와 외출하기로 약속했다. 엘레나 씨는 숙소의 딸이다. 내가 처음으로 크리모니아에 왔을 때 신세를 졌었다. 나보다 조금 연상으로 가끔 가게에 오기도 해서 사이가 좋았다.

"엘레나 씨, 오늘 쉬는 날 맞춰줘서 고마워요."

"『곰 씨 쉼터』의 정기 휴일은 전부터 알고 있어서 아버지랑 어머니에게 미리 부탁드렸던 거라 괜찮아요."

"그래도 숙소는 엄청 바쁘잖아요."

아무래도 최근에 커다란 터널이 만들어져서 산을 넘어야 갈 수 있었던 마을에 간단히 갈 수 있게 됐다고 한다. 그래서 사람들이 많이 왕래하게 되어 숙소가 붐빈다고 들었다. 내가 처음 갔을 때 묵을 수 있었던 건 행운이었던 모양이다. 언젠가는 그 마을에도 가보고 싶다.

"정말 바빠요. 저희 입장에서는 좋긴 하지만 매일 빨래에 청소, 요리 돕기 등, 할 일이 태산이에요."

바쁜 건 나쁜만이 아닌 모양이다.

"그런데도 오늘은 쉬게 해주셨네요?"

"얼마 전부터 사람을 고용했거든요. 그래서 조금은 편해졌어요."

나는 엘레나 씨와 이야기를 나누며 마을을 걸었다.

"저 옷집에는 귀여운 옷이 많아요. 추천해요."

엘레나 씨가 옷집 앞에 도착하자 알려줬다.

"혹시, 곰 옷도……."

유나의 곰 옷을 팔고 있을지도 모른다. 하지만 엘레나 씨는 웃으면서 「안 팔아요」라고 말했다. 유나, 그 곰 옷은 어디서 산 거야? 어쩌면 스스로 만든 것일지도…….

그런 뒤 가게로 들어가 옷을 구경했다. 귀여운 소품을 파는 잡화점, 맛있는 길거리 음식, 재고가 풍부한 수상한 책방, 쉬기에 딱 좋은 장소, 그리고 상업 길드. 마지막으로 왜인지 모험가 길드까지 안내 받았다.

그러고 보니 모험가 길드에서는 피나와 슈리의 아버지가 일하고 계신다.

두 명은 티루미나 씨의 딸로 피나는 왕도에서 유나와 함께 만난 아이다. 매우 성실하고 유나와 함께 일하는 일이 많다. 슈리는 피나의 여동생으로, 티루미나 씨와 함께 일할 때가 많다.

피나, 슈리의 아버지와는 한 번밖에 못 만났다. 모험가 길드에서 일하고 있어서 건장한 체격이었다. 하지만 겉보기와는 달리 상냥한 분이었다.

"잠깐만 들여다볼까요."

모험가 길드엔 무서운 사람들이 많이 있는 이미지가 있었다. 하지만 모험가가 가게에 들르는 일도 많았다. 여성 모험가들이 내가 만든 케이크를 먹고 있는 걸 봤을 때는 여성 모험가도 달달한 디저트를 좋아한다는 걸 알고 기뻤다. 남성 모험가는 빵과 피자를 맛있게 먹었다.

여성 모험가들도 있고 접수처에도 여성들이 있었다. 안으로 들어가도 괜찮은 건가?

나는 엘레나 씨에게 이끌리듯 모험가 길드 안으로 들어갔다.

방어구와 검을 가지고 있는 모험가들이 많이 있었다. 내가 있을 곳이 아닌 것 같았다.

무섭게 생긴 사람이 많았다. 그 중 모험가 한 명이 우리를 발견하고 말을 건네 왔다.

"숙소의 엘레나잖아? 모험가 길드엔 무슨 일이니?"

"잠깐 산책하러요."

무서워 보이는데 엘레나 씨는 아무렇지 않게 대화를 시작했다.

"설마 멋있는 남자를 찾으러 온 거야?"

"그렇다면, 너는 아니야. 내 얘기네."

같은 복장을 한 남성 모험가가 다가왔다.

"너희들, 가끔은 거울로 자신의 얼굴을 보는 게 좋을 거야."

"아니, 눈이 나쁠 가능성도 있어."

이야기를 듣고 있던 모험가들이 카하하하, 하고 커다란 목소리로 웃었다.

눈앞의 남자는 웃음거리가 되자 눈을 치켜 올렸다.

"그럴 리 없지. 나는 멋있다고. 그쪽의 아가씨도 그렇게 생각하지?"

추궁하듯 남성 모험가가 내게 다가왔다.

"저기, 그게……."

무서워요. 나는 한 발자국 물러섰다.

“뭣하면 내 좋은 점을 어필하기 위해 오늘 저녁을 같이 먹는 건 어때?”

더욱 다가왔다.

“저기…….”

나는 도움을 청하듯 엘레나 씨를 바라봤다.

“떨어져요. 네린이 무서워하고 있잖아요.”

엘레나 씨가 내 앞에 서서 도와줬다.

“참고로 이 아이를 울리거나 심한 짓을 하면 큰일 날 거예요.”

엘레나 씨가 의미심장한 말을 했다.

“큰일?”

“이 아이는 네린이라고 해요. 『곰 씨 쉼터』에서 일하고 있는 아이라고요.”

그 말에 모험가들의 움직임이 멈췄다.

“그 곰 아가씨네 가게라고?”

“거짓말이겠지.”

남자들이 내게서 조금씩 멀어져 갔다.

으음, 뭐지?

모두들 유나의 가게에 관해 듣더니 태도가 돌변했다. 그 얼굴은 초조한 듯한, 믿을 수 없다는 듯한 표정이었다.

“……아가씨. 그 곰 옷차림을 한 여자아이의 가게에서 일하고 있는 거야?”

"네, 유나의 가게에서 일하고 있어요."

"……."

"……."

내가 대답하자 모험가들은 얼굴을 서로 바라봤다.

"아가씨, 오늘은 아무 일도 없었던 거야. 나는 아가씨에게 말을 걸지 않았어. 말을 걸었다고 해도 수작을 건 게 아니라고. 절대 곰 아가씨에게는 오늘 일에 관해서 말하지 말아줘."

"나는 아무 짓도 안 했어."

남자 모험가들이 도망치듯 내게서 멀어져 갔다.

도대체 뭐였지?

"후훗, 모두들 유나에게 혼쭐나고 싶지 않은 모양이에요."

"유나에게요?"

"이 마을에서 유나를 알고 있는 모험가라면 유나에게 시비를 거는 사람은 없지 않을까요? 유나가 화나면 적당히 끝나지 않기도 하고, 가게에서 식사를 못하게 되면 그것도 곤란할 테니까."

엘레나 씨는 웃으면서 내 손을 잡아당겼고 길드 밖으로 나갔다.

유나는 뭐하는 사람이지? 커다란 남자 모험가들이 무서워하다니. 어떻게 봐도 귀여운 곰 옷차림을 한 여자아이인데. 분명, 모린 고모가 유나를 모험가라고 하긴 했지만 정말인 건가?

심지어 커다란 남자 모험가들이 무서워할 만한……?

"유나는 정말 모험가인 거예요? 모린 고모랑 카린 언니, 그리고 다른 아이들에게 물어도 그렇게 귀여운 여자아이를 엄청난 모험가라고 한다니까요. 저는 믿기지가 않아요."

피나, 슈리, 티루미나 씨에게 물어도 같은 대답이 돌아왔다.

"모험가예요. 그것도 엄청나게 강한."

"농담이 아니란 거죠?"

"후훗, 그 귀여운 옷차림으로는 상상도 할 수 없겠죠."

그 귀여운 곰 옷차림으로 마물과 싸운다는 거야? 상상도 안 돼.

"유나는 우수한 모험가예요. 곰 전설이 엄청 많거든요. 저도 처음 들었을 때는 믿지 못했으니 네린의 마음은 잘 알아요."

……곰 전설?

"그 곰 전설이라는 게 뭐죠?"

엘레나 씨는 미소를 지으면서 「이걸 알려줘야 하나」라며 거드름 피우며 말했다.

"알려주세요."

그런 뒤 엘레나 씨는 여러 이야기를 해주었다.

모험가 길드에서 시비가 걸려 몇 십 명이나 되는 모험가들을 쓰러뜨렸다든가. 몇 십 미터나 되는 커다란 마물을 쓰러뜨렸다든가. 믿기지 않는 이야기투성이였다.

으음, 상상이 안 돼.

유나는 정말로 수수께끼가 많은 여자아이다. 들으면 들을수록 수수께끼이다.

네린과 엘레나 2

모험가 길드를 뒤로 한 우리는 『곰 씨 쉼터』로 갔다. 내가 일하고 있는 가게이기도 하고 내가 살고 있는 집이기도 하다. 1층이 가게로 되어 있고 2층에서 살고 있다.

원래 저택이었던 것도 있어서 방도 넓고 구비되어 있는 가구도 고급스럽다. 정말 이곳에서 내가 살아도 되는 건지 모르겠다. 심지어 무료다. 쫓겨나지 않게 열심히 해야 한다.

나는 엘레나 씨를 데리고 가게 앞에 있는 커다란 빵을 안은 곰 석상 옆을 지나쳐 뒤편으로 돌아갔다. 엘레나 씨에게 점심을 대접하겠다고 약속을 했기 때문에 지금쯤 카린 언니가 빵을 구워주고 있을 터였다. 카린 언니가 구운 빵을 먹은 뒤에 케이크를 대접하기로 되어 있었다.

"정말 괜찮아요?"

"네. 엘레나 씨를 위해서 만들었으니까 드셔주세요."

어제 밤에 케이크를 만들어서 냉장고에 넣어 두었다. 열심히 만들었으니 먹어주길 바랐다.

가게 뒷문으로 오니 갓 구워진 빵 냄새가 났다. 오랫동안 고모부와 고모와 함께 빵을 만들어 온 만큼 카린 언니의 빵은 매우 맛있었다.

카린 언니가 말하길 「아이들에게 질 순 없으니까」라고 했다. 가게에서 일하는 고아원 아이들은 성실하고 열심이다. 가만히 있을 수 없다고 했다. 그건 나도 똑같다. 케이크 만드는 일을 아이들에게 뺏길 순 없었다.

부엌에 들어서자 카린 언니가 빵을 굽고 있는 모습과 곰 옷차림을 한 유나와 티루미나 씨의 모습도 있었다.

"유나, 티루미나 씨도 오셨네요."

유나는 자주 가게에 빵을 먹으러 찾아온다. 티루미나 씨도 저녁이나 다음날 아침으로 빵을 받으러 온다.

티루미나 씨는 처음엔 돈을 내려고 했었지만 유나가 필요 없다고 했다. 고아원의 식사도 우리의 식사도 전부 가게의 식재료로 만들고 있었다. 그래서 티루미나 씨에게만 돈을 받을 수는 없다고 했다.

그 부분에 관해선 괜찮은 건지 걱정이 되기도 한다. 많은 경비가 들 거다. 유나는 너무 착하다.

"두 사람도 점심 먹으려고?"

유나는 빵을 먹으면서 물어왔다.

"네."

"네린에게 초대 받아서 대접 받으러 왔어요."

나와 엘레나 씨는 의자에 앉았다.

모린 고모의 모습은 없었다. 모린 고모는 쉬는 날이 되면 식재료를 보러 시장에 가거나 고아원에 가는 일이 많다. 그래서 밖에서 먹는 일도 많았다.

"이미 다 구웠으니까 마음에 드는 거 먹어도 돼."

카린 언니가 갓 구운 빵을 테이블에 올려놓았다. 엄청 맛있어 보였다.

나와 엘레나 씨는 카린 언니에게 감사 인사를 하고 빵을 먹기 시작했다. 나는 빵을 먹으면서 앞에 앉은 유나를 바라봤다. 오늘도 유나는 귀여운 곰 옷차림을 하고 있었다. 유나를 바라보고 있는데 모험가 길드에서 있었던 일들이 생각났다. 도저히 모험가들이 무서워할 만한 여자아이로는 보이지 않았다. 엄청 귀여운 여자아이이다. 정말로 모험가인지 의문이 들었다. 모험가라고 해도 모두가 말하는 강한 모험가로는 보이지 않았다.

"왜 그래?"

내가 유나를 뚫어져라 쳐다보고 있자 유나가 빵을 뜯어 먹으면서 물어왔다.

"그게, 오늘도 귀엽다고 생각해서."

"발림소리는 됐어. 어차피 이상한 복장을 하고 있다고 생각했겠지."

유나의 고개가 옆을 향해버렸다.

"그렇지 않아. 유나는 귀여워."

정말로 귀엽다고 생각한다. 꼬마 아이는 아니지만 저 폭신폭신한 옷에 안기고 싶어졌다.

“네린이랑 엘레나 씨는 아는 사이였네요.”

“이 마을에 처음 왔을 때 엘레나 씨네 숙소에 묵었거든. 그리고 엘레나 씨가 가게에 오게 돼서 친구가 됐어.”

친구도 생기고 이 마을로 와서 다행이다.

“그런데 네린을 만나러 가게에 왔더니 네린이 곰 옷차림을 하고 있어서 놀랐어요.”

엘레나 씨가 가게로 왔을 때 곰 제복을 봐버린 것이다.

“으, 말하지 말아 주세요. 창피하니까.”

“그래요? 귀여웠어.”

엘레나 씨가 미소 지었다.

“곰 옷차림을 하지 않으면 가게에서 일하지 못하게 할 거라고 생각해서…….”

그때는 가게에서 일하고 싶어서 유나가 농담으로 했던 말을 진지하게 받아들이고 기세로 승낙해버렸다. 분명 귀여운 차림이지만 조금 창피하다. 손님들에게 귀엽다는 말을 들을 때마다 창피해진다.

“네린, 곰 옷차림은 창피한 차림인 거야?”

유나가 눈을 가늘게 뜨고 나를 바라봤다. 조금 무서웠다.

“아니. 유나는 귀여운데, 나 같은 애가 입으면 안 어울리는 것 같아서…….”

유나는 의심하듯 나를 바라봤다. 유나와 아이들은 귀여워서 어울리지만 내가 입으면 안 어울리는 느낌이 들었다.

“그러고 보니 피나랑 슈리는 없네?”

나는 유나의 시선을 피하기 위해 이야기를 돌렸다. 항상 유나와 티루미나 씨 옆에 있는 두 명이 없었다.

“두 사람은 카린이 구운 빵을 가지고 고아원으로 갔어.”

티루미나 씨가 알려줬다.

고아원의 빵은 모린 고모와 카린 언니가 굽고 있었다. 다른 가게에서 빵을 사는 것보다 싸게 먹힌다. 휴일에도 카린 언니가 굽는 일이 많았다. 쉬는 날에 일이 있는 경우엔 전날에 굽는 일도 있다. 손이 비는 날엔 연습을 위해 나도 함께 만들기도 한다.

빵을 다 먹은 나는 냉장고에서 케이크를 꺼냈다.

“여러분들도 드실래요?”

내가 모두에게 묻자 카린 언니와 티루미나 씨는 먹겠다고 했다. 유나는 홍차만 따라달라고 부탁했다. 나는 케이크를 테이블에 두고 홍차를 준비했다. 그런 내 모습을 엘레나 씨가 지켜봤다.

“홍차를 잘 우리네.”

그런 말을 들으니 기뻤다. 영주님의 저택에서 일하는 메이드인 라라 씨에게 배워 열심히 연습했다. 영주님 집에 끌려갔을 때는 긴장으로 어떻게 되는 줄 알았는데 귀중한 경험을 할 수 있었다. 지금은 감사하고 있다.

케이크와 홍차 준비를 마치자 곧바로 엘레나 씨가 케이크를 먹기 시작했다.

"으~음, 오랜만의 케이크. 맛있어. 네린, 고마워요."

엘레나 씨는 만면의 미소로 케이크를 먹어주었다. 그것만으로도 매우 기뻤다.

"아, 이 케이크를 우리 숙소에서도 팔 수 없을까?"

엘레나 씨는 맛있게 케이크를 먹으면서 그런 말을 했다.

케이크 레시피는 아무에게도 알려주면 안 되게 되어 있었다. 그래서 엘레나 씨의 숙소에서 케이크를 팔 수는 없었다.

"숙소에서도 손님들이 케이크 이야기를 하고, 일을 마치고 돌아온 사람들이 못 먹었다는 이야기를 하는 걸 듣기도 하거든요."

"우리 가게는 아이들이 일하고 있어서 늦게까지 안 하거든."

유나는 아이들이 늦게까지 일하는 걸 싫어했다. 그래서 가게는 일찍 닫는다고 모린 고모가 말했었다.

"그런 거라면 숙소에서도 케이크를 파는 게 어때요?"

유나가 홍차를 마시면서 그런 말을 꺼냈다. 그 말에 엘레나 씨와 나는 놀랐다. 카린 언니는 웃고 있었다.

"유나. 그렇게 항상 생각나는 대로 말하지 마."

티루미나 씨는 어이없다는 듯 말했다. 하지만 유나는 신경 쓰지 않는 모양이다.

"딱히 케이크 만드는 법을 알려주려는 건 아니에요. 네린에게 케이크를 더 만들 여유가 있다면 숙소에서 판매해도 되지 않을까 싶어서요."

"그건 즉, 네린이 만든 케이크를 숙소에서 판매하자는 말이야?"

유나는 그런 것을 위탁 판매라고 했다.

"티루미나 씨와 네린, 그리고 엘레나의 부모님과 이야기를 나눠야 확실해지겠지만, 판매 가격은 가게와 같게 하고 원가는 티루미나 씨와 상담해야겠지."

유나의 말에 티루미나 씨가 작게 한숨을 쉬었다.

"하지만 분명 점심 동안에 사러 오지 못해서 가게를 늦게까지 해달라는 이야기가 있긴 해."

『곰 씨 쉼터』가 문 닫는 시간은 빠르다. 하지만 숙소는 늦게까지 하고 있다. 숙소의 식당은 묵고 있는 사람들 뿐 아니라 묵지 않는 사람들도 들어갈 수 있었다.

"만약 판매하게 된다면 유나에게는 곰 장식품을 부탁할게."

티루미나 씨는 미소를 짓고 유나를 바라봤다. 그에 반해 유나는 싫은 얼굴을 했다.

유나가 관계하는 장소에는 곰 장식품이 놓여 있었다. 이 가게 앞에는 빵을 안고 있는 커다란 곰 석상이 있다. 또 다른 한 곳의 가게에는 생선을 안은 곰의 석상이 있다. 고아원에도 있고 애초에 유나의 집은 곰 모양이다.

티루미나 씨는 유나의 영향 아래에 있다는 것을 나타내기 위해서는 딱 좋다고 생각하고 있는 모양이다.

"저기, 숙소에서 케이크를 판매하고 싶다고 한 건 제 멋대로의 생각이라서……."

엘레나 씨는 적당히 말한 게 일이 커져서 곤란해 했다.

"게다가 네린이 힘들 것 같고."

곤란한 듯 유나와 티루미나 씨를 번갈아가며 보더니 마지막으로 도움을 요청하듯 나를 바라봤다.

하지만 내 대답은 엘레나 씨의 생각과는 다른 것이었다.

"너무 많이 만들지 않는다면 괜찮아요."

"네린?"

엘레나 씨를 위해서라면 다소 바쁘더라도 괜찮다. 게다가 조금이라도 엘레나 씨의 도움이 된다면 기뻤다.

엘레나 씨는 거절하려고 했지만 티루미나 씨도 조금 할 마음이 생겨 버렸고…… 며칠 후 나를 포함해서 엘레나 씨의 부모님과 의논을 하게 됐다.

결국 매일이 아니라 며칠에 한 번 케이크 위탁 판매를 하게 됐다.

왕궁 문지기, 곰과의 조우

성의 문지기를 맡게 된지 1년이 지났다.

수상한 자를 들이지 않도록 하는 것이 우리 문지기의 역할이다. 매일 성으로 찾아오는 사람들은 많다. 성에서 일하는 사람들, 식재료를 운반하는 사람들, 상담거리를 가지고 오는 사람들, 각 길드에서의 보고도 있다. 여러 사람들이 성으로 찾아온다. 그 중에서 수상한 자를 들이지 않도록 한다.

최근, 곰 옷차림을 한 여자아이가 성으로 출입하게 됐다.

곰이라고 하면 무섭지만 이 여자아이의 옷차림은 곰이라도 귀여운 곰 옷차림이었다.

처음 본 것은 엘레로라 님이 데리고 왔을 때였다. 그때는 다른 한 명의 꼬마 아이도 함께였다. 다음에 봤을 때는 모험가 길드의 길드 마스터와 함께였다. 그 다음은 국왕 폐하의 탄신제로 바쁜 날에 엘레로라 님과 함께 나타났다. 엘레로라 님과 모험가 길드의 길드 마스터, 어느 쪽도 지위가 높은 인물이다. 그런 사람들과 함께 찾아오는 여자아이는 어떤 사람인 걸까. 엘레로라 님의 따님인가 싶었지만 들리는 대화 내용으로는 아닌 것 같았다.

문지기들 사이에서는 소문이 돌았다. 곰 여자아이는 정체가 무엇인가. 하지만 엘레로라 씨와 모험가 길드의 길드 마스터에게 물을 수도 없어서 아직도 궁금증을 품고 있다.

탄신제 마지막 날, 성문을 닫는 일을 끝내고 비번을 포함한 우리들 문지기 전원이 모이게 됐다. 일은 교대로 이루어진다. 문지기를 하거나 마을을 순찰하거나, 단련 등을 한다. 그걸 교대로 실시한다. 기본 2인 1조이다.

한 달에 한 번, 보고를 겸해서 모이는 날이 있다. 하지만 아직 그 날은 아니다.

문을 지키는 당번인 사람을 제외한 전원이 모인 방에서는 평소와는 다른 공기가 흘렀다. 그건 평소에는 없는 사람이 있었기 때문이다.

"어이, 어째서 엘레로라 님이 계신 거야?"

옆에 있던 로이몬드가 작은 소리로 물어왔다. 그렇다, 우리들 앞에는 엘레로라 님이 있었다. 하지만 나에게 그런 것을 물어봐도 알 리가 없다. 엘레로라 님은 순찰로 얼굴을 내보이는 경우는 있어도 이번처럼 모임에 출석하는 일은 없었다. 평소라면 소란스러운 방도 엘레로라 님이 있어서 조용해졌다. 모두들 무언가 중요한 일이 있다고 생각하는 모양이다.

"전원 모였겠지."

엘레로라 님의 옆에 있던 대장이 입을 열었다.

"모두들 덕분에 국왕 폐하의 탄신제도 무사히 마쳤다. 고맙네."

대장에게서 우리들의 노고에 관해 치하하는 말이 나왔다. 이번엔 힘들었었다. 잠깐 동안 마물이 나타나는 큰 소동이 있었기 때문이다. 모험가 길드가 대거로 토벌을 하러 나갔다는 등 정보가 뒤섞였다. 마물의 정보가 거짓이었다거나, 랭크 A 모험가가 쓰러뜨렸다는 소문도 있었다. 곧바로 사라졌지만 그때는 긴장감이 감돌았다.

그 소동을 빼면 국왕 폐하의 탄신제는 무사히 끝났다.

"그래서 국왕 폐하께서 직접 명령서를 보내주셨다."

국왕 폐하께서 직접 명령서, 라고 들었을 때 우리들에게 긴장감이 돌았다. 그런 게 오다니 좀처럼 없는 일이다. 전혀 없다고 해도 될 정도다. 그런데 국왕 폐하에게서 직접 명령서가 오다니. 게다가 탄신제가 끝난 직후다. 무슨 일이 있었나 싶어서 방 안이 술렁거렸다.

"그래서 엘레로라 님이 와 주신 건가?"

옆에 있던 로이몬드가 작은 목소리로 말했다.

분명, 그런 거라면 납득이 갔다. 엘레로라 님은 국왕 폐하 밑에서 일하고 계신다. 그만큼 중요한 이야기라는 것일지도 모른다.

"조용히 하도록. 자세한 이야기는 엘레로라 님이 해주실 거다."

대장이 한 발자국 물러서고 엘레로라 님이 앞으로 나왔다. 모두의 시선이 엘레로라 님에게로 모였다.

이어서 나온 엘레로라 님의 말은 믿기지 않는 얘기였다. 모두

나와 같은 기분일 거다.

그거야, 내용이—.

"곰 옷차림을 한 여자아이가 오면 성 안으로 들여보낼 것."

"곰 옷차림을 한 여자아이가 오면 손님으로서 대할 것."

곰 옷차림을 한 여자아이라니, 그 여자아이인가? 우연히도 나는 그 여자아이를 봤다. 그 곰 옷차림을 한 여자아이가 오면 성 안으로 들여보내라는 말인 건가.

덧붙여 엘레로라 님의 마지막 말이 가장 믿기지 않았다.

"곰 옷차림을 한 여자아이가 온다면 국왕 폐하에게 연락할 것."

여자아이가 온 것만으로 국왕 폐하에게 연락을 하라고? 이유를 모르겠네. 그 곰 옷차림을 한 여자아이는 대체 정체가 뭐지?

"아, 가능하다면, 내게도 전해주도록 부탁할게요. 이건 국왕 폐하의 명령이 아니라 내가 하는 부탁이에요."

엘레로라 님은 귀여운 미소를 짓고 말했다. 이런 귀여운 여성이지만 동시에 무서운 여성이기도 하다. 엘레로라 님을 화나게 하는 짓을 해서는 안 된다.

"저기, 그 곰 옷차림의 여자아이는 뭐하는 자인가요? 어딘가의 귀족 따님인가요?"

모두가 알고 싶어 하던 내용을 묻는 녀석이 있었다. 무서운 게 없는 녀석이구나. 엘레로라 님은 그 질문에 눈을 가늘게 떴다. 조금 기분이 안 좋아지셨나? 설마 질문이 날라 올 거라고는 생각하지 못했겠지.

"곰 옷차림을 한 여자아이가 누구든, 자네들과는 상관없다. 그런 것을 물어봐서 어쩌려는 거지?"

엘레로라 님이 미소를 지었다. 하지만 눈은 웃고 있지 않았다.

"아뇨, 아무것도 아닙니다."

질문을 한 남자는 얼굴을 숙였다.

"그렇다면 더 이상 질문은 없죠?"

곰 옷차림을 한 여자아이에 관해 안일하게 묻지 말라는 의미다.

우리는 곰 옷차림을 한 여자아이가 국왕 폐하의 관계자라고 생각하면 된다. 그 이상은 깊게 파고들지 않는 편이 좋다. 우리는 명령에 따를 뿐이다.

"그리고 절대로 곰 옷차림을 비웃거나, 곰 옷차림에 관해 묻지 않도록. 불쾌감을 줘선 안 됩니다."

나는 입에 고인 침을 삼켰다. 무언가 큰일이 일어날 것 같았다.

그날 밤, 일을 마친 동료들과 술을 마셨다.

"곰 옷차림을 한 여자아이라. 도대체 어떤 복장을 하고 있는 거지. 상상도 안 되는군."

"그렇지, 로이몬드는 본 적 없구나."

"뭐야, 너는 본 적 있는 거야?"

"그래, 내가 당번일 때 온 적이 있어."

"어떤 여자아이였어?"

"그게, 귀여운 곰 옷차림을 하고 있었지."

"귀여운? 『무서운』을 착각한 게 아니고?"

뭐, 보통은 곰 옷차림을 하고 있다고 하면 진짜 곰을 상상하지. 그런 거라면 무섭다고 생각해도 어쩔 수 없다.

"아니, 그걸 뭐라고 해야 하지, 둥실둥실하고 폭신폭신한. 그렇지. 인형 같은 느낌이야. 얼굴도 귀여운 소녀였으니까, 더 귀여웠다고. 너도 한 번 보면 바로 알 거야."

내 말에 로이몬드는 의미를 모르겠다는 얼굴을 했다. 뭐, 나도 그 곰 아가씨를 보지 않았다면 같은 표정을 지었겠지.

오늘도 성문에서 일을 하며 엘레로라 님에게 왕명으로 받은 내용을 되새기고 있을 무렵, 곰 옷차림을 한 여자아이가 걸어오는 모습이 보였다.

"저 곰 옷차림을 한 여자아이는……."

짝꿍인 록이 말을 걸어왔다.

"그래, 엘레로라 님께서 말씀하신 곰 옷차림을 한 여자아이야."

곰 옷차림을 한 여자아이가 오면 국왕 폐하에게 급히 알려야 한다는 게 떠올랐다.

누가 전하지?

그런 걸 정하지 않았던 게 생각났다. 즉, 그건 한 쪽이 대처하고 있을 때 다른 한 쪽이 국왕 폐하께 전달을 하라는 것이었다.

록이 곰 옷차림을 한 여자아이에게 말을 건넸다. 곰 옷차림을 한 여자는 국왕 폐하에게 입성 허가를 받았으니 들어가도 되냐고 록에게 물었다.

록은 곰 옷차림을 한 여자아이의 카드를 확인하고 예의 바르게 입성을 허가했다. 록이 내 쪽을 바라봤다. 내가 가야 하는 거냐!

나는 록에게 불만을 토로하고 싶은 마음을 억누르고 국왕 폐하가 계신 곳으로 달려갔다. 조금이라도 빨리 보고하러 가야 했다. 성문에서 성을 향해 달렸다. 문에서 성 안으로 들어서는 것도 거리가 꽤 멀었고 이어서 긴 통로를 빠져나갔다.

국왕 폐하가 계신 집무실은 중앙 탑 위였다. 문지기인 내가 여기까지 오는 일은 거의 없다.

드디어 나는 국왕 폐하가 업무를 보시고 계신 문 앞까지 왔다.

여기까지 오긴 했지만 어떻게 하면 되는 거지?

문 앞에는 수상한 자를 들이지 않기 위해 병사들이 서 있었다.

"너는 누구냐?"

병사는 나를 수상하다는 듯 바라봤다. 숨을 헐떡이며 달려오면 수상할 수밖에 없다. 병사는 나를 보고 공격 태세를 갖췄다.

"국왕 폐하께 곰 옷차림을 한 여자아이가 왔다고 전해주세요."

내가 그렇게 말하자 병사도 알고 있는 듯 「알았다」라고 대답했다. 그리고 문 앞에 있던 병사는 문을 두드리고 국왕 폐하께 곰 옷차림을 한 여자아이에 관해 보고했다.

내 일은 여기까지다. 나는 일터인 문으로 돌아가려고 했으나 여기에서 떠올랐다. 엘레로라 님에게도 전달해야 한다는 것을…….

엘레로라 님은 어디에 계신 거지!

나는 엘레로라 님이 계실 것 같은 장소를 이리저리 뛰어다녔다.

무사히 엘레로라 님에게 전달한 나는 문으로 돌아왔다.

"수고했어."

"그래, 설마 「곰 옷차림을 한 여자아이가 왔습니다」라고 국왕님께 보고하러 가게 될 줄은 생각도 못했어."

그때부터 쭉 우리는 곰 옷차림을 한 여자아이가 오면 국왕 폐하가 계신 곳까지 뛰어가게 됐다.

가장 문제인 것은 엘레로라 님이 계신 곳이었다. 그분은 여러 곳에 출몰하기 때문에 국왕 폐하께 전달하는 것보다 힘들었다.

■작가 후기

오랜만이에요. 쿠마나노입니다. 『곰 곰 곰 베어』 8권을 구입해주셔서 감사합니다. 벌써 8권이 되었네요.

이번엔 유나와 피나가 미사에게 생일 파티 초대장을 받아 참석하게 되었습니다. 선물로는 케이크와 곰돌이와 곰순이의 인형을 만들어 주었네요.

그리고 파티에 참석하는 유나였지만 파렌그람 가와 살바드 가의 귀족 싸움에 휘말리게 되면서, 유나 덕분에 일시적으로 살바드 가를 꼼짝 못하게 하는 것에 성공해 무사히 미사의 생일 파티를 맞았습니다.

하지만 파티에 참석한 유나의 앞에 최대의 적이 나타났습니다. 노아가 유나의 드레스를 가지고 등장하죠. 파티에서 도망칠 수도 없고 노아를 뿌리칠 수도 없어 유나는 파티 드레스를 입기로 합니다.

이후 파렌그람 가와 살바드 가의 이야기는 조금 더 이어지게 됩니다. 9권도 읽어주신다면 감사하겠습니다.

이미 고지되어 있을 거라 생각되지만 『곰 곰 곰 베어』의 만화화가 결정됐습니다. 유나와 곰돌이, 곰순이를 만화로 만날 수 있습니다.
전부터 담당자님과 만화화 되면 좋겠다고 이야기를 나눴는데 정말로 될 줄은 몰랐습니다. 이것으로 하나의 꿈이 이루어졌네요.
작화를 담당해주시는 건 세르게이 선생님입니다. 엄청 귀여운 그림을 그려주실 겁니다.
앞으로는 소설만이 아닌 만화로도 『곰』이 퍼질 것을 생각하니 기쁠 따름입니다. 앞으로는 소설 및 만화의 『곰』도 잘 부탁드리겠습니다.

마지막으로 책을 내는 것에 전력을 다해주신 모든 분들에게 감사 인사를…….
이번에도 029 선생님께서 유나, 피나, 노아, 미사와 같은 여자아이들의 드레스 모습을 그려주셔서 감사합니다. 쉽게 볼 수 없는 모습을 볼 수 있어서 기뻤습니다.
편집자님께는 오탈자로 항상 폐를 끼칩니다. 그리고 『곰 곰 곰 베어』 8권을 출판하는 것에 관계하시는 많은 여러분들, 감사합니다.
여기까지 책을 읽어주신 독자 분들께는 감사의 마음을…….
그러면 9권에서 만날 수 있기를 기대하고 있겠습니다.

2017년 12월 좋은 날　쿠마나노

■역자 후기

안녕하세요! 이번 8권에서는 생일 파티에 관한 에피소드가 중심이었네요.

특히 이번 편에서는 살바드 가문에게 복수하는 장면이 인상적이었는데 여러분들은 어떠셨나요?

항상 어떤 전개가 이루어질지 기대가 되는『곰 곰 곰 베어』입니다.

앞으로도 재미있는 에피소드로 독자 분들의 흥미를 끌어주는 편이 계속 되길 빌면서 다음 편에서 또 만나 뵐 수 있길 기대하고 있겠습니다!

항상 수고해주시는 편집자님들 감사드리고 앞으로도 잘 부탁드리겠습니다.

다음 권에서 봬요~!

2019년 좋은 날

역자 김보라 올림

곰 곰 곰 베어 8

초판 1쇄 발행 2020년 1월 10일

지은이_ Kumanano
일러스트_ 029
옮긴이_ 김보라

발행인_ 신현호
편집장_ 김은주
편집진행_ 최은진 · 김기준 · 김승신 · 원현선 · 권세라
편집디자인_ 양우연
국제업무_ 정아라 · 전은지
관리 · 영업_ 김민원 · 조은걸 · 조인희

펴낸곳_ (주)디앤씨미디어
등록_ 2002년 4월 25일 제20-260호
주소_ 서울시 구로구 디지털로 26길 111 JnK디지털타워 503호
전화_ 02-333-2513(대표)
팩시밀리_ 02-333-2514
이메일_ lnovelpiya@naver.com
L노벨 공식 카페_ http://cafe.naver.com/lnovel11

ISBN 979-11-278-5389-1 04830
ISBN 979-11-278-3067-0 (세트)

값 9,000원